Arena-Taschenbuch
Band 50743

Von Eva Völler sind als Arena-Taschenbuch erschienen:

Schluss mit der Jungsdiät (Band 50625)
Wenn Mädchen die Sonne sind, sind Jungs das Eis (Band 50626)
Sommerküsse schmecken besser (Band 50660)

Eva Völler
wuchs im Rheinland auf und hat schon als Kind gern Geschichten erzählt. Im Erwachsenenalter verdiente sie sich ihre Brötchen aber zunächst jahrelang als Juristin, bevor sie sich mehr und mehr aufs Bücherschreiben verlegte. Die Autorin hat bereits zahlreiche Romane veröffentlicht, darunter viele Komödien. Sie lebt heute mit ihren Kindern am Rande der Rhön in Hessen. Mehr Informationen über die Autorin auf: *www.evavoeller.de*

Eva Völler

Ein Kuss allein macht noch keinen Sommer

Arena

Für Pia und Nora

FSC
www.fsc.org
MIX
Papier aus verantwortungsvollen Quellen
FSC® C110508

1. Auflage als Limitierte Sonderausgabe im Arena-Taschenbuch 2015

Völlig neu bearbeitete Fassung, die Originalausgabe erschien 2002 unter dem Titel *Pizza, Mare und Amore* von Sibylle Keller in der Verlagsgruppe Lübbe GmbH & Co. KG, Bergisch Gladbach. Dieses Werk wurde vermittelt durch die Michael Meller Literary Agency, München.

Umschlaggestaltung: Frauke Schneider unter Verwendung eines Fotos von ©haveseen
Umschlagtypografie: KCS GmbH · Verlagsservice & Medienproduktion, Stelle/Hamburg
Sondergestaltung: komm Design/achkomm.com/Würzburg
Gesamtherstellung: Westermann Druck Zwickau GmbH
ISSN 0518-4002
ISBN 978-3-401-50743-9

www.arena-verlag.de
Mitreden unter forum.arena-verlag.de

1. Kapitel

Ohne Frage war ich die schönste Braut aller Zeiten. Meine Schleppe war mit Abermillionen von Perlen bestickt und wogte in endlosen Metern kostbarer Seide hinter mir her. Mein Kleid war tief genug ausgeschnitten, um mein Dekolleté zur Geltung zu bringen. Mein langes blondes Haar war zu einer kunstvollen Krone aufgesteckt, von der ein zarter Tüllschleier herabhing.

Die Kirche war ein einziges Blütenmeer. Typische Hochzeitsmusik klang von der Orgel herab, die Valerie ausgesucht hatte. Rechts und links vom Gang wandten sich zahlreiche erwartungsvolle Gesichter nach hinten, wo soeben der Brautvater mit der Braut, sprich meiner Wenigkeit, am Arm aufgetaucht war, um sie zum Altar zu geleiten. Meine Schleppe raschelte auf dem Marmorfußboden der Kirche. Komisch war nur, dass sie mich rückwärtszuziehen schien.

»Bist du nervös, Kind?«, fragte Papa mich liebevoll.

Anstelle einer Antwort knirschte ich mit den Zähnen, was mich ein wenig verwunderte, denn eigentlich hätte ich die Ruhe selbst sein müssen – ich hatte vorhin noch ein paar Baldrianperlen geschluckt.

»Alles wird gut«, raunte Valerie mir zu. Sie musste es wissen. Schließlich war sie meine beste Freundin, wir hatten schon im Sandkasten zusammen gespielt. Sie kannte mich durch und durch. Manchmal schien sie mich sogar besser als ich mich selbst zu kennen und nicht selten wusste sie sogar noch vor mir, dass ich krank werden würde. Oder dass mir ein toller neuer Typ begegnen würde. Oder dass der Typ, mit dem ich gerade zusammen war, ein Reinfall war.

Sie bezog ihr Wissen in erster Linie aus dem I-Ging, in zweiter aus Horoskopen und in dritter aus dem, was sie als *intuitives Chakra* zu bezeichnen pflegte. Keine Ahnung, was das bedeutete, es hing mit irgendwelchen unsichtbaren Kraftlinien zusammen, die aus dem Erdinneren kamen und sich in ihrem Magen verzweigten und von dort aus in ihr Gehirn liefen. Oder war es umgekehrt? Wie auch immer, jedenfalls lag sie verblüffend oft richtig.

Wenn sie daher jetzt, an dieser Stelle, unmittelbar vor meiner Trauung, behauptete, alles würde gut werden, konnte ich mich mit hundertprozentiger Sicherheit darauf verlassen. Valerie hatte immer recht.

Ich lächelte sie leicht verkrampft an, während Papa mich weiterzog. Wieso hatte ich Schwierigkeiten, mich vorwärtszubewegen? Irgendwie kam es mir so vor, als wollten meine Füße nicht so recht. Sicher war die Schleppe zu schwer. Vielleicht lag es aber auch an den Schuhen. Die hingen wie Bleiklötze an meinen Füßen und hinderten mich daran, elegant zum Altar zu schweben.

Papa drückte beruhigend meinen Arm. Die Orgel brauste. Und ich knirschte mit den Zähnen.

Vorn beim Altar wartete bereits die restliche Besetzung, die zu jeder Hochzeit dazugehörte wie die Sahne zur Torte: Pfarrer, Trauzeugen und Bräutigam.

Irgendwie schafften Papa und ich den Weg bis zum Altar, obwohl ich zwischendurch nahe dran war aufzugeben. Meine Füße wurden immer schwerer, sie schienen am Marmorboden festzukleben. Endlich erreichte ich den blumengeschmückten Treppenabsatz, wo Leo auf mich wartete. Er sah toll aus in seinem dunkelblauen Anzug, dem makellos weißen Hemd und der elegant gebundenen Smokingschleife.

Er packte meine Hand und zerrte mich ziemlich unsanft an seine Seite. Himmel, hatte der es eilig! Doch so war es von Anfang an gewesen. Als er in der elften Klasse neu an unsere Schule gekommen war, hatte es keine zwei Wochen gedauert und wir waren ein Paar gewesen. Man könnte also sagen, er war mit der Geschwindigkeit eines Schnellzugs in mein Leben gerast. Ich konnte immer noch nicht ganz begreifen, dass wir kaum das Abi geschafft hatten und ich schon hier mit ihm vorm Traualtar stand! Dabei waren wir beide gerade mal achtzehn.

Er beugte sich zu mir und flüsterte mir etwas ins Ohr. Ich verstand ihn nicht, weil in diesem Augenblick das Orgelspiel betäubend laut wurde. »Wie bitte?«

»Was soll dieser Scheiß?« Er wies mit dem Kinn über meine rechte Schulter nach hinten, in Richtung der Bänke.

Das Orgelspiel verstummte. Mitten in die feierliche Stille hinein begann der Pfarrer mit seiner kleinen Rede. »Wir sind hier im Angesicht Gottes zusammengekommen, um diesen Jungen und dieses Mädchen …«

»Was haben diese Scheißkerle hier verloren?«, fiel Leo ihm ins Wort. Er zeigte empört auf die dritte Bankreihe. »Die da!«

Die da waren zwei Typen aus meiner Schule, nämlich Erik und Finn.

»Das sind Erik und Finn«, sagte ich geduldig. »Sie waren in unserer Stufe!«

»Findest du es witzig, dass deine Exfreunde hier rumhängen?«

»Wie kommst du denn darauf?«, erwiderte ich. »Mit Finn war ich nie zusammen, er ist schwul.«

»Wir wollen jetzt fortfahren«, erklärte der Pfarrer mit einer Spur von Ungeduld in der Stimme.

Leo presste die Lippen zusammen und fügte sich. Der Geistliche spulte sein gesamtes Sprüchlein herunter, bis er zu der Frage aller Fragen kam: »Willst du, Jennifer Costello, diesen Mann zu deinem rechtmäßig angetrauten Ehemann nehmen, ihn lieben und ehren, bis dass der Tod euch scheidet, so antworte mit *Ja.*«

Ich wollte es tun, ehrlich. Aber irgendwas schien meine Lippen zu verkleben. Ich kriegte sie einfach nicht auseinander.

»So antworte mit *Ja«,* wiederholte der Pfarrer, diesmal etwas lauter als vorher.

»Antwortet mit *Ja«,* zischte Leo mir ins Ohr.

»Antworte mit *Ja«,* echote der Trauzeuge. Er hieß Thomas und war einer von Leos langweiligen Freunden. Es war das erste Mal, dass ich ihn überhaupt irgendetwas sagen hörte außer *Hi* und *Tschau.*

Meine Lippen klebten immer noch zusammen.

»Überleg es dir gut«, zischte Valerie mir über die Schulter. Irgendwie war sie plötzlich von ihrem Platz in der ersten Bankreihe hinter mir gelandet.

Auf einmal konnte ich wieder sprechen.

»Ich brauche noch Bedenkzeit«, erklärte ich dem Pfarrer.

Leo starrte mich fassungslos an. »Jenny!«

»Ich kann nichts dafür«, verteidigte ich mich. »Du hast mich durcheinandergebracht.«

»Diese Antwort ist im Programm nicht vorgesehen«, meinte der Pfarrer irritiert.

Ich überlegte krampfhaft, dass es am besten und praktischsten wäre, wenn ich einfach in Ohnmacht fiele, so wie in diesen alten Liebesschnulzen. Ich könnte meinem Vater rücklings in die Arme sinken und wäre aus der ganzen Nummer raus. Jedenfalls für den Moment.

Ich horchte in mich hinein, ob ich womöglich erste Anzeichen einer Ohnmacht fühlte, doch da war leider nichts. Also blieb mir nur eins: die Flucht nach vorn.

»Ich glaube, ich kann dich nicht heiraten«, sagte ich daher wahrheitsgemäß.

Leo gab ein ungläubiges Ächzen von sich.

Mein Vater schnaufte überrascht.

Valerie lächelte rätselhaft wie die Mona Lisa und warf mir einen ihrer berühmten *Ich-hab-dir-ja-gesagt-alles-wird-gut*-Blicke zu.

Leo legte seinen Arm um meine Schulter. »Blödsinn. Das meinst du nicht wirklich. Das ist bloß die Aufregung. Du bist einfach nervös und völlig von der Rolle. Komm, lass uns das durchziehen.«

»Ich bin doch noch viel zu jung, um zu heiraten!«, rief ich schnell. Dann entwand ich mich seinem Griff und zog mich ein paar Schritte von ihm zurück. Plötzlich kam ich wieder richtig vorwärts, und wie! Meine Füße flogen nur so über den Kirchenboden, als ich den Mittelgang hinabrannte, in Richtung Portal und meiner neuen Freiheit entgegen. Ich war ja so froh, dass ich jetzt doch nicht heiraten musste!

Plötzlich hörte ich hallende Schritte dicht hinter mir.

Leo war mir gefolgt und versuchte, mich einzuholen. »Damit kommst du nicht durch!«

Mit einem Blick über meine Schulter stellte ich fest, dass er ziemlich schnell war. Er hatte mich schon fast erreicht!

Ich rannte schneller, die Hände weit ausgestreckt, Leos schnaufenden Atem bereits im Genick.

An der Stelle wurde es ziemlich absurd, das war jedes Mal so, wenn ich diesen dämlichen Albtraum hatte. Zum Glück war es dann meist auch immer gleich vorbei, sonst hätte ich mich höchstwahrscheinlich schon längst bei Valerie in irgendeine Bewusstseins-Reinigungs-Therapie begeben.

Ich stieß einen Schrei aus und exakt in dem Augenblick, als Leo mich packte und begann, mich unerbittlich in Richtung Altar zurückzuschleifen, wurde ich mit einem Schlag wach.

Keuchend fuhr ich hoch und warf die Decke von mir, weil ich komplett verschwitzt war. Ich starrte für ein paar Sekunden benommen in die Dunkelheit, bis ich die vertrauten Konturen meines Zimmers erkannte. Allmählich wurde mein Herzschlag langsamer und ich legte mich zurück.

Wenigstens hatte ich diesmal noch rechtzeitig aus der Kirche abhauen können. Einmal hatte Leo es geschafft, mich zurück zum Altar zu schleppen und mir da irgendwie doch noch ein *Ja* abzuluchsen, und anschließend waren wir durch einen Regen von Reis und Streublumen zu einer weiß-goldenen Hochzeitskutsche gestolpert und in die Flitterwochen an die Adria gefahren, wo Leos Eltern ein Ferienhaus hatten.

Es gab tatsächlich ein Ferienhaus an der Adria, doch es gehörte nicht Leos Familie, sondern meinen Eltern, und höchstens in meinen schlimmsten Albträumen konnte ich auf die Idee kommen, dorthin fahren zu wollen. Am allerwenigsten mit ihm.

Abgesehen davon hatten Leo und ich nicht in der Kirche Schluss gemacht, sondern im Treppenhaus eines Mietshauses. Wir hatten vorgehabt, nach der Schule zusammenzuziehen, weil wir sowieso an derselben Uni studieren wollten. Bei der Wohnungsbesichtigung hatte ich auf einmal das Gefühl gehabt, dass dieser Plan vielleicht doch nicht so toll wäre. Als er von dem Vermieter wissen wollte, ob die Wände stabil genug seien, um eine fette Dolby-Surround-Anlage zum Konsole-Zocken zu installieren, waren mir plötzlich Zweifel gekommen. Ich hatte ihm kurzerhand erklärt, dass ich noch Bedenkzeit brauche. Worauf er wissen wollte, wie lange, und ich ihm antwortete, dass ich das nicht genau wisse. Daraufhin bekam er einen Wutanfall, der mich so verstörte, dass ich einfach wegrannte und ihn im Treppenhaus stehen ließ.

Irgendwie hatte mich dieser Vorfall wohl traumatisiert, sonst hätte ich nicht so oft den schrägen Albtraum von der geplatzten Hochzeit gehabt. Aber ich baute darauf, dass es bald aufhörte. Immerhin war unsere Trennung schon zwei Monate her. Leider hörte Leo nicht auf, mich anzurufen, denn er glaubte immer noch, wir hätten gar nicht Schluss, sondern bloß eine kleine Meinungsverschiedenheit.

Im Moment war ich heilfroh, dass er mit seinen Eltern zum Achtzigsten von seiner Oma nach München gefahren war. Das war weit genug weg.

Seufzend kämpfte ich mich aus dem Bett und ging in die Küche, um etwas zu trinken.

Im Haus war es leer und still. Meine Mutter war noch nicht zu Hause. Sie hatte in dem Restaurant, wo sie Küchenchefin war, oft bis spät in die Nacht zu tun. Papa war auf einer seiner zahlreichen Konzertreisen quer durch Europa. Im Moment gastierte er in Kopenhagen. Es könnte aber auch Oslo sein, so genau hatte ich das nie im Kopf.

In dieser Nacht würde ich kein Auge mehr zutun, so viel stand fest. Jedes Mal, wenn ich einen Traum von dieser Sorte hinter mir hatte, war an Schlaf nicht mehr zu denken.

Ich holte eine Wasserflasche aus dem Kühlschrank und trank ein paar Schlucke, dann ging ich ins Bad und betrachtete mich aus trüben, verquollenen Augen im Spiegel.

»Du hast schon besser ausgesehen, Jenny Costello«, erklärte ich meinem übernächtigten Spiegelbild. Zum Glück sah mich niemand außer Fridolin.

Ich ging hinüber in unser Wohnzimmer und blieb vor dem Hamsterkäfig stehen. Fridolin drehte unermüdlich Runde um Runde in seinem Laufrädchen. Ich sah ihm eine Weile zu und überlegte dabei, ob er wohl merkte, dass er sich immer nur im Kreis bewegte. Er rannte und rannte, als hätte er ein Ziel vor sich, aber wenn er dann am Schluss ankam, war er wieder an derselben Stelle, von der er gestartet war. Armes, dummes Nagetier!

Trotzdem liebte ich ihn heiß und innig. Er war schon zwei Jahre alt und ich hatte Angst vor dem Augenblick, in dem er tot in einer Käfigecke liegen würde. Besonders lange würde das vermutlich nicht mehr dauern. Schließlich war er ein Hamster, die wurden selten älter als drei Jahre.

Ich pulte eine Erdnuss aus der Tüte, die neben dem Käfig lag, und hielt sie mit Daumen und Zeigefinger zwischen die Stäbe. »Frido! Guck!«

Fridolin hielt in seinem Laufrad inne, zögerte kurz und kam dann mit einer für sein fortgeschrittenes Hamsteralter verblüffenden Geschwindigkeit zu meinen ausgestreckten Fingern geflitzt, um sich die Nuss zu holen.

Nach einem kurzen Schnuppern packte er sie mit den Vorderpfoten, hielt sie sich vor sein kleines Maul und fing an zu knabbern.

»Du bist echt der Beste«, lobte ich Fridolin.

Das war er wirklich. Er quatschte mir nicht die Ohren voll, wollte nicht dauernd eine Hand unter mein T-Shirt schieben, war nicht eifersüchtig und kriegte keine Wutanfälle. Außerdem schlief er fast den ganzen Tag. Leo hätte sich wirklich viel von ihm abgucken können.

2. Kapitel

Am nächsten Morgen musste ich früh raus. Das Gesundheitsmagazin, bei dem ich nach dem Abi ein unbezahltes Praktikum absolvierte, hatte montagmorgens immer Redaktionssitzung. Eigentlich saß ich die meiste Zeit da nur blöd rum, weshalb ich nie besonders auf Pünktlichkeit achtete. Also fuhr ich auf dem Weg noch rasch bei Valerie vorbei. Ich nahm frische Croissants vom Bäcker mit und – ganz die eifrige Praktikantin – die Tageszeitung.

Valeries Eltern waren, wenn das überhaupt möglich war, viel öfter unterwegs und noch weniger zu Hause als meine. Seit wir das Abi in der Tasche hatten, ging Valerie den Rest ihres Lebens äußerst entspannt an. So auch am heutigen Morgen. Sie empfing mich in einem mitternachtsblauen, über und über mit winzigen Leuchtpunkten bedruckten Sleepshirt mit dem Aufdruck *Sterne lügen nicht* und ging voraus in die Küche. »Hast du noch Zeit für 'ne Tasse Kaffee?«

»Ja, aber höchstens zehn Minuten, ich bin spät dran. Heut ist Redaktionssitzung.«

»Ach, die mit ihren Hämorrhoidenzäpfchen und Rheumapflastern«, meinte Valerie, während sie zu dem winzigen Bistrotisch vor dem Fenster ging und uns Kaffee eingoss. »Ist doch eh immer derselbe Mist.«

»Aber ich brauche das Praktikum für mein Journalistikstudium«, verteidigte ich mich.

»Das sagst du immer. Und dabei hast du das überhaupt nicht nötig. Du solltest einfach mal ein paar Monate bloß chillen. Ich täte es, wenn meine Eltern so viel Kohle hätten.«

Das war ein Thema, über das ich nicht so gern redete. Meine Eltern waren ziemlich wohlhabend. Mein Vater hatte schon in jungen Jahren Karriere als Komponist von ein paar Schlagern gemacht, die immer noch bei jeder Faschingsveranstaltung abgenudelt wurden. Er konnte nichts dafür, er wurde von ganz allein immer reicher. Jedes Mal, wenn eines seiner Lieder angestimmt wurde, klingelte es bei ihm in der Kasse. Er musste keinen Finger mehr dafür krumm machen. Die Tantiemen flossen reichlich, denn Fasching gab es mit unzähligen Narrensitzungen, offiziellen Feten und Umzügen, regelmäßig wie ein Uhrwerk jedes Jahr, vom 11. November bis zum Aschermittwoch.

Trotzdem waren meine Eltern einfach nur nette, normale Leute, die zufrieden in unserer etwas angestaubten Villa im Westend lebten, sich um ihren Garten kümmerten und ein- oder zweimal im Jahr an die Adria fuhren, wo sie seit zwanzig Jahren besagtes Ferienhaus hatten – der einzige wirkliche Luxus, den es in ihrem Leben gab. Gut, Mama hatte eine Putzfrau und Papa fuhr eine nicht gerade billige Limousine, aber abgesehen davon führten sie ein ziemlich einfaches Leben. Genauso war ich auch erzogen worden. Nie war ich mit besonderen Extras verwöhnt worden, im Gegenteil: Meine Eltern vertraten den Standpunkt, dass jeder Mensch für sich selbst sorgen sollte. Ich hatte also frühzeitig gelernt, mit meinem Taschengeld und ein paar Einnahmen aus Ferienjobs oder jetzt dem Praktikum klarzukommen.

Valerie stellte einen Teller für das Croissant vor mich hin, dann setzte sie sich zu mir und trank einen Schluck Kaffee, der seit den Abiklausuren unser beider Lebenselixier geworden war. Sie schaute betrübt drein, als ich ihr erzählte, dass ich schon wieder einen Leo-Albtraum gehabt hatte.

»Ich mach mir immer noch Vorwürfe«, sagte sie.

»Warum? Wegen Leo?«

Sie senkte niedergeschlagen den Kopf. »Es ist alles meine Schuld. Schließlich hab ich das Pärchenhoroskop erstellt und das Beziehungs-I-Ging ausgelegt.«

Ich winkte ab. »Blödsinn. Ich glaub sowieso nicht an diesen ganzen Astroquatsch, das weißt du doch.«

Damit kam ich bei ihr nicht durch. Sie war entrüstet. »Bis jetzt hab ich noch nie falschgelegen! Ich versteh das immer noch nicht. Es hat alles so gut gepasst. Allen Deutungen zufolge war Leo genau der Richtige. Die ganzen Konstellationen waren einfach ideal! Ich kapiere nicht, wieso das so schiefgelaufen ist!«

»Das kann ich dir sagen.« Ich streckte die Hand aus und streichelte Melli, Valeries pechschwarze Hexenkatze, die sich schnurrend an meinem Bein rieb. »Weil er maßlos arrogant und maßlos herrschsüchtig und maßlos eifersüchtig ist.« Ich schüttelte den Kopf. »Ich muss irgendwie unter Drogen gestanden haben, als ich mit ihm zusammengekommen bin.«

Valerie seufzte. »Nein, du warst einfach hingerissen. Schließlich sieht er wirklich spitzenmäßig aus, da ist ja schließlich die gesamte weibliche Belegschaft unseres Jahrgangs schwach geworden. Und er hat *dich* ausgewählt! Abgesehen davon hat er ein tolles Cabrio. Und er war dein Erster, das fällt besonders ins Gewicht.«

Jetzt musste *ich* seufzen. Sie hatte recht. Im Alter von achtzehn hatte ich zwar schon für einige Vertreter der männlichen Spezies geschwärmt, aber einen richtig festen Freund hatte ich bisher noch nicht gehabt. Bis Leo in mein Leben trat. Es war wie im Roman. Er kam, sah und siegte. Auf ganzer Linie. Er behauptete, ich sei die Frau seines Lebens, und duldete keinen Widerspruch. Ich war so überwältigt von der Tiefe seiner Gefühle, dass ich von einer Welle Liebeshormone überschüttet wurde, aus der ich erst kurz vor knapp wieder auftauchte.

»Das Ganze macht dich immer noch ziemlich fertig«, stellte Valerie fest.

»Na ja«, sagte ich, »ich kann nicht einfach so tun, als wär nichts gewesen. Schließlich bin ich diejenige, die alles zum Platzen gebracht hat.«

»Hättest du trotzdem mit ihm zusammenziehen sollen oder was?«, entrüstete sich Valerie. »Bloß, um keinen Streit zu haben?«

»Nein, natürlich nicht. Aber trotzdem … Für Leo war es sicher der Schock seines Lebens.«

»Du hast ihm doch alles erklärt.«

Das hatte ich tatsächlich. Nach meiner Flucht durchs Treppenhaus hatten wir uns am nächsten Tag ausgesprochen. Ich hatte ihm gesagt, dass ich die Falsche für ihn sei. Er hatte geantwortet, das würde ich mir nur einbilden. Davon rückte er keinen Millimeter ab, und sobald er aus München zurückkam, würde er wieder anrufen und behaupten, dass wir super zusammenpassten.

Ich kraulte Melli und schaute aus dem Fenster. Die Sonne brachte den Kristall- und Esoterik-Schnickschnack, der an der Gardinenstange hing, zum Funkeln. Valerie besaß ein ganzes Sammelsurium von Anhängern, die sie wahlweise um den Hals trug oder ins Fenster hängte. Ihre Mutter beschwerte sich schon, dass man an jeder Ecke der Wohnung über ihre Kraftsteine fiel. Ein kleines Ankh-Symbol reflektierte die flirrenden Lichtstrahlen, sodass ich für einen Moment geblendet war. Ich hatte Valerie den Anhänger zu ihrem letzten Geburtstag geschenkt; das Symbol bedeutete so viel wie *Ich bin* oder *Ich lebe*. Es wurde im alten Ägypten von Priestern und Königen als Leben spendendes Ritualobjekt verwendet. Angeblich verlieh es Ausdauer und Energie, schützte gegen Krankheit und Müdigkeit und galt als Talisman für ewige Lebenskraft. Davon hatte ich momentan eindeutig zu wenig. Vielleicht sollte ich mir ebenfalls eins von den Dingern umhängen.

»Mach dir nix draus«, tröstete Valerie mich. »Ich hab dir heute Morgen ein neues Horoskop erstellt.« Sie strahlte mich an. »Du wirst es nicht erraten! Es ist schon ein Neuer in Sicht!«

»Bloß nicht. Mein Bedarf ist gedeckt.«

»Okay, da waren ein paar Widerstände zu erkennen, vor allem bedingt durch die besondere Konstellation von Jupiter zu Saturn. Aber die Tendenz ist eindeutig positiv. Es wird ein Typ in dein Leben treten, der große Gefühle in dir auslösen wird.« Sie machte eine bedeutungsvolle Pause. »Nur wer die Augen aufmacht, kann sehen«, orakelte sie.

»Im Moment sehe ich nur, dass ich zu spät zur Arbeit komme.« Ich trank meine Tasse leer und stand auf. »Neue Typen bringen bloß neue Probleme.«

In nicht allzu ferner Zukunft sollte ich mich an diese Worte wieder erinnern.

Ich kam zu spät zur Redaktionssitzung. Hildegard, Hans-Georg und Luisa saßen bereits rund um den großen Tisch im Konferenzraum von *Meine Gesundheit* versammelt. Hildegard warf mir entnervte Blicke zu und trommelte mit ihrem Kugelschreiber auf die Tischplatte.

»Du bist zu spät.«

»Ich weiß. Es tut mir leid, ich bin aufgehalten worden.«

Demütig begab ich mich an meinen Platz, doch Hildegard war noch nicht fertig. »Beim letzten Mal warst du auch schon zu spät. Und wenn ich mich recht entsinne, das Mal davor auch.«

»Wirklich?« Ich stellte mich dumm. In Wahrheit wusste ich genau, dass ich die letzten Male später gekommen war. Einmal eine Viertelstunde, einmal zwanzig Minuten. Heute war es fast eine halbe Stunde. Die Tendenz war also zunehmend. Irgendwann würde ich wahrscheinlich eine ganze Sitzung verpassen. Und es nicht bereuen. Diese Meetings waren so schnarchlangweilig, dass man schon einschlief, wenn man nur daran dachte. Die Arbeit im Medizinjournalismus hatte ich mir völlig anders vorgestellt.

Hildegard war keine üble Chefin, aber sie hatte eine Art an sich, die es einem schwer machte, Spaß an diesem Job zu haben. Dass sich alle in der Redaktion duzten, inklusive Praktikantin, machte es auch nicht besser. Für Hildegard war irgendwie die Zeit stehen geblieben, innerlich und äußerlich. Sie trug mit Vorliebe weite Trachtenröcke und gestärkte Blusen. Rein optisch wirkte sie genau so, wie man sich die Chefredakteurin eines erfolgreichen überregionalen Gesundheitsmagazins vorstellte, dessen Zielgruppe im Durchschnitt fünfundsiebzig Komma drei Jahre alt war. Hildegard war eigentlich Ärztin und über irgendwelche Beziehungen an diesen Posten gekommen.

»Ich habe neulich eine interessante psychologische Abhandlung über die Neigung zum Zuspätkommen gelesen«, meldete sich Hans-Georg. Er war ein hagerer

Typ, der absolut nichtssagend ausgesehen hätte, wenn er nicht diese unvorstellbar gigantischen Segelohren gehabt hätte, die jeden, der mit ihm zu tun hatte, förmlich dazu zwangen, ihm mitten ins Gesicht zu schauen, nur um nicht in den Verdacht zu geraten, etwa auf seine Ohren zu glotzen.

Hans-Georg war Ressortleiter von *Mein Geist und meine Seele*. Depressionen, Nachlassen des Kurz- und Langzeitgedächtnisses, Demenz und altersbedingte Paranoia – ihm war kein psychisches Gebrechen fremd.

Er betrachtete mich nachdenklich. »Willst du wissen, was die Psychoheinis über Verspätungen sagen?«

»Nicht wirklich«, murmelte ich.

»Mich würde es aber interessieren«, meinte Luisa. Sie war die Expertin für *Mein Körper*. Im Laufe der zwei Jahre, die sie für *Meine Gesundheit* arbeitete, hatte sie sich zu einer wahren Koryphäe auf dem Sektor der Bandscheibenvorfälle, Hüftgelenksversteifungen, Schilddrüsenüberfunktionen, Leistenbrüche und Potenzstörungen entwickelt.

»Na gut«, sagte Hans-Georg. »Einmal verspätet ist Zufall. Zweimal Dummheit. Dreimal …« – er blickte vielsagend in die Runde – »dreimal ist Aufmüpfigkeit!«

»Jenny, die Aufmüpfige«, kicherte Luisa. Sie war vier Jahre älter als ich und über ein abgebrochenes Medizinstudium in den Job als Jungredakteurin gerutscht. Ich verstand mich gut mit ihr. Mit ihr konnte man viel Spaß haben, denn sie zog alles und jeden durch den Kakao.

Hildegard sparte sich einen Kommentar, aber die Blicke, mit denen sie mich bedachte, ließen tief schließen. »Lass uns weitermachen«, meinte sie. »Deine Vorschläge, Jenny?«

Hastig riss ich meinen Block aus der Tasche. Ich hatte heute Morgen, bevor ich zu Valerie gefahren war, in aller Eile noch ein paar Gedanken für die nächste Ausgabe notiert.

Ich war für *Meine Freizeit* zuständig, also für alles, was nicht direkt mit *Mein Geist und meine Seele* oder *Mein Körper* zu tun hatte, sprich für den ganzen unwichtigen Rest. Mode, Kosmetik, Reise, Erholung, Fitness und solchen Kram. Offenbar sahen sich die angestellten Redakteure mit diesen unwichtigen Themen unterfordert und hatten deshalb die Praktikantin – also mich – mit diesem Ressort betraut. Mir konnte das nur recht sein, denn damit kannte ich mich aus.

»Mit siebzig noch mal liften?«, las ich vor. »Neue Trachtenkleider aus Bad Wörishofen. Die heilende Kraft der Algen.«

»Algen hatten wir vor drei Monaten schon mal«, warf Hans-Georg ein.

»Wennschon.« Luisa grinste. »Das haben die Leser doch schon wieder vergessen.« Sie zwinkerte Hans-Georg zu, der das allerdings nicht besonders komisch fand.

»Ich kann auch was mit Schlamm machen«, erklärte ich eilig, um jedem weiteren Einwand zuvorzukommen. Ich hatte keine Lust, irgendwelche Debatten vom

Zaun zu brechen und dadurch die Sitzung zu verlängern.

»Nimm Schlamm«, stimmte Hildegard mir zu. »Das mit dem Lifting klingt auch gut. Was ist mit der Reise?«

Ich hatte nicht die geringste Ahnung. Irgendwie war ich noch nicht dazu gekommen, mir zu diesem Thema den Kopf zu zerbrechen. Doch wozu war ich gut im Improvisieren?

»Lanzarote?«, meinte ich. »Das ist momentan echt günstig, ich hab heute ein Pauschalangebot gesehen, da könnte ich nächste Woche Montag fliegen und wäre Freitag wieder hier.«

Das war der beste Teil an meinem Praktikum. Einmal im Quartal brachte *Meine Gesundheit* eine große Urlaubsreportage heraus, hauptsächlich über Reiseziele, an denen unsere Zielgruppe interessiert war. Es reichte schon, wenn irgendwo eine Heilquelle in der Nähe war. Oder ein toller Dom. Oder eine wichtige Ausstellung. Oder einfach grandiose Natur. In den vier Wochen, die ich jetzt bei *Meine Gesundheit* arbeitete, war ich noch nicht auf Firmenkosten unterwegs gewesen, aber gegen diese Form der Abwechslung hatte ich nichts einzuwenden.

»Ich könnte eine Kameltour in die Feuerberge machen«, meinte ich. »Und die Manrique-Villa besuchen.«

»Wir hatten letztes Jahr schon Gran Canaria«, sagte Hans-Georg.

»Gran Canaria ist nicht Lanzarote«, klärte ich ihn auf.

Er bedachte mich mit einem säuerlichen Lächeln.

»Aber es ist eine Kanarische Insel. Was würdest du dann nach Lanzarote vorschlagen? Teneriffa?«

»Hans-Georg hat recht«, meinte Hildegard. »Einmal Kanaren reicht fürs Erste. Was wäre deine Alternative?«

Ja, was? Ich starrte sie an. Sie starrte zurück. *Nicht nur zu spät, sondern auch noch unvorbereitet,* sagte mir ihr stechender Blick.

»Die Adria«, platzte ich heraus – und hätte mir im selben Moment fast die Zunge abgebissen. Exakt im Alter von dreizehn Jahren und nach mindestens ebenso vielen Adria-Urlauben war mir klar geworden, dass die nächste Überdosis Rimini und Co. mich umbringen würde. Fortan hatte ich mich strikt geweigert, noch einmal mit meinen Eltern dahin zu fahren, und hatte danach meine Ferien in Mädchen-Zeltlagern verbracht, bis ich mit Valerie letzten Sommer einen Sprachkurs in Aix-en-Provence gemacht hatte. Von diesem Urlaub schwärmten wir beide heute noch. Wieso hatte ich *Adria* gesagt? Hatte ich sie noch alle?

»Ich meinte natürlich Aix. Ähm, die Provence.« Hastig und nur für den Fall, dass Hildegard auf der Leitung stand, setzte ich hinzu: »Das ist in Frankreich. In Südfrankreich, um genau zu sein. Wunderschön gelegen, tolle Landschaft, super Essen, lauter total nette Franzosen.«

Sie wirkte interessiert. Ich atmete erleichtert aus. Doch schon in der nächsten Sekunde fuhr mir der Schreck in die Glieder.

»Adria«, seufzte sie. Plötzlich schaute sie drein wie jemand, der sich an seine wilde Jugend erinnert. »Ah! Wie wunderbar! Was für herrliche Urlaube ich da früher als junge Frau verbracht habe! Rimini! Grado! Cattolica!« Sie senkte verschämt die Blicke. »Da hab ich übrigens meine Flitterwochen verbracht.«

Hans-Georg wirkte plötzlich ähnlich entrückt. »Als Kind war ich mit meinen Eltern mal in Caorle. Das war der schönste Urlaub meines Lebens.«

»Ach, ich weiß nicht«, sagte ich. Es klang ziemlich lahm.

Hildegards Augen funkelten. »Ich sage das nicht gern, weil du dir immer gleich was auf solche Bemerkungen einbildest, Jenny. Aber in gewissen Augenblicken weiß ich, warum du von allen Bewerbern das Praktikum bekommen hast.«

»Was nicht heißen soll, dass es so schrecklich viele gewesen wären«, mischte Luisa sich frech ein. Dann sprach sie aus, was ich dachte. »Die Adria – wer fährt denn da heutzutage noch hin?«

Diesen Einwand wischte Hildegard sofort vom Tisch. »Vor vierzig Jahren sind da *alle* hingefahren. Das ist ja gerade das Tolle an diesem Tipp! Denk an unsere Zielgruppe! Das wird der Renner!«

Hans-Georg pflichtete ihr bei. »Ja, das hat so einen gewissen Retrocharme. Erinnerungen werden wach. Die Jugend wird auf einmal wieder lebendig.«

»Du machst was über die Adria«, entschied Hildegard.

»Und weißt du was? Ich genehmige dir zehn volle Tage. Mach was richtig Gutes daraus. Wir nehmen es als Titelthema rein, drei Doppelseiten.«

Und damit war es endgültig.

3. Kapitel

Abends kam wieder einer dieser Anrufe, auf die ich gern verzichtet hätte. Ich stand gerade unter der Dusche, als das Telefon klingelte. Ich hatte Shampoo in den Haaren und konnte daher nicht drangehen, doch es hörte nicht auf zu läuten. Mama war arbeiten, deshalb klingelte es immer weiter. Den AB hatte ich schon vor Wochen abgestellt, weil Leos Anrufe sich gehäuft hatten.

Irgendwann nach dem zehnten oder elften Klingeln kam mir dann der Gedanke, dass es wichtig sein könnte – Papa hatte neulich über Herzbeschwerden geklagt –, weshalb ich mich in aller Eile in ein Handtuch wickelte und mit triefenden Haaren und tropfnassen Füßen hinüber ins Wohnzimmer patschte und abhob.

»Wieso gehst du nicht ans Telefon?«, fragte Leo.

Der anklagende Tonfall in seiner Stimme ließ mich unwillkürlich zusammenschrumpfen. Doch dann richtete ich mich auf und packte das Handtuch fester.

»Ich *bin* drangegangen«, informierte ich ihn.

»Aber erst nachdem ich es mindestens fünfundzwanzigmal habe klingeln lassen.«

»Ich war unter der Dusche.«

»Seit drei Stunden? Ich hab dauernd versucht, dich auf dem Handy zu erreichen.«

»Hm, ich glaube, der Akku ist leer.«

»Jenny, wir müssen reden.«

»Wir haben doch schon geredet.«

Das ließ er nicht gelten. Seine Stimme wurde drängend. »Du kannst unmöglich vergessen haben, was wir für eine super Zeit hatten!«

Genau genommen fand ich es rückblickend wirklich nicht so toll, doch es wäre wohl ziemlich hart gewesen, ihm das jetzt zu sagen. »Wir haben uns eben auseinanderentwickelt.«

»Weißt du noch, in Paris? Du kannst nicht vergessen haben, wie es für uns war. Wie es für dich war! Du hast es selbst gesagt!«

»Was denn?«

»Dass du noch nie so eine tolle Nacht erlebt hast!«

Hatte ich das wirklich gesagt? Ich erinnerte mich nur daran, dass er mich gefragt hatte, ob ich die Nacht mit ihm auch so toll gefunden hätte, und da hatte ich *Ja* gesagt. Was hätte ich auch sonst sagen sollen? Gleich danach hatte er gemeint, wir sollten doch am besten zusammenziehen. Das hatte mich umgehauen, so sehr, dass ich mich noch zu ein, zwei anderen Dämlichkeiten hatte hinreißen lassen. Auf die Leo natürlich in diesem Moment wie aufs Stichwort zu sprechen kam.

»Du hast gesagt, du hast noch nie so etwas mit einem anderen erlebt. War das etwa alles gelogen?«

»Nein. Schließlich warst du der Erste für mich.«

»Gerade deshalb musst du die Sache mit uns doch ernst nehmen!«

»Leo, es war nur eine einzige Nacht. Und sooo lange waren wir doch auch nicht zusammen!« Entschlossen holte ich Luft. »Ich sage es dir jetzt zum letzten Mal: Es ist Schluss.«

»Das kann ich nicht akzeptieren.«

Ich griff zu einer faustdicken Lüge, denn so konnte es nicht weitergehen. »Leo, ich habe einen anderen.«

Sein Aufschrei kam sofort und zerriss mir fast das Trommelfell. Ich legte auf und zog den Telefonstecker aus der Wand. Dann schaute ich vorsorglich nach, ob mein Handy ausgeschaltet war. Die letzten paar Wochen wagte ich nur noch sporadisch, es anzumachen. Ich fand jedes Mal SMS von ihm, die ich ungelesen löschte, weil immer dasselbe drinstand. Bevor ich nach Italien fuhr, musste ich mir unbedingt eine neue Nummer zulegen.

Während ich mir die Haare trocken rubbelte, ging ich zu Fridolins Käfig und schaute zu, wie mein Hamster sich die Backen mit Körnerfutter vollstopfte.

Zehn Tage Adria waren im Grunde gar nicht so übel, jedenfalls nicht, so weit es Leo betraf. Dann wäre ich wenigstens weit genug weg. Sein Schrei vorhin am Telefon hatte ganz danach geklungen, als wäre dieses Thema für ihn immer noch nicht gegessen.

Ich war keineswegs die erste große Liebe in Leos Leben, vor mir hatte es mindestens vier andere Freundinnen gegeben, aber Leo zufolge war er immer im letzten Moment zur Besinnung gekommen und hatte gemerkt, dass seine Gefühle doch nicht so tief waren.

Nach der Trennung fand ich dann schnell heraus, wie es wirklich gelaufen war: All seine bisherigen Freundinnen hatten die Reißleine gezogen, nachdem sie erst kapiert hatten, was für ein eifersüchtiger Kontrollfreak er war.

Seufzend zog ich mich an. Heute Abend waren meine beiden Eltern zu Hause – eine der wenigen Gelegenheiten, dass sie sich am selben Ort befanden und wir so etwas wie ein Familienleben führten. Mitsamt dem köstlichsten Essen. Niemand kochte besser als meine Mutter, vor allem gutbürgerlich, das war ihre Spezialität. Das Abendessen war wie immer ein Hochgenuss. Meine Eltern waren ebenfalls wie immer – lieb und ein bisschen verschroben.

»Ich finde es wunderbar, dass du mal wieder da runterfahren willst!« Mama tat mir noch einen Löffel Gulasch auf. »Weißt du, wie lange es jetzt her ist, dass du das letzte Mal in Pesaro warst?«

»Keine Ahnung«, behauptete ich.

»Aber ich. Fünf Jahre«, sagte Mama.

»Ehrlich gesagt würde ich lieber woandershin fahren. Ich fand's damals schon immer stinklangweilig da unten und ich glaube kaum, dass das inzwischen besser geworden ist.«

Mama legte einen Kloß neben meine Gulaschportion. »Es hat sich einiges geändert, aber man kann immer noch sehr nett da Urlaub machen.«

»Ich fahr ja eigentlich nur zum Arbeiten hin.«

»Was aber nicht heißt, dass du dich dabei nicht auch erholen kannst. Nimm dir noch von dem Salat, Kind.« Bevor ich mich bedienen konnte, tat sie es. »Ich find's gut, dass du mal wegkommst, gerade jetzt, wo du nach dem Abi so viel Zeit hast. Und ein bisschen Distanz zu Leo kann auch nicht schaden. Hab ich dir schon erzählt, dass er mich im Restaurant angerufen hat?«

Auch das noch. Ich seufzte. »Ich glaube, er ist ein Stalker.«

Papa, der die ganze Zeit über an die Decke gestarrt und dabei im Geiste vermutlich die kompliziertesten Notensequenzen studiert hatte, wandte sich mir zu. »Sollen wir was dagegen unternehmen?« Er blinzelte mich kurzsichtig an. Ohne Brille konnte er kaum etwas sehen, doch meist hatte er keine auf, weil er sie ständig verlegte. »Wir könnten einen Anwalt einschalten.«

»Nein, ist schon okay«, sagte ich. »Wenn ich für eine Weile weg bin, kapiert er es bestimmt endlich.«

»Vielleicht lernst du ja in Italien jemand Neues kennen«, meinte Mama.

»Sie ist doch erst achtzehn«, widersprach Papa. »Wozu braucht sie da gleich wieder einen?« Er runzelte sinnend die Stirn. »Wozu brauchen Frauen *überhaupt* Männer?«

Mama schnaubte durch die Nase. »Das frag ich mich manchmal auch.«

Zu dieser Frage hatte Valerie am nächsten Tag ihre eigene Meinung. »Dazu könnte ich ein paar Takte sagen«, erklärte sie. Ihr rotblondes Haar stand wie eine Wolke um ihren Kopf, ihre Augen funkelten fast so hellgrün wie der Kristall, den sie heute trug. »Es hat drei Buchstaben, fängt mit *S* an und hört mit *X* auf.«

»Kannst du eigentlich nur an das eine denken?«

Sie krauste nachdenklich die Stirn. »Kommt dir das so vor?«

Ich nickte. »In letzter Zeit redest du öfters darüber.«

Sie wirkte nicht sonderlich beeindruckt. »Und wennschon. Es ist nur normal. Das kommt von der langen Entbehrung.«

»Lange?« Ich musste lachen. Valerie hatte ziemlich häufig wechselnde Freunde und große Abstände gab es dazwischen nie. »Wenn ich richtig mitgezählt habe, ist die Sache mit Daniel erst drei Wochen her.«

»Es war Torsten und das ist vier Wochen her. Daniel war davor.« Sie zupfte ein Stück von ihrer Schinkensemmel ab und legte es vor Mellis Nase auf den Fußboden. Wir saßen bei ihr zu Hause in der Küche beim Abendessen. Sie schaute zu, wie ihre Katze nach dem Schinkenhappen schnappte, ihn herunterschlang und anschließend mit der Pfote über die langen Barthaare strich.

»Weißt du«, sagte sie gedehnt, »ich habe über deinen Urlaub nachgedacht.«

»Es ist kein Urlaub, sondern eine Recherchereise.«

»Es kommt ganz darauf an, was du daraus machst«, sagte sie.

»Okay, sagen wir: Arbeitsurlaub.«

»Urlaub«, beharrte sie.

Ich gab nach. Schon in der Sandkiste hatte sie immer alle Entscheidungen getroffen. Sie hatte bestimmt, wer welches Schippchen benutzte und ob der Sandkuchen mit oder ohne Stöckchenverzierung hübscher aussah.

»Und zu welchem Ergebnis bist du beim Nachdenken über meinen *Urlaub* gekommen?«, wollte ich wissen.

»Ich könnte mitkommen.«

Ich war freudig überrascht. »Echt?«

Sie zuckte die Achseln. »Na klar, was hält mich schon hier? Im Laden ist eh gerade Ferienflaute. Tante Margret kommt prima eine Weile ohne mich aus.«

Margret war Valeries Tante, die einen kuriosen, verwinkelten Laden in der Altstadt hatte, wo es Räucherstäbchen, Tarotkarten, bunte Heil- und Freundschaftssteine, Duftkerzen, Kräutertees und anderen esoterischen Schnickschnack zu kaufen gab. Valerie half dort regelmäßig aus.

Jetzt war ich Feuer und Flamme. »Oh ja! Das wär toll, Val! Komm doch mit! Bitte!«

Valerie lächelte. »Wenn du mir eines versprichst.«

Ich runzelte die Stirn. »Kommt drauf an, was. Wenn es diese Urlaubssache ist – vergiss nicht, dass ich da nicht nur am Strand abhängen kann. Ich muss einen Artikel schreiben und sicher ziemlich viel rumfahren.«

Sie machte eine wegwerfende Handbewegung. »Diesen ganzen Kulturkram kannst du auch im Internet abschreiben. Abgesehen davon komme ich natürlich mit, wenn du nach Venedig fährst. Da wollte ich schon immer mal hin.«

Anscheinend hatte sie sich bereits informiert. Ich jubelte innerlich. Sie war längst entschlossen mitzukommen! Der Adria-Trip war gerettet!

»Ich hab für mich heute Morgen ein neues I-Ging geworfen«, erklärte Valerie geheimnisvoll. »Es ist einfach grandios! Ein Jahrhundert-Orakel!«

»Warte, lass mich raten«, unterbrach ich sie, dann deklamierte ich mit leiernder Stimme: »Förderlich ist es, in den Süden zu reisen, weise ist es, im Schatten zu bleiben …«

»Du musst ja nicht dran glauben«, meinte sie spitz. Wie immer fand sie es nicht besonders lustig, dass ich ihr liebstes Hobby ins Lächerliche zog.

»Entschuldige«, sagte ich fromm. »Wir machen alles, was du willst. Ich geh sogar mit dir tanzen, wenn du darauf bestehst. Ich werde zu allen Typen nett sein, die du für mich anschleppst. Und wenn du jemanden für *dich* findest, werde ich auch zu dem nett sein.« Ich dachte nach, dann schränkte ich ein: »Außer, es ist jemand wie Leo.«

Valerie schaute mich an. Ihre Augen waren plötzlich sehr grün. »Diesmal ist alles anders. Das I-Ging hat es mir verraten. Wir werden unserem Schicksal begegnen. Halte dich bereit!«

Ihre Worte wanderten mir immer noch im Kopf herum, als ich zwei Stunden später nach Hause kam. Ich war angenehm beschwingt. Valerie und ich hatten noch ein bis zwei Gläschen von Tante Margrets selbst abgefülltem Holunderwein verkostet. Wir hatten viel geredet und inzwischen war ich davon überzeugt, dass mir an der Adria nicht nur der Urlaub meines Lebens bevorstand, sondern dass dort auch der tollste Latin Lover aller Zeiten auf mich wartete.

Valerie hatte mich ebenfalls ein neues I-Ging werfen lassen und mir anschließend triumphierend die Deutung vorgelesen. Mein Lover in spe hatte irgendwie mit Wasser und Klunkern zu tun. In der Deutung las sich das unter anderem wie folgt: *Wer an das große Wasser kommt, wird Gelingen finden. Gold und Juwelen trägt der Mann vom Turm.*

Ich fand zuerst, dass es sich genauso schwachsinnig anhörte wie der Rest, der in ähnlich sinnlosen Variationen ein erstaunlich dickes Buch füllte, doch Valerie war ganz aufgeregt gewesen. »Sicher ist er ein steinreicher *Marchese,* mit einem Kastell direkt am Meer! Er wird dir die kostbare Halskette seiner Mutter schenken!«

Sie hatte ihn mir in den glühendsten Farben geschildert. Groß, breitschultrig, schwarzhaarig, olivbraun gebrannt, dezenter kleiner Brilli im Ohr (wegen der Juwelen), schwerer Goldsiegelring am gräflichen Finger (dann passte auch das mit dem Gold).

»Brilli im Ohr ist out«, wandte ich ein.

»Stimmt gar nicht. Es gibt viele heiße Typen, die einen haben. Cristiano Ronaldo zum Beispiel.«

»Meinst du den Fußballer? Heißt der nicht Ronaldinho?«

»Das ist ein anderer Kicker. Aber der trägt auch Brilli im Ohr. Das ist der Beweis. Es ist einfach ein cooler Latin-Lover-Style.«

»Na gut, meinetwegen«, erklärte ich großmütig.

»Dein neuer Typ wird Enrico heißen. Oder Roberto.« Sie ließ es rollend auf der Zunge zergehen. »Oder Marco.«

»Wieso nicht Fabio?«, schlug ich mit angesäuseltem Grinsen vor. »Mein Opa hieß auch Fabio.«

»Ja«, sagte sie mit leuchtenden Augen. Melli strich buckelnd und mit hochgerecktem Schwanz um ihre Beine. In diesem Augenblick wirkte Valerie wie eine richtige Hexe. »Das ist ein wundervoller Name! So soll dein Juwelen-Lover vom Turm heißen! Fabio!«

4. Kapitel

Mit diesem klangvollen Namen im Ohr hatte ich mich schließlich von ihr verabschiedet. Summend lief ich die Einfahrt zu unserem Haus hoch. Es war stockfinster im Vorgarten, offenbar war der Bewegungsmelder abgeschaltet. Aber das war auch gut so; wenn das Licht angegangen wäre, würde sich unweigerlich unsere Nachbarin Frau Hölzlein in ihrer Haustür materialisieren und mich in ein mindestens zehnminütiges Gespräch über ihre letzte Ischiasattacke verwickeln. Seit sie herausbekommen hatte, wo ich »arbeitete«, war ich in ihren Augen *die* Fachfrau in Gesundheitsfragen schlechthin.

Oben angekommen fummelte ich in meiner Handtasche nach meinem Schlüssel. Im nächsten Moment stieß ich einen schrillen Schrei aus, denn aus der Dunkelheit kam eine Hand und griff nach meiner Schulter.

»Da bist du ja endlich«, sagte Leo.

Ich ließ mich zitternd gegen die Wand sinken, der Schlüsselbund, den ich gerade hervorgekramt hatte, fiel aus meinen kraftlosen Fingern und landete rasselnd vor meinen Füßen.

»Was machst du denn hier?«, fragte ich.

»Ich hab auf dich gewartet.«

Das war nicht zu übersehen. Im nächsten Moment ging beim Nachbarhaus die Tür auf und Frau Hölzlein erschien, den rundlichen Körper vom Hals bis zu den Zehen in geblümten Flanell gewickelt. »'n Abend, Jennifer«, rief sie herüber. »Hab ich doch richtig gehört.« Sie blinzelte kurzsichtig, als sie Leo sah. Es dauerte nur einen Moment, bis sie ihn einsortiert hatte.

»Kann ich dir behilflich sein, Jennifer?«, fragte sie mich.

Leo würdigte sie keines Blickes. »Wir gehen rein.« Er hob meinen Schlüssel auf und sperrte die Haustür auf. Dann ergriff er meinen Arm. »Komm.«

»Nein.« Ich stemmte mich gegen ihn. »Lass das. Geh bitte wieder.«

Er ließ mich los und versuchte es mit Schmeicheleien. »Du siehst gut aus, Mausi.«

»Danke, du auch.« Ich schob mich unauffällig an ihm vorbei und versuchte, ihm die Tür vor der Nase zuzuwerfen. Er stellte seinen Fuß dazwischen.

»Ich warte hier seit über einer Stunde auf dich! Im Dunkeln! Nur, um mit dir zu reden!«

»Dann sag schnell, was los ist, und geh wieder. Ich bin müde und muss ins Bett.«

Er schnüffelte. »Du hast was getrunken. Wo warst du? Und wieso kommst du erst so spät heim?« Seine Stimme klang vorwurfsvoll.

»Das geht dich nichts an. Nimm deinen Fuß weg.«

»Ich mach dir ja keine Vorwürfe. Ich will einfach nur wissen, wo du warst!«

»Du meinst wohl, mit wem! Aber das sag ich dir nicht!«

Leo hob beide Hände. »Dann behalt es einfach für dich, Mausi. Ich bin nicht im Geringsten eifersüchtig!« Er setzte sein breitestes *Ich-bin-dein-bester-Freund*-Grinsen auf, aber das irre Funkeln in seinem Blick konnte er nicht abstellen.

Frau Hölzlein kam ein Stück näher, um nichts zu verpassen.

»Leo, du solltest jetzt gehen«, forderte ich ihn auf. »Es ist vorbei mit uns.«

»Nein, ist es nicht«, behauptete Leo. »Du liebst mich nämlich. Du sträubst dich noch gegen diese Tatsache, aber wenn wir erst mal wieder eine Weile zusammen sind, wirst du begreifen, dass wir füreinander bestimmt sind.«

»Das bildest du dir nur ein! Du willst mich nur, weil *ich* nicht will! Das ist doch nur deine gekränkte Eitelkeit!« Ich wich ein Stück vor ihm zurück. Allmählich bekam ich es wirklich mit der Angst. »Leo, ich habe dir alles gesagt, was es zu sagen gibt.«

»Das ist nicht wahr. Ich will mit dir über unsere Nacht in Paris reden. Und darüber, dass du mich anlügst. Ich habe nämlich herausgefunden, dass du überhaupt keinen neuen Freund hast.«

Drinnen klingelte das Telefon. Geistesgegenwärtig trat ich Leo auf den Fuß und in dem Moment, als er ihn zurückzog, warf ich die Tür zu.

»Ich muss ans Telefon«, rief ich. »Gute Nacht, Leo!«

Er begann, gegen die Tür zu trommeln.

Frau Hölzlein rief von draußen: »Keine Sorge, Jennifer, ich ruf deine Mutter im Restaurant an! Oder soll ich gleich der Polizei Bescheid sagen?«

»Ja, wenn er jetzt nicht sofort geht, können Sie das ruhig machen!«

Diese Drohung veranlasste Leo zum Rückzug. »Wir sprechen uns noch!«, rief er.

»Das tun wir ganz bestimmt nicht«, murmelte ich, schon auf dem Weg ins Wohnzimmer. Ich ging zum immer noch klingelnden Telefon und hob ab, doch wer immer der Anrufer war, er hatte bereits aufgelegt.

Von draußen klopfte es ans Küchenfenster. Ich zuckte zusammen, doch es war nur Frau Hölzlein. Ich kippte das Fenster. »Was ist los?«

»Er ist weg!«, rief sie. »Die Luft ist rein!«

»Danke!« Ich war erleichtert. Aber das hielt nicht lange vor. In dieser Nacht hatte ich wieder den blöden Albtraum.

Eine Woche später fuhren Valerie und ich gen Süden. Wir nahmen den Wagen meiner Mutter. Die benutzte solange den meines Vaters, der gerade wieder mal für zwei Wochen weg war, sodass es gut passte. Valerie und ich wechselten uns am Steuer ab – was auch ganz gut war, denn besonders viel Fahrpraxis hatten wir beide noch nicht. Zumindest nicht auf so langen Strecken. Obwohl wir mitten in der Nacht losfuhren, hatten wir bis zur Ankunft mit ein paar Staus zu kämpfen, aber allzu schlimm war es nicht. Das Wetter in Italien war im Vergleich zu den heimischen Temperaturen bereits hochsommerlich, die Klimaanlage lief auf Hochtouren. Das letzte Stück unserer Fahrt führte entlang der Steilküste nördlich von Pesaro und durch den hügeligen Naturpark San Bartolo. Wir hätten auch die *Autostrada* nehmen können, aber dann wäre uns das traumhafte Panorama entgangen, das diese Gegend zu bieten hatte. Hier, wo die Küste der Emilia Romagna in diejenige der Marken überging, wechselten breite Sandstrände mit Klippen und ins Meer ragenden Felsenriffs. Zwischendurch hielten wir an, damit ich ein paar Fotos schießen konnte. Ich hatte das Equipment dabei, das mir die Zeitung für meine Reportagereise zur Verfügung gestellt hatte: einen Laptop für die Texte und einen Fotokoffer mit der Nikon und einem Satz guter Objektive und zusätzlichen Speicherkarten.

»Ist hier in der Gegend nicht auch das Kaff, aus dem dein Opa kam?«

Ich drehte an der Objektiveinstellung und machte einen Schnappschuss von der Küstenlandschaft, die sich hügelabwärts vor uns erstreckte.

»Nein, das ist weiter südlich, in der Nähe von Termoli.«

Mein Opa, Fabio Costello, war Anfang der 1940er-Jahre von Italien nach Deutschland ausgewandert – der Liebe wegen. Er hatte meine Großmutter Anna kennengelernt, als diese damals mit ihren Eltern an die Adria gekommen war. Ich kannte die herzergreifend romantische Geschichte in allen Einzelheiten: Fabio hatte tagsüber als Schneider sein Geld verdient und abends als Stehgeiger in einem Hotel. Dort hatte er dann Anna gesehen und es hatte wie der Blitz bei ihm eingeschlagen. Ihr war es ähnlich ergangen. So hatte eins zum anderen geführt und Fabio war es trotz der argwöhnischen Überwachung durch Annas Eltern – meine Urgroßeltern – gelungen, Anna in einer lauen Sommernacht zu einem Date auszuführen: am Strand, unter einem von funkelnden Sternen übersäten Himmel. So jedenfalls war es von einer Tante überliefert, die ein Faible für Liebesromane hatte. Danach brannten die beiden durch, doch ihr Glück war nur von kurzer Dauer. Mein Urgroßvater jagte ihnen mitsamt einer Meute Detektiven hinterher und stellte die Liebenden schließlich in Venedig, wo die beiden in einem heruntergekommenen Künstleratelier Unterschlupf gefunden hatten. Anna hatte sich einen Job als Hausmädchen gesucht und Fabio geigte in Touristenlokalen am Canal Grande. Trotz erbitterter Gegenwehr musste die arme Anna mit ihren Eltern nach Deutschland zurückkehren.

Doch ihre Liaison mit Fabio war nicht ohne Folgen geblieben.

Mein Urgroßvater war stracks wieder nach Italien gereist, eine heulende, im dritten Monat schwangere Anna im Schlepptau, und Fabio war mit vorgehaltener Pistole gezwungen worden, Anna zu heiraten. Wobei dieser

Zwang, wie ohnehin jedermann wusste, überhaupt nicht nötig gewesen wäre. Niemand hatte je ein Paar gesehen, das verliebter war als Anna und Fabio. Sie lebten heute beide nicht mehr, hatten aber eine große Nachkommenschaft hinterlassen. Mein Vater war das sechste und jüngste Kind.

Valerie seufzte. Natürlich kannte sie ebenfalls alle Details dieser Romanze. »Wenn ich mir vorstelle, dass die beiden hier am Strand …«

»Es war ja gar nicht hier.«

»Wir müssen unbedingt dahin fahren und es uns anschauen.«

»Erst mal fahren wir nach Pesaro.«

Das Haus meiner Eltern lag etwas außerhalb der Stadt, am Fuße eines kleinen Hügels, malerisch eingebettet in einen lichten Pinienhain. Von der Terrasse führte ein Fußweg hinunter zur Straße und von dort weiter zum nahen Strand.

»He, das ist echt schön!« Valerie schirmte mit der Hand ihre Augen gegen die Sonne ab. »Wieso hast du immer gesagt, dass es bescheuert ist?«

Ich folgte ihren Blicken und kniff die Augen zusammen. Tatsächlich, jetzt, wo sie es sagte, erkannte ich, dass es stimmte. Es war wirklich schön hier! Der Anblick war mir noch völlig vertraut und doch irgendwie anders. Das Haus mit seinem gelben Putz, dem Schindeldach, den grasgrünen Fensterläden und dem von Hibiskusbüschen überwucherten Garten *war* schön! Eine hübsche kleine Ferienvilla. In meiner Erinnerung war es die ganze Zeit über eine langweilige, altbackene Bleibe gewesen, in der sich tagein, tagaus immer dasselbe abspielte.

Ich zuckte mit den Achseln. »Ich bin selbst überrascht. Irgendwie hab ich es anders in Erinnerung.«

Nachdem wir unsere Koffer ins Haus getragen und sämtliche Fenster zum Lüften aufgerissen hatten, folgte mir Valerie durch die Räume, die jetzt von der Abendsonne durchflutet waren. Das Haus war eingeschossig und hatte einen großen Wohnraum mit integrierter Koch- und Essecke, zwei Schlafzimmer und ein Bad. Alles war hell und gemütlich eingerichtet; der Boden war mit großen, quadratischen Terrakottaplatten gefliest, die Wände waren einfach weiß verputzt. Das Mobiliar in den Schlafzimmern war unverändert, schlichte Holzbetten und Lamellenschränke, und auch die Essecke war dieselbe wie damals, doch vor ein paar Jahren hatten meine Eltern neue Sitzmöbel angeschafft, bequeme Ledersofas mit niedrigen Lehnen. Abgesehen davon war die Einrichtung einfach, aber zweckmäßig. Die Küche war komplett ausgestattet, allerdings ohne solche neumodischen Errungenschaften wie Mikrowelle oder Geschirrspüler. Immerhin waren ein Kühlschrank und ein immer noch tadellos erhaltener Gasherd vorhanden. Im Wohnzimmer gab es außerdem einen alten Fernseher und eine noch ältere Stereoanlage. Alles genau wie früher. Ich inspizierte die Räume bis in die letzten Ecken, fand aber in puncto Sauberkeit nichts auszusetzen.

Valerie war derselben Meinung. »Das ist ja alles ganz gut in Schuss. Haben deine Eltern jemanden, der hier Ordnung hält?«

»Aus der Stadt kommt etwa einmal im Monat ein Ehepaar rüber, zum Putzen und für den Garten. Im September und Oktober sind dann ja meist meine Eltern hier und im Frühjahr kommen regelmäßig Bekannte zum Urlaubmachen her.«

Nachdem wir unsere Sachen ausgepackt hatten, machten wir einen Spaziergang zum Strand hinunter.

Hier hatte sich seit meinem letzten Besuch einiges verändert. Da, wo früher noch weitgehend naturbelassener Sandstrand gewesen war, gab es jetzt ein *Bagno,* ein kleines Strandbad mit bunten Sonnenschirmen und Liegen. Dazu gehörten außer einer Reihe von Duschen, Umkleidekabinen und Toiletten auch die übliche Bodega und eine Bocciabahn, die sowohl vom Strand als auch von der Straße aus zu betreten waren. Alles wirkte nett und einladend.

Wir schlenderten über den feinen, warmen Sand in Richtung Wasser. »Ah, *sole e mare«,* seufzte Valerie. Sie streckte sich genießerisch und blinzelte in den sattblauen Himmel. »Ich weiß echt nicht, was du gegen die Adria hast! Ist doch super hier!«

Um diese Tageszeit war nicht mehr viel Betrieb am Strand, nur noch wenige Badegäste hielten sich hier auf. Ein paar Bocciaspieler vergnügten sich auf der Bahn und zwei oder drei Urlauber hatten es sich auf den Liegen bequem gemacht. Eine alte, reichlich mit Schmuck behängte Frau watete durch die flachen Wellen, die ans Ufer klatschten. Sie trug ein schreiend geblümtes Sommerkleid, das sie bis über die dürren Knie hochgerafft hatte. Ein griesgrämig dreinschauender, junger Typ stolperte hinter ihr her. Er war anscheinend beim Spazierengehen ausgerutscht. Seine weiße, ziemlich teuer wirkende Hose war bis zum Schritt durchnässt. In der Nähe spielten zwei kleine Kinder. Sie hockten dicht beim Wasser und buddelten selbstvergessen im Sand.

Alles in allem erinnerte mich das ganze Szenario total an früher: Es war ein regelrechtes Déjà-vu-Erlebnis, und zwar eines von einer so bemerkenswerten Klarheit, wie ich es bisher kaum erlebt hatte. Ganz so, als hätte ich genau dieses Bild schon vor vielen Jahren gesehen. Die Frau mit dem geblümten Kleid, der missmutige Typ hinter ihr …

»Was ist, gehen wir noch was essen?«, wollte Valerie wissen.

»Sekunde.«

Ich schloss die Augen, weil ich spürte, wie in meinem Gedächtnis etwas an die Oberfläche drängte. Was immer es auch war – ich musste ihm nur Gelegenheit geben aufzutauchen!

Doch dazu sollte es nicht kommen.

Kreischende Kinderstimmen erhoben sich. Eines der Kinder war aufgesprungen und losgerannt, verfolgt von seinem Spielgefährten. Die beiden Kleinen patschten durchs Wasser, umrundeten den Typ mit der nassen Hose und kamen als Nächstes der Alten in die Quere. Die ließ ihre Röcke los, ruderte mit den Armen – und verlor das Gleichgewicht. Sie fiel mit lautem Aufplatschen ins Wasser und dabei schaffte sie es irgendwie, trotz des flachen Wellengangs komplett auf Grund zu gehen.

Die Kinder rannten kreischend weiter und stritten sich dabei um irgendein Spielzeug. Der Typ mit der nassen Hose beugte sich vor, um der Alten aufzuhelfen, und stolperte dabei über seine eigenen Füße, sodass er im nächsten Augenblick mit verblüfftem Gesicht ebenfalls bis zum Hals im Wasser schwamm. Die alte Frau schlug schwächlich mit den Armen um sich, während sie gurgelnd und hustend Salzwasser ausspie und dabei versuchte, irgendetwas zu rufen.

»Meinst du, man kann in fünfzig Zentimeter tiefem Wasser ertrinken?«, fragte Valerie zweifelnd.

»Es soll Fälle geben, wo so was schon vorgekommen ist«, erklärte ich, wider Willen fasziniert von der surrealen Szene. »Ich hab jedenfalls schon davon gelesen.«

Der Typ streckte die Hand aus und bekam einen Zipfel vom Kleid der Alten zu fassen. Doch als er daran zog, um sie vollends an die Oberfläche zu befördern, riss der Stoff mit einem schnalzenden Geräusch und die Frau sackte mit einem Ruck wieder zurück ins Wasser, diesmal noch tiefer als vorher.

»Vielleicht ist das ja einer dieser Fälle, von denen du gelesen hast«, sagte Valerie.

»Ganz sicher nicht.« Ich hatte mich schon in Bewegung gesetzt, um einzuschreiten. Wenn der Typ nicht in der Lage war, eine alte Frau aus dem Wasser zu ziehen und an das höchstens zwei Meter entfernte Ufer zu befördern, waren eben meine Fähigkeiten als Lebensretterin gefragt. Ich konnte zwar ungefähr so gut schwimmen wie ein voller Sandsack, sprich überhaupt nicht, doch die Rettung dieser Oma würde ich sicherlich mit Bravour meistern. Das Wasser konnte an dieser Stelle kaum hüfttief sein. Außerdem war ich am nächsten dran.

Doch diese Einschätzung musste ich innerhalb der nächsten Sekunde schlagartig revidieren, denn kaum hatte ich einen Fuß ins Wasser gesetzt, um mich todesmutig und voll bekleidet zur Rettung der armen Ertrinkenden in die Fluten zu stürzen, als mir irgendein harter Gegenstand mit Wucht ins Kreuz knallte. Ich strauchelte, schnappte entsetzt nach Luft, bekam eine Ladung Meerwasser zu schlucken und sackte wie ein Betonklotz in die Tiefe.

5. Kapitel

Komisch, vorhin war mir das Wasser hier noch so flach vorgekommen! Statt fünfzig Zentimetern war es eher zwei Meter tief. Mindestens. Meine Lungen brannten wie Feuer, ich hatte wohl was in die falsche Kehle gekriegt.

Ich war eindeutig im Begriff zu ertrinken.

Hilflos strampelte ich herum und versuchte, mich irgendwo abzustoßen und nach oben zu kommen, und endlich gelang es mir, mit dem Kopf die Wasseroberfläche zu durchstoßen. Keuchend schnappte ich nach Luft – und bekam im nächsten Moment einen Schlag gegen die Nase, der mir fast das Bewusstsein raubte. Und mich erneut auf den Meeresgrund schickte.

Diesmal bekam ich es wirklich mit der Angst zu tun, doch bevor ich mir weitere Gedanken darüber machen konnte, ob ich diese Attacke überleben würde, spürte ich, wie jemand meine Haare zu fassen bekam, und dann wurde ich ruckartig an die Wasseroberfläche gerissen.

Wieder fiel ich um ein Haar in Ohnmacht, diesmal vor Schmerz. Es tat so weh, dass ich fast vergessen hätte, zu atmen. Ich spuckte einen Schwall von dem widerlich schmeckenden Salzwasser aus und schnappte keuchend nach Luft. Es war gut, dass ich das getan hatte, denn damit hatte ich wenigstens ein bisschen Sauerstoff in meine Lungen befördert; wie ich nämlich als Nächstes erkannte, würde der eine Weile reichen müssen, denn gleich anschließend landete ich flach auf dem Rücken im Sand, und zwar mit solcher Wucht, dass es mein Zwerchfell zusammenquetschte. *Jetzt* würde ich ganz sicher nicht mehr atmen können!

»Meine Güte, Jen, bist du okay?« Valeries Stimme drang wie durch Watte an mein Ohr.

Ich versuchte erst gar nicht zu antworten, denn reden konnte ich natürlich erst recht nicht.

»Wird sie durchkommen?« Eine Männerstimme hatte diese Frage gestellt, vermutlich der unfähige Typ mit der nassen Hose. Ein Deutscher also, und zwar einer aus Hamburg, dem Dialekt zufolge.

»Sie sieht aus wie eine ersäufte Ratte.« Das musste die Alte sein. Was ihr an Schwimmkünsten abging, machte sie definitiv durch genaue Beobachtungsgabe wett.

Jemand anderes sagte: »Sie wird gleich wieder in Ordnung kommen.«

Wenn mir nicht sowieso schon die Luft weggeblieben wäre, hätte ich spätestens jetzt den Atem angehalten. Es war eine jung klingende Männerstimme mit kaum merklichem italienischem Akzent. Eine Stimme wie die Nacht, dunkel und samtig und mit winzigen Feuerpünktchen durchsetzt, wie von ungezählten, verheißungsvollen Sternen …

»Solltest du nicht Mund-zu-Mund-Beatmung machen

oder so?« Das war Valerie. »Ich meine ja nur.« Sie klang ernsthaft besorgt. »Sie sieht nicht so aus, als würde sie von alleine atmen. Und die Augen kriegt sie auch nicht auf.«

»Das wird gleich wieder.«

Valerie gab sich damit nicht zufrieden. »Ich weiß nicht … Was bist du eigentlich, Rettungsschwimmer oder so?«

»So ungefähr.«

»Na, dann kennst du dich besser aus als ich.« Pause. »Aber müsste man nicht *irgendwas* tun?«

»Na ja … vielleicht …« Das war wieder er.

»Tu endlich was!«, rief Valerie panisch.

»Na gut. Du hast es so gewollt.« Im nächsten Moment landete eine klatschende Ohrfeige auf meiner Wange. Ich riss die Augen auf und holte prustend Luft. Keuchend und spuckend wälzte ich mich auf die Seite und stemmte mich hoch.

»Was soll das?« Es war als wütende Frage gedacht, kam aber nur als heiseres Gurgeln heraus. Ich musste noch ein-, zweimal husten, um meine Stimme wiederzufinden.

Doch die verschlug es mir im selben Augenblick, als ich meinen Retter sah. Er war groß, bestimmt über eins achtzig, und bis auf ein Paar Bermudas trug er nicht den kleinsten Faden am Leib. Sein ganzer Körper war nahtlos olivbraun. In seinem Ohrläppchen steckte ein glitzernder kleiner Brilli.

»Geht's wieder?«, fragte er. Mit reumütigem Lächeln streckte er mir die Hand entgegen. An seinem Ringfinger steckte ein ziemlich dick aussehender Goldring mit einer Art Wappen. »Sorry, dass ich dich vorhin im Wasser umgerannt hab. Ich bin ausgerutscht. Und als du dann hochkamst, bist du aus Versehen gegen meinen Ellbogen geknallt. Außerdem könnte es sein, dass ich dich ein bisschen zu heftig rausgezogen habe. Ach ja, und entschuldige bitte die Ohrfeige.«

»Kann doch jedem passieren.« Wie hypnotisiert nahm ich seine Hand und glotzte auf den Ring. Und dann in sein Gesicht.

Er lächelte mit weißen Zähnen. Sein Haar war tiefschwarz, aber seine Augen waren so blau wie das Meer, in dem ich vorhin fast ertrunken wäre. Er war mit Abstand der bestausehende Rettungsschwimmer, dem ich je begegnet war.

»Mein Name ist Fabio.«

Neben mir holte Valerie keuchend nach Luft, es klang, als wäre nicht ich, sondern sie dem Ertrinken entronnen.

Ich brachte keinen Ton heraus und starrte ihn nur an. Valerie drängte sich neben mich, weil ich immer noch stumm war.

Sie übernahm die Vorstellung. »Das da ist Jenny und ich bin ihre Freundin Valerie. Du sprichst aber *sehr* gut Deutsch!«

»Meine Mutter ist aus Deutschland. Aus Frankfurt, um genau zu sein.«

»Wir auch«, rief Valerie erfreut. »Wir sind heute angekommen, vorhin erst. Wir wohnen da oben in einem der Ferienhäuser.«

»Na, so was, dann sind wir ja sozusagen Nachbarn«, meldete sich der hanseatisch klingende Typ zu Wort. Jetzt war nicht nur seine Hose, sondern auch der Rest seines teuren Outfits patschnass. Er triefte von Kopf bis Fuß, genauso wie die alte Frau, die ihre Rettung aus den Fluten der Adria anscheinend wesentlich besser überstanden hatte als ich.

»Ich bin Gabriel von Plettenberg. Und das hier ist meine Großtante, Baronin von Plettenberg. Wir wohnen in dem Kastell oben am Hügel.«

»Ich werd nicht mehr«, murmelte Valerie, nur für mich hörbar. Genau das dachte ich auch: Wir sind im selben Alter und er stellt sich mit seinem Nachnamen vor?

Gabriel von Plettenberg nahm Haltung an und verneigte sich ein wenig linkisch vor mir. »Ich danke dir vielmals für den Rettungsversuch. Auch wenn er gar nicht nötig war, denn eigentlich kann meine Großtante schwimmen. Der Sturz ins Wasser kam für sie bloß unerwartet. Und für mich auch.«

Ich starrte den pitschnassen Gabriel von Plettenberg und die Baronin an. Grübelnd furchte ich die Stirn. Da war es wieder, dieses komische Gefühl, die beiden schon mal gesehen zu haben. Und zwar exakt hier, am Strand der Adria!

Mist, es wollte mir nicht einfallen! Aber zum Glück verdichtete sich der Eindruck, die zwei zu kennen, schon im nächsten Moment zu erfreulicher Gewissheit. Natürlich! Die Baronin! Sie hatte damals schon in dem Kastell gewohnt, als ich hier mit meinen Eltern Urlaub gemacht hatte! Und sie hatte sich kaum verändert, wie ich mit einem raschen Seitenblick feststellte. Abgesehen davon, dass sie klatschnass war, sah sie fast genauso aus wie vor fünf Jahren. Klein und dürr wie eine Vogelscheuche, ein Gesicht wie die böse Hexe aus dem Kasperletheater, mit dem ich als Kind gespielt hatte. Genau wie damals trug sie ein grellbunt geblümtes Kleid.

Ihr Großneffe Gabriel hatte sich ebenfalls nicht sonderlich verändert. Er war ein, zwei Jahre älter als ich, vielleicht Anfang zwanzig, aber er war so hager wie eh und je und auch sein Gesichtsausdruck war derselbe wie früher. Schon mit fünfzehn oder sechzehn hatte er wie ein vergrämtes Karnickel dreingeschaut. Im Übrigen war die Familienähnlichkeit unverkennbar.

Ich wollte mich gerade zu erkennen geben, als die Baronin in schnarrendem Tonfall sagte: »Ich bin nass.«

Die schwere Juwelenkette um ihren Hals klirrte leise, während sie ihre herabhängenden Röcke raffte und davonmarschierte.

Gabriel warf ihr einen leicht entnervten Blick nach, dann schickte er sich an, ihr zu folgen. Über die Schulter rief er uns zu: »Danke nochmals! Und … Bitte kommt doch morgen Vormittag gegen zehn Uhr zu uns zum

Brunch! Ich würde mich freuen und meine Großtante auch! Wiedersehen, einen schönen Abend noch!«

Sprachlos sahen Valerie und ich zu, wie die Baronin von dannen stapfte, gefolgt von ihrem triefenden Großneffen und dem Knackarsch von Rettungsschwimmer, der ebenfalls von oben bis unten nass war. Er ging als Letzter. Seine Bermudas klebten wie eine zweite Haut am Körper.

Valerie gab ein verzücktes Stöhnen von sich. »Hast du diesen geilen Hintern gesehen? Glaubst du, er macht vielleicht Bodybuilding?«

Wir blickten der Baronin und ihren beiden Begleitern nach, wie sie an einer kleinen Schar neugieriger Strandgäste vorbei zur Straße gingen und sich von dort aus auf den Weg hinauf zum Kastell machten.

Valeries Augen leuchteten. »Ich hab's gewusst!«

»Was?«, fragte ich vorsichtig.

»Hast du nicht mitgekriegt, wie er heißt? Na? Na? Heißt er Fabio oder nicht?«

»Zufall.«

»Und der Ring? Und der Brilli im Ohr? Und sieht er nicht ganz genau so aus, wie wir ihn uns vorgestellt haben?« Sie seufzte tief. »Mein *Gott,* sieht dieser Typ toll aus!«

Ich deutete auf das Rettungsschwimmerpodest, das in einiger Entfernung stand. »Und das ist dann wohl sein Turm, oder wie?«

»Da ist noch eine kleine Ungereimtheit«, räumte Valerie ein. »Eigentlich müsste *er* der Baron sein und in dem Kastell da oben wohnen und Juwelen in der Familie haben.«

»Eine kosmische Verwechslung?«, schlug ich grinsend vor.

»Nein, ich dachte eher, dass er hier vielleicht nur ehrenamtlich den Rettungsschwimmer macht.« Sie runzelte die Stirn. »Komisch, wenn er Rettungsschwimmer ist – wieso ist er dann eben mit denen weggegangen?«

»Vielleicht hat er Feierabend und wollte sowieso nach Hause.«

»Hm«, machte sie. »Aber du musst zugeben, dass sonst alles passt: Wer an das große Wasser kommt, wird Gelingen finden. Gold und Juwelen trägt der Mann vom Turm ...«

Ich schüttelte mich und versprühte nach allen Seiten Wassertropfen. »*Gelingen* nennst du das? Ich hab so viel Meerwasser geschluckt, dass ich nie wieder Salz auf meine Frühstückseier streuen muss! Und der tolle Märchenprinz hat mir eine gedonnert!«

Valerie schmunzelte und hakte mich unter. »Komm, du brauchst 'ne Dusche und was Frisches zum Anziehen.«

»Und was zum Essen.«

»Ich könnte auch was zwischen die Kiemen vertragen«, stimmte Valerie zu. »Gibt's denn hier ein gutes Restaurant?«

»Ich hab schon was rausgesucht. Lassen wir uns überraschen.«

Auf dem Rückweg erzählte ich ihr, dass ich die Baronin und Gabriel von früher her kannte. Valerie war perplex. »Du meinst, die haben damals hier schon Urlaub gemacht?«

Ich nickte. »Mehrmals. Gabriel war beim letzten Mal so um die fünfzehn, sechzehn, aber viel verändert hat er sich nicht. Und die Baronin sah ganz genauso aus wie heute. Sie hat kaum geredet und sie trug schon damals diese grässlich geblümten Kleider und dazu kiloweise Juwelen.«

»Meinst du, die sind echt?«

»Scheint so.«

»Und Gabriel fährt nach all den Jahren immer noch mit seiner Großtante in Urlaub?«

»Sieht so aus. Aber frag mich nicht, wieso.«

Valerie runzelte die Stirn. »Ich denke mal, dass wir das noch rausfinden.«

»Heißt das, du willst da wirklich zum Brunchen hingehen?«

Sie sah mich verblüfft an. »Was dachtest du denn?«

Die Aussicht auf einen Besuch bei der schrägen Baronin haute mich nicht vom Hocker, doch Widerspruch war sinnlos. Wenn Valerie dort brunchen wollte, würden wir dort brunchen, so einfach war das. Ich richtete mich mit einem inneren Seufzen auf einen langweiligen Vormittag ein.

Nach einer ausgiebigen Dusche zog ich mir ein frisches Kleid an und machte mich zum Abendessen zurecht. Wie immer verwendete ich nicht allzu viel Mühe auf mein Äußeres, ich fand, dass sich die Mühe nicht unbedingt lohnte. Sämtliche Frisuren, die ich an mir ausprobiert hatte, neigten dazu, sich nach kurzer Zeit aufzulösen und in die glatt herabhängenden Strähnen zurückzuverwandeln, die mich schon als Kind zur Verzweiflung getrieben hatten. Mein Haar war viel zu fein und zu weich, um es kurz zu tragen, und es widerstand hartnäckig allen Bemühungen, ihm mit Föhn oder Wicklern zu mehr Volumen zu verhelfen. Also trug ich es seit der sechsten Klasse schulterlang, weil es so am wenigsten schlapp aussah. Ab und zu band ich es im Nacken zusammen, doch selbst das wollte nicht richtig halten, weil das Haar einfach zu glatt war; alle Spangen rutschten über kurz oder lang daran ab.

Das einzig Gute an meinem Haar war die Farbe, ein feines, natürliches Goldblond. Wie meine Mutter war ich ein sehr hellhäutiger Typ.

Abgesehen davon fand ich an mir nichts Besonderes. Ich war mittelgroß und hatte eine passable Figur, doch wenn ich an mir selbst noch hätte nachbessern können, hätte ich mir eine ordentliche Portion mehr Oberweite und dafür eine Idee weniger Hüfte verpasst. Und vielleicht kleinere Füße. Ich hatte Schuhgröße vierzig. Dafür hatte ich schöne, schlanke Beine, an denen es wirklich nicht das Geringste auszusetzen gab.

Mit meinem Gesicht hatte ich mich im Laufe der Jahre ebenfalls angefreundet, was war mir anderes übrig geblieben? In der fünften Klasse hatte ich einmal einem Jungen die Nase blutig geschlagen, der behauptet hatte, ich hätte ein Gesicht wie Barbie. Jahre später hatte ein Biolehrer behauptet, mein Gesichtsausdruck entspräche auf geradezu frappierende Weise dem überkommenen Kindchenschema, was so viel hieß, dass ich aussah wie Barbie. Ich hatte Barbie nie gemocht. In meinen Augen war sie eine hohlköpfige Zicke und Ken ihr schwuler Freund.

Wir fuhren mit dem Wagen in die Stadt, deren Silhouette mir ebenfalls trotz der Jahre, die ich nicht hier gewesen war, eigentümlich vertraut schien. Valerie hatte nichts dagegen, dass wir vor dem Essen noch ein bisschen herumfuhren und in meinen Ferienerinnerungen stöberten. Wir fanden die kleine *Osteria,* die ich zuvor aus dem Reiseführer herausgesucht hatte, ein winziges Restaurant an der Piazzale Mateotti.

Das Essen war köstlich. Valerie trank dazu *Rosso Piceno*. Ich selbst beschränkte mich auf Cola, da ich uns beide noch heil zurückchauffieren musste. Valerie dagegen tat sich keinen Zwang an, sie trank zum Essen zwei Gläser und bestellte sich noch ein drittes, als der Ober kam, um die leeren Teller abzuräumen. Dafür war sie dann morgen mit Fahren dran.

»Hast du dir diesen Gabriel mal genauer angeschaut?«, fragte sie, die Nase tief in ihrem Rotweinglas.

»Nein, wieso?«

»Er sieht gar nicht schlecht aus.«

Ich runzelte die Stirn. Sprachen wir von demselben Gabriel? »Findest du ihn nicht vielleicht eine Spur zu … ähm, dünn?«, fragte ich vorsichtig.

»Er ist schlank«, sagte Valerie bestimmt.

»Und seine Nase …«

»Ist markant, ich weiß.«

Ich hätte sie eher als zwei Nummern zu groß bezeichnet, doch wenn Valerie sie für markant hielt, war es zwecklos, sie davon abbringen zu wollen.

»Und seine Haare …«

»Gehen aus, ich hab's gesehen. Aber das hat mich noch nie gestört.«

Ich räusperte mich. »Du hast ihn noch nicht lachen sehen.«

»Wieso?«

»Ich hab's einmal erlebt, damals. Er hat einen ziemlich schlimmen Überbiss.«

»Das ist lange her. Vielleicht hat er sich seitdem die Zähne regulieren lassen.«

»Na ja«, sagte ich zweifelnd. »Andererseits stört es wirklich nicht besonders. Er lacht ja so gut wie nie.«

Valerie trank einen Schluck Wein. »Jen, ich möchte, dass du morgen deine Eltern anrufst und sie fragst, wieso Gabriel mit seiner Uralt-Großtante in Urlaub fährt. Ob sie letztes Jahr auch hier waren und davor die Jahre und so weiter.«

Ich schaute sie überrascht an. »Das kann nicht dein Ernst sein. Du kannst dich unmöglich ernsthaft für diesen Typen interessieren!« Als ich ihr verärgertes Stirnrunzeln sah, setzte ich eilig hinzu: »Ich tu's natürlich, wenn du das möchtest, kein Problem, Val! Ich will auch gar nichts gegen Gabriel sagen, auf seine Art ist er sicher ganz … attraktiv.«

»Ich hab nicht gesagt, dass ich ihn attraktiv finde.« Es klang patzig.

Trotzdem war sie allem Anschein nach ganz wild darauf, mehr über ihn rauszukriegen. Ich fragte mich, ob ihr intensives Interesse an Gabriel vielleicht mit ihrem I-Ging zusammenhing. Irgendwie waren wir noch nicht dazu gekommen, es gemeinsam zu erörtern. Nachdem sie mir schon in allen Einzelheiten meine eigene Zukunftsdeutung dargelegt hatte, hatte mein Interesse an diesem Kram schlagartig nachgelassen.

Und jetzt war ich zu müde, um sie danach zu fragen. Es war Zeit, zurückzufahren und ins Bett zu gehen. Wir waren beide um vier Uhr früh aufgestanden und hatten davor nicht allzu viel Schlaf gehabt.

6. *Kapitel*

Ich schlief tief und traumlos, wurde aber leider schon um fünf Uhr wach und konnte nicht mehr einschlafen. Nachdem ich mich bis kurz vor sechs in meinem Bett hin und her gewälzt hatte, stand ich widerstrebend auf und schlüpfte in meine Laufklamotten. Wenn ich schon nicht schlafen konnte, war diese Tageszeit so gut wie jede andere für ein kleines Fitnessprogramm. Eher sogar noch besser, denn später würde es viel zu heiß dafür sein. Ich band mir das Haar im Nacken zusammen und rannte los.

Es wurde gerade hell. Vom Meer kam ein sanfter Wind, die Luft roch herrlich frisch nach Pinien und wilden Blumen. Ohne nachzudenken, lief ich denselben Weg, den ich früher immer mit Papa zusammen entlanggetrabt war, vor Urzeiten, als Laufen noch Joggen hieß. Mama hatte seinerzeit die Nase darüber gerümpft, sie hatte felsenfest die Überzeugung vertreten, dass etwas, was derartig anstrengend war, unmöglich gesund sein könne. Heute sorgte sie dafür, dass Papa jede Woche mindestens seine dreißig Kilometer lief. Ich selbst war von diesem Pensum Äonen entfernt. Wenn ich mich überhaupt mal zum Laufen aufraffen konnte, dann höchstens einmal die Woche, und dann langte es auch nur für maximal zehn Kilometer – möglichst bergab.

Doch heute Morgen lief ich bergauf, ausnahmsweise. Genau wie damals, nur diesmal allein. Der Fußweg schlängelte sich ein Stück weit hügelaufwärts, vorbei an mehreren Ferienhäusern, die unserem sehr ähnelten. Das Kastell war keine Festung, sondern einfach ein mittelalterliches Anwesen mit einem kleinen, zinnenbewehrten Turm, wie es sie in Italien in beinahe jeder alten Stadt zu finden gibt. Es lag hinter einer Gruppe schlanker Zypressen fast an der Kuppe des Hügels, stammte vermutlich aus dem fünfzehnten Jahrhundert und war von schlichter, zeitloser Schönheit. Hier und da zeigten sich Spuren von Verfall, sowohl am Haus selbst als auch an der Mauer, die es umgab, doch das erhöhte den Charme des Anwesens noch.

Leider war ich kaum in der Lage, das Ambiente entsprechend zu würdigen. Ich war ungefähr vierhundert Meter bergauf gerannt und dem Kreislaufkollaps nahe.

Gierig rang ich nach Luft. Ich schaffte es gerade noch bis zur Höhe des Kastells, dann blieb ich stehen und hielt mir keuchend die Seiten.

Aus dem Garten des Anwesens drang eine laute Stimme zu mir herüber, die irgendwelche Befehle zu brüllen schien. Es klang wie beim Frühappell in einer Kaserne, bis auf den kleinen Unterschied, dass hier kein Mann, sondern eine Frau herumschrie. Meine akute Atemnot hinderte mich nicht daran, den Weg zu verlassen und mich durchs Gebüsch bis zur Mauer vorzupirschen, die den hinteren Teil des Gartens zum Hang hin abgrenzte.

Dort schlich ich entlang und hielt nach der Quelle des Lärms Ausschau. Kurz darauf hatte ich eine Stelle erreicht, von wo aus ich sie sehen konnte. Neugierig beugte ich mich vor und spähte an den wild über die Mauer wuchernden Blumenranken vorbei, hinüber zur Terrasse des Kastells, wo zwei Gestalten zu erkennen waren, die im Licht der Morgensonne seltsame Dinge taten.

Eine davon kannte ich, es war die Baronin. Sie trug einen ziemlich ausgeleierten grauen Trainingsanzug und Turnschuhe. Die Juwelen wollten nicht so recht zu dem sportlichen Outfit passen, doch das schien die Baronin nicht weiter zu stören.

»Und Step«, rief der weibliche Feldwebel, »one, two, three, four, left, sidekick, and go! Guut! Und die Arme nicht vergessen!«

Ich staunte nicht schlecht. Die Baronin war eindeutig auf der Höhe der Zeit. Wie alle Leute, die auf ihre Gesundheit achteten und richtig viel Geld dafür ausgeben konnten, hatte sie einen Personal Trainer. Eine Trainerin, um genau zu sein. Die Baronin bewegte sich erstaunlich gelenkig für ihr Alter. Ohne sichtbare Anzeichen von Ermüdung hopste sie auf und ab, von links nach rechts, von vorn nach hinten, machte all die üblichen Gleit-, Grätsch-, Stepp- und Ausfallschritte sowie die schlenkernden Armbewegungen, die das Programm vorschrieb.

Der weibliche Feldwebel, der die Baronin auf Trab brachte, war vielleicht Anfang zwanzig, ein schlankes, aber gleichzeitig kurvenreiches Wesen mit langen schwarzen Haaren, die im Nacken zu einem Zopf geflochten waren. Sie sah genau so aus, wie jede Frau gern ausgesehen hätte; der personifizierte Grund, warum sich Hunderttausende von Leuten tagein, tagaus mit Fitnessübungen quälten.

Gerade wollte ich mich diskret zurückziehen und einen großen Bogen um das Gelände schlagen, als eine Stimme an mein Ohr drang, die automatisch ein gewisses Kribbeln auf meiner Haut auslöste. Und zwar überall.

Wenn das nicht dieser Rettungsschwimmer war! Seine aufregend raue Stimme hätte ich unter tausenden wiedererkannt! Was hatte der denn um diese Tageszeit hier verloren? Gehörte er auch hier zum Personal, vielleicht auf Teilzeitbasis? Etwa als privater Schwimmtrainer? Es würde irgendwie einen Sinn ergeben. Gestern hatte er den Eindruck gemacht, als wäre es das Normalste der Welt, die Baronin zum Kastell zu begleiten.

Aber die Stimme kam nicht vom Gelände, sondern aus dem Gebüsch schräg hinter mir. Und sie kam näher. Es klang, als unterhielte er sich mit jemandem. Ein paar Schritte noch und er würde mich beim Spannen erwischen. Und das in diesem Aufzug, nass geschwitzt, ungeduscht, ungeschminkt und wahrscheinlich hochrot im Gesicht vor Anstrengung. Und vor Verlegenheit. Peinlicher ging's kaum noch! Hastig drückte ich mich gegen die Mauer und schob mich unter den rosa Blütenregen der Bougainvillea, die an dieser Stelle über den verwitterten Steinwall hing.

Gerade noch rechtzeitig. In unmittelbarer Nähe raschelte es im Gebüsch und dann kam Fabio den Weg entlanggestapft. Er war allein, trotzdem redete er unablässig vor sich hin. Was war das denn? Hatte er was an den Nerven?

Doch dann erkannte ich, dass er keine Selbstgespräche führte, sondern mit seinem Handy telefonierte. Ich konnte zwar nichts sehen und auch nicht allzu viel verstehen, weil er in rasendem Stakkato Italienisch sprach, aber die kurzen Pausen, die er zwischendurch einlegte, und die Art, wie er am Ende mancher Sätze die Stimme hob, ließen erkennen, dass er gerade mit jemandem redete. Er hörte sich ziemlich verärgert an, fast wütend. Nein, er *war* wütend. Und zwar stinkwütend. Wenn mich nicht alles täuschte, gab er da gerade eine ganze Latte unfeiner Flüche von sich.

Gut, dass ich mich versteckt hatte. So, wie dieser Typ drauf war, hatte ich keine Lust, ihm erklären zu müssen, warum ich hier so früh am Morgen herumlungerte.

»Was machst du denn hier?«

Ich stellte mich tot, in der Hoffnung, dass er vielleicht die Fitness-Trainerin oder die Baronin meinte.

»Wieso hast du dich da unten verkrochen?«

Ich spürte, wie alles Blut meinen Körper verließ und auf direktem Wege in mein Gesicht schoss. Heroisch um Gelassenheit ringend, krabbelte ich aus dem Blumengewirr und richtete mich auf. Und fand mich Auge in Auge mit Fabio wieder. Heute trug er wesentlich mehr als gestern, nämlich blaue Bermudas und ein locker fallendes T-Shirt. Trotzdem sah er keinen Deut schlechter aus. Eher im Gegenteil.

Er betrachtete mich stirnrunzelnd und ich begriff, dass er wohl irgendeine Äußerung von mir erwartete.

»Buon giorno«, sagte ich hoheitsvoll. Der Effekt meiner Worte wurde ein wenig dadurch beeinträchtigt, dass mein Haargummi sich ausgerechnet diesen Moment aussuchte, um sich von meinen Haaren zu verabschieden.

»Buon giorno«, entgegnete Fabio. Dann fiel er mit einem wahren italienischen Wortschwall über mich her.

»Ich kann leider kein Italienisch«, sagte ich, dankbar für die Ablenkung. Wenigstens hatte er mich nicht gefragt, was zum Teufel ich überhaupt um diese Tageszeit hier zu suchen hatte. »Bloß ein paar Brocken«, setzte ich rasch hinzu. »Aber nichts Richtiges.« Ich zwang mich zu einem sonnigen Lächeln. »Was hast du gerade eben gesagt?«

»Ich hab gefragt, was du um diese Tageszeit hier zu suchen hast. Für mich sah das gerade ganz so aus, als ob du dich da versteckt hättest.«

»Ups«, sagte ich betroffen. Ich blickte verzweifelt hinter mich, auf die zerrupften Blumenranken, als wäre dort eine plausible Begründung zu finden, wieso ich eben noch da unten gehockt hatte. »Ich … ähm … ich hab … mir war was runtergefallen und da hab ich mich gebückt und es gesucht.«

»Was denn?« Er musterte mich scharf. »Vielleicht kann ich suchen helfen?«

Ich äugte über die Steinmauer zur Terrasse, doch die Baronin und die Trainerin hatten mit ihrer Frühgymnastik aufgehört und waren im Haus verschwunden, vermutlich zu einem gesunden Frühstück, das sich beide redlich verdient hatten. Ich selbst hatte auch auf einmal Hunger. Doch bevor ich zurücklaufen und nachsehen konnte, was sich von unseren mitgebrachten Vorräten für einen schnellen Morgenimbiss eignete, musste ich Fabio wohl oder übel erklären, was ich hier verloren hatte. Sofort fiel mir eine passende Lösung für mein Problem ein.

»Kontaktlinsen«, behauptete ich, während ich mich selbst zu meiner Improvisationsgabe beglückwünschte. »Das heißt, *eine* Kontaktlinse. Ich will damit sagen, es ist nur eine runtergefallen. Die andere hab ich ja noch.«

Das war schön unverfänglich. Ständig sah man irgendwo Leute, die Kontaktlinsen verloren und hilflos über den Boden krabbelten, um sie wiederzufinden, bevor jemand darauftrat und sie unter dem Absatz zermalmte.

»So weit entfernt vom Weg?«

»Ich bin gelaufen und hatte ganz schön Schwung drauf. Da ist sie richtig losgeschossen.«

Seine Zweifel waren fast mit Händen zu greifen. Ich schluckte und überlegte, ob ich ihm einfach die Wahrheit sagen sollte. Dass ich nicht von ihm beim Lauschen und Glotzen ertappt werden wollte und mich deshalb so schmählich verkrochen hatte.

Für die Wahrheit ist es nie zu spät, ermahnte ich mich. Doch bevor ich den Mund aufmachen und ihm den wahren Grund für meine Anwesenheit nennen konnte, bückte er sich und fing an, am Fuß der Mauer nach meiner Kontaktlinse zu suchen. Ich betrachtete seine perfekt ausgebildete Rückenmuskulatur und überlegte dabei, wie es sich wohl anfühlen würde, wenn ich ihn da anfasste.

Er suchte und suchte und sah sehr gut dabei aus. Da er nichts finden würde, standen die Chancen nicht schlecht, dass er noch eine Weile weitermachen würde.

Doch er gab überraschend schnell auf. »Da ist nichts.«

»Vielleicht ist sie auch woandershin gefallen.«

Ich bewegte mich ein paar Schritte rückwärts und stolperte dabei über meine eigenen Füße. »Ich geh dann mal wieder. Zeit fürs Frühstück.«

»Aber du hast deine Kontaktlinse noch gar nicht wiedergefunden!«

»Macht nichts, ich hab genug davon zu Hause.« Ich wurde schneller, denn je weiter ich weg war, desto weniger Erklärungen konnte er von mir verlangen.

Schließlich fiel ich in Laufschritt und winkte ihm über die Schulter zu. *»Ciao!«*

Aus dem Brunch bei der Baronin würde wohl nichts werden. Keine zehn Pferde würden mich dahin bringen!

Natürlich gingen wir doch. Valerie hätte mich geköpft, wenn ich mich geweigert hätte. Schon der Versuch eines Protestes wurde von ihr gnadenlos im Keim erstickt. Sie bestand sogar darauf, dass ich vor unserem Aufbruch meine Mutter anrief, um sie wegen der Plettenbergs zu interviewen. Ich hatte gestern schon kurz angerufen, um Bescheid zu sagen, dass wir gut angekommen waren, und dieser zweite Anruf nach so kurzer Zeit versetzte Mama sofort in helle Aufregung. Sie dachte, es sei irgendwas passiert, und ich brauchte mindestens eine Minute, um ihr zu versichern, dass alles in Ordnung war. Danach erkundigte ich mich nach Fridolin, ich hatte gestern Abend vergessen, nach ihm zu fragen. Mit meinem Hamster sei alles in Ordnung, meinte Mama, aber dafür hätte Leo gestern zweimal bei ihnen angerufen, er hätte einen ziemlich aufgebrachten Eindruck gemacht. Ob sie nicht doch die Polizei einschalten sollten, wegen Stalking?

»Nein, er wird sich schon wieder einkriegen.« Dann kam ich endlich zum eigentlichen Thema meines Anrufs, nämlich unseren adligen Nachbarn, den Plettenbergs.

»Ach Gott, ja«, sagte Mama, als ich sie danach fragte. »Die sind praktisch jedes Jahr runtergekommen. Immer so ziemlich zur selben Zeit wie wir. Und jetzt sind sie auch wieder unten, sagst du? Richte ihnen herzliche Grüße von mir und Papa aus.«

Dazu würde ich den Plettenbergs erst mal erklären

müssen, wer ich überhaupt war. Gestern hatten weder die Baronin noch Gabriel den Eindruck gemacht, dass sie mich wiedererkannten. Wie auch, nach all den Jahren? Damals hatte ich meist erfolgreich das Weite gesucht, wenn ich sie irgendwo am Horizont auftauchen sah.

»Frag sie, wieso Gabriel immer dabei ist«, zischte Valerie mir ins Ohr.

»Wieso fährt der Großneffe eigentlich jedes Jahr mit?«, fragte ich meine Mutter.

»Keine Ahnung, Papa und ich haben uns das auch schon oft gefragt. Sie ist ja alles andere als kontaktfreudig, er übernimmt meist das Reden. Er muss sie sehr gernhaben, denke ich.«

Wahrscheinlich eher ihr Geld, überlegte ich.

»Ist sie sehr reich?«, fragte ich.

»Oh ja. Sie hat mehrere Villen in Hamburg, zwei davon sogar direkt an der Außenalster. Und wenn ich richtig informiert bin, wird eines Tages alles ihr Großneffe erben.«

»Was macht er denn sonst so?«

»Ich weiß nicht. Ich glaube, irgendwas Künstlerisches. Warte mal … Er hat mal was davon gesagt, dass er Hammond-Orgel spielt …«

Das reichte mir fürs Erste. Ich bedankte mich bei meiner Mutter und beendete das Gespräch.

Ich wandte mich an Valerie, die mich erwartungsvoll anstarrte. »Okay, also hier die neuen Infos: Im Hauptberuf ist er Erbschleicher und in seiner Freizeit spielt er Orgel.«

Valerie reagierte eingeschnappt. »Du möchtest ihn mir wohl mit allen Mitteln miesmachen, oder?« Sie ließ mich stehen und ging ins Bad, um zu duschen.

Ich zog meine verschwitzten Sachen aus und überlegte unterdessen, was ich zum Brunch anziehen sollte. Ich entschied mich für ein Sommerkleid, das kurz genug war, um meine Beine zur Geltung zu bringen, und edel genug, um adligen Ansprüchen zu genügen.

Valerie würde garantiert für die nächste Stunde das Bad blockieren, also blieb mir noch etwas Zeit zum Arbeiten. Ich warf meinen Laptop an und tippte rasch meine Eindrücke von der gestrigen Fahrt, außerdem eine Beschreibung von den Sehenswürdigkeiten Pesaros, eine bunte Mischung aus Dingen, die ich selbst gesehen oder bei Wikipedia gelesen hatte. Was das anging, hatte ich es längst aufgegeben, allzu authentisch sein zu wollen. Die Leute, die ihre gesammelten Erkenntnisse bei Wikipedia oder auf irgendwelchen Reiseseiten einstellten, wussten sowieso alles viel besser. Außerdem konnten sie sich professioneller ausdrücken. Ich konnte natürlich nicht einfach alles abschreiben, aber ebensowenig konnte ich mir in nur zehn Tagen alles selber anschauen. Die eigentliche Kunst bestand in der richtigen Auswahl. Mit anderen Worten: ein paar wichtige Dinge abklappern, den Rest abkupfern. Und sich nicht dabei erwischen lassen. Hildegard wäre sowieso nie etwas aufgefallen, aber bei Hans-Georg musste ich mich vorsehen. Er hing ständig auf Wikipedia herum und sah sofort, wenn ich mit *copy and paste* arbeitete. Seitdem hatte ich mich zu einer Meisterin der Synonyme entwickelt.

Ich loggte mich per WLAN-Stick kurz im Internet ein, um Hildegard eine E-Mail zu schicken. Die Reisenotizen, die ich vorher getippt hatte, fügte ich als Anhang bei, außerdem ein paar Fotos als erste Impressionen. Es war im Grunde keine Extraarbeit, machte aber Eindruck bei Hildegard.

Nachdem Valerie das Bad geräumt hatte, konnte ich mich ebenfalls duschen und zurechtmachen. Als wir wenig später den Hügel zum Kastell der Baronin hinaufspazierten, erzählte ich ihr von der grenzenlos peinlichen Situation, in die ich heute früh geraten war.

»Du liebe Zeit! *Deshalb* hast du behauptet, dass du keine Lust hast, zu diesem Brunch zu gehen!«

Ich zuckte die Achseln. »Du kannst dir nicht vorstellen, wie dämlich ich mir vorkam!«

»Wenn du mich fragst, war das kein schlechter Anfang.«

»Anfang von was?«

»Von einer vielversprechenden Geschichte.«

Es schien ihr voller Ernst zu sein. Ich fragte mich, was an der ganzen Sache vielversprechend sein sollte. Es war kein schlechter Anfang, damit hatte sie recht – es war ein *katastrophaler* Anfang. Bis jetzt war ich diesem Fabio ganze zwei Mal begegnet und jedes Mal war ich von einer Peinlichkeit in die nächste gestolpert. Bei dieser ganzen I-Ging-Sache war definitiv der Wurm drin, ganz abgesehen davon, dass er nicht der steinreiche Schlossbesitzer war, der er eigentlich der Vorhersage zufolge hätte sein müssen, sondern nur ein popeliger Privat-Schwimmlehrer.

Nicht, dass ich was gegen Schwimmlehrer hatte. Sie waren sehr nützlich. Einem von ihnen hatte ich beispielsweise mein Seepferdchen zu verdanken. Zum Schwimmabzeichen hatte es dann leider nicht mehr gereicht, aber wer brauchte das schon.

Und außerdem sah dieser Fabio geradezu verboten gut aus, sogar noch viel besser als der Typ, den Valerie und ich uns vor Reisebeginn für mich ausgedacht hatten. Dass er genauso hieß wie dieser fiktive Traumtyp, einen Brilli im Ohr hatte und einen goldenen Ring trug (was das für ein Ding war, musste ich noch herausfinden!), war natürlich nichts weiter als eine Anhäufung abgefahrener Zufälle, so was kam vor. Genau wie ein Sechser im Lotto.

7. *Kapitel*

Wir waren angekommen. Das Portal des Gebäudes war vor einigen Jahren modernisiert worden. Neben der schweren, hölzernen Eingangstür befand sich eine ziemlich aufwendige Gegensprechanlage und oben unter dem Dachvorsprung glaubte ich sogar eine Infrarotkamera ausmachen zu können. Vielleicht war es ja auch nur eine dieser Attrappen, aber ich glaubte es eher nicht, denn als Nächstes fielen mir die Gitter an den Fenstern auf. Anscheinend tat die Baronin nicht nur etwas für ihre Fitness, sondern auch für ihre Sicherheit.

Auf unser Läuten hin wurde die Tür geöffnet und die Fitnesstrainerin nahm uns in Empfang.

Aus der Nähe betrachtet war sie noch schöner als heute Morgen beim Training. Das Haar trug sie jetzt offen, es fiel in beneidenswerten Locken über ihren Rücken. Sie hatte ihr Sport-Outfit gegen einen langen Rock und ein himmelblaues Top mit Spaghettiträgern getauscht. Das Hemdchen war so weit ausgeschnitten, dass ihre Oberweite gut zu schätzen war, vermutlich 85 C. Mindestens. Das heißt, sie hätte diese Körbchengröße gehabt, wenn sie einen BH getragen hätte. Sie trug keinen und sah auch nicht so aus, als bräuchte sie jemals einen.

Ihre rosa geschminkten Lippen verzogen sich zu einem strahlenden Lächeln. »Hi, ihr müsst Jenny und Valerie sein. Ich bin Bibi.«

Während wir ihr durch eine ziemlich dunkle, holzgetäfelte Halle folgten, überlegte ich, dass es doch so etwas wie eine ausgleichende Gerechtigkeit auf der Welt geben musste. Bibi sah zwar aus wie Megan Fox, aber dafür war sie mit einem ziemlich schlimmen Lispeln geschlagen.

»Kommt mit, hier geht's lang.« Bibi führte uns in einen Speisesaal, in dem gut und gerne fünfzig Personen hätten tafeln können. Der Raum war nicht ganz so düster wie die Halle, aber besonders gemütlich war er auch nicht. Auch hier war alles mit dunkler Eiche getäfelt, bis auf die Stelle, wo ein meterhoher, kahler Kamin für noch mehr Tristheit sorgte. An den Wänden hingen ein paar jahrhundertealte Ölschinken, die sich farblich kaum von dem Holz dahinter abhoben. Die ganze Atmosphäre kam mir irgendwie skurril vor. Ein unendlich langer Esstisch dominierte den Saal. Die wenigen Leute, die an dem einen Ende Platz genommen hatten, verloren sich förmlich. Ich fühlte mich ein bisschen wie Alice im Wunderland, die zur Teeparty des verrückten Märzhasen kommt.

Mit mir und Valerie waren sechs Personen zum Brunch erschienen: die Baronin, wieder in eine ihrer geblümten Scheußlichkeiten gehüllt und mit Schmuck verziert wie ein Weihnachtsbaum, neben ihr Gabriel in einem teuren cremefarbenen Leinenanzug, der für seinen schmächtigen Körper eine Idee zu schlabbrig erschien. Außerdem Bibi, die sich eben an den Tisch setzte.

Rechts neben der Baronin saß ein Mann, den ich noch nie gesehen hatte. Es war schwer zu sagen, wie alt er war, vielleicht Mitte vierzig, vielleicht aber auch schon fünfzig oder sogar älter. Er sah aus wie George Clooney zu seinen besten Zeiten. Fehlte nur noch der Arztkittel. Seit wir den Raum betreten hatten, grinste er von einem Ohr bis zum anderen und machte keine Anstalten, damit aufzuhören. Als wir näher kamen, sprang er auf, kam um den Tisch herum und ging mit ausgestreckten Armen auf uns zu.

»Ah, wie wundervoll, dass isch Sie endlisch kennenlernen darf!«, rief er mit starkem französischem Akzent. »Sie 'abe' meine best' Freundin das Leben gerettet! Mein Name ist 'enri Delatour!«

Er ergriff Valeries Hände und schüttelte sie, beide gleichzeitig.

Dann nahm Henri meine Rechte und verpasste mir einen formvollendeten Handkuss. Ich nahm jedenfalls an, dass er formvollendet war. Es war mein erster.

Gabriel war ebenfalls aufgestanden, als wir hereingekommen waren. Artig schüttelte er uns die Hand, dann machte er Valerie und mich noch einmal reihum bekannt. Bei dieser Gelegenheit ließ er Valerie nicht aus den Augen. Das hing vermutlich zu einem nicht unbeträchtlichen Teil damit zusammen, wie sich ihr rotes Haar um ihr hübsches Gesicht lockte. Oder damit, dass das Top, das sie heute trug, ihre Oberweite sehr vorteilhaft zur Geltung brachte.

Gabriel hampelte ein bisschen herum und wedelte mit den Händen, als wüsste er nicht, wohin damit. Offensichtlich hatte er eine ungeschickte Ader. Schon gestern am Strand war mir aufgefallen, dass er sich in diesem Punkt seit seiner Jugend kaum verändert hatte. Damals hatte ich mal von Weitem gesehen, wie er vom Fahrrad gefallen war. Kein schöner Anblick.

»Bitte nehmt doch Platz! Es wird gleich aufgetragen.«

Die Baronin gab keinen Ton von sich. Ich war nicht mal sicher, ob sie überhaupt mitgekriegt hatte, dass wir da waren. Wir setzten uns auf zwei der freien Stühle an der merkwürdigen Tafel und warteten, was als Nächstes passierte.

Der Tisch war mit englischem Porzellan und Kristallgläsern gedeckt, die theoretisch auch im Museum hätten stehen können. Alles sah so antik aus, als sei es vor dreihundert Jahren hingestellt und seitdem nicht mehr abgeräumt worden, höchstens zum Abstauben.

Aus dem Augenwinkel linste ich durch die weit geöffnete Fenstertür die ganze Zeit zu der Person rüber, die seit gestern bei mir schon zweimal für Aufregung gesorgt hatte. Fabio stand draußen auf der Terrasse und sprach leise in sein Handy. Er kehrte uns den Rücken zu. Ich stellte aus diesem Blickwinkel fest, dass die Shorts, die er trug, wieder einmal ausgezeichnet saßen.

Leo hatte ebenfalls einen durchtrainierten Körper; er ging oft ins Fitnessstudio und fuhr außerdem Mountainbike, um sich in Form zu halten. Was das betraf, war unmöglich zu sagen, ob Fabio oder Leo besser gebaut war. Was ich jedoch ohne Weiteres sagen konnte, war Folgendes: Bei Fabios Anblick kribbelte es bei mir am ganzen Körper. Keine Ahnung, woran das lag. Ich kannte den Typ ja überhaupt nicht und hatte bis jetzt nur ein paar Sätze mit ihm gewechselt, die Hälfte davon bloß Gestammel, jedenfalls die Hälfte, die von mir gekommen war.

Er beendete das Gespräch, schob das Handy in die Hosentasche und kam ins Haus. Ohne zu zögern, ging er zuerst zu Valerie und dann zu mir, um uns zu begrüßen. Als er meine Hand nahm, durchzuckte es mich wie bei einem schwachen elektrischen Schlag.

Oje, dachte ich mit leiser Beklommenheit. Das hatte ich mir nicht nur eingebildet! Ob er auch was gespürt hatte?

Er ließ sich jedenfalls nichts anmerken, sondern setzte sich auf den Platz neben mir, was ich insgeheim gehofft hatte. Dabei streifte sein Arm meine Schulter und wieder überlief mich ein leiser Schauer. Hier war etwas im Gange, so viel war klar. Ich hatte auf einmal Schmetterlinge im Bauch. Wenn ich das Valerie erzählte, würde sie garantiert behaupten, dass es am I-Ging liege, aber soweit ich das beurteilen konnte, hatte es nicht viel damit zu tun.

Zum Glück wurde in diesem Moment das Essen gebracht. Zwei Dienstmädchen mit weißen Servierschürzchen brachten Kaffee, Milch und Tee sowie diverse Platten mit heißen und kalten Köstlichkeiten, die sie auf einer großen Anrichte an der Wand abstellten.

Doch das ganze leckere Essen fand ich nicht mal halb so anregend wie diesen Typen neben mir. Während ich überlegte, was das zu bedeuten hatte, griff ich fahrig nach einem Kerzenleuchter, der in meiner Nähe herumstand, und fummelte ziellos daran herum. Die Kerze rutschte aus der Halterung und fiel auf den Tisch und bei meinem Versuch, sie aufzufangen, stieß ich gegen Fabios Hand, die blitzartig vorgeschossen kam, ebenfalls, um die gefährdete Kerze zu erwischen.

Weder er noch ich schafften es, die Kerze zu schnappen, sie entglitt uns und kullerte über den Tisch. Doch mein Versuch hatte zur Folge, dass meine Hand gegen eine Blumendekoration prallte, und zwar mit solcher Wucht, dass das ganze Gesteck quer über den Tisch flog, direkt auf die Baronin zu. Bevor es ihr um die Ohren fliegen konnte, griff Fabio abermals ein. Er reckte sich über den Tisch und kriegte das Geschoss zu fassen, doch leider stieß er dabei gegen mich, was mich erneut aus dem Gleichgewicht brachte. Bei dem Versuch, mich irgendwo festzuhalten, nahm ich mit dem Ellbogen die Kaffeekanne mit, die eines der beiden Dienstmädchen gerade vor uns abgestellt hatte. Die Kanne fiel krachend um und ihr Inhalt ergoss sich über eine wagenradgroße

Platte sündhaft teurer Hummerviertel. Und über mein Kleid, das sich innerhalb einer Millisekunde von elfenbeinweiß zu kaffeebraun gefleckt verfärbte.

»Ups«, sagte ich perplex.

Peinlich berührt senkte ich die Blicke auf meinen Schoß, doch dort war nichts außer einer ziemlich großen Kaffeepfütze. Ich konnte noch von Glück sagen, dass der Kaffee nicht zu heiß gewesen war. Verbrannt hatte ich mich nicht. Dafür war das Kleid ruiniert. Es war aus Seide und hatte fast hundert Euro gekostet. Ich hatte es mir extra für diesen Urlaub gekauft. Für besondere Anlässe, so wie diesen. Ich konnte es nur mit der Hand waschen und die Flecken würden nie wieder rausgehen.

Immerhin hatte Fabio die Blumen gerettet, die waren bestimmt auch nicht ganz billig gewesen. Ich merkte, wie hysterisches Gelächter in mir hochgluckste. Das war doch nicht normal! Jedes Mal, wenn ich in die Nähe dieses Kerls geriet, passierte irgendein Desaster. Ob das auch in meinem I-Ging gestanden hatte? Vielleicht hätten wir es uns sorgfältiger durchlesen sollen.

»Oh, das tut mir leid«, sagte Fabio.

»Kann doch jedem passieren«, erwiderte ich, was mir irgendwie bekannt vorkam. »Entschuldigen Sie mich bitte«, sagte ich zu der Baronin. Ich stand auf und machte mich auf die Suche nach einem Badezimmer. Ich fand beim Eingang auf Anhieb ein Gästeklo, das im Verhältnis zu den übrigen Dimensionen des Hauses überraschend klein und normal wirkte. Wahrscheinlich war es erst vor ein paar Jahren eingebaut worden.

Mit ein paar angefeuchteten Gästehandtüchern versuchte ich, wenigstens die gröbsten Flecken aus dem Kleid zu rubbeln, doch natürlich hatte es keinen Zweck. Ich ging zurück, mit der Absicht, mich kurz fortzustehlen, vielleicht für zwanzig Minuten. So lange würde ich schätzungsweise brauchen, um zu unserem Haus zu flitzen, mich umzuziehen und wieder herzukommen. Und Letzteres hatte ich fest vor. Dieser Typ hatte etwas an sich, das ich unbedingt näher ergründen musste. Um nichts in der Welt wollte ich mir entgehen lassen, was als Nächstes passierte.

Doch ich war nicht im Geringsten auf das vorbereitet, was dann tatsächlich geschah.

Auf meinem Weg zum Speisesaal hörte ich Fabios Stimme, sie kam aus einem Raum neben der Toilette. Die Tür war nur angelehnt, ich konnte deutlich hören, was er sagte. Diesmal gab es auch keine Probleme mit dem Verstehen, denn er sprach Deutsch. Anscheinend telefonierte er mit jemandem, denn zwischendurch machte er Pausen, ohne dass ich eine andere Stimme hörte. Ich hätte mich diskret zurückziehen sollen, schließlich ging es mich überhaupt nichts an, mit wem oder worüber er telefonierte. Es gab kaum was Schlimmeres, als an fremden Türen zu horchen. Das war unterste Schublade. Mieser ging's kaum. Zumindest theoretisch.

Ohne das geringste Schamgefühl schlich ich mich näher an die offene Tür und lauschte.

»Das ist ziemlich kompliziert«, hörte ich ihn sagen. »Und es wird jeden Tag komplizierter. Mittlerweile artet das zu einer richtigen Party aus.«

Ich stutzte. Welche Party?

Er machte eine kurze Pause, offensichtlich, um seinem Gesprächspartner am anderen Ende der Telefonleitung zuzuhören, dann redete er weiter. »Jetzt haben wir hier Bibi, Henri und Gabriel.«

Pause.

»Ja, Gabriel muss ich mitzählen. Ich weiß nicht hundertprozentig, was ich von ihm halten soll. Kann sein, dass er sich dämlicher anstellt, als er ist. Aber er klebt an der Alten wie ein Kaugummi.«

Ich hielt unwillkürlich die Luft an. Du liebe Zeit, worüber sprach der Kerl denn da die ganze Zeit?

Doch schon redete er weiter. Ich spitzte die Ohren, um ja nichts zu verpassen.

»Logisch, das sehe ich genauso. Ich muss überlegen, wie ich ihn fernhalte. Und alle anderen, die in der Nähe sind, auch. Sonst … Ich bin auf alles eingestellt. Zum Beispiel ein paar Schlaftropfen morgens in den Kaffee oder abends in den Sherry. Oder, wenn es hart auf hart kommt, eventuell ein Schlag auf den Schädel. Methoden gibt's ja wie Sand am Meer.«

Oh Gott, dachte ich entsetzt. Schlagartig war mir alles klar: Er wollte die Baronin ausrauben! Und gerade eben überlegte er gemeinsam mit seinem Komplizen, wie er es am besten anstellte. Welche Hindernisse aus dem Weg zu räumen waren! Wie er sich Zeugen vom Hals schaffen konnte!

Falls ich noch Zweifel an seinen Absichten gehabt hatte, so wurden diese bei seinen nächsten Worten zerstreut.

»Ein Problem sind meiner Meinung nach auch die Mädels, die gestern hier aufgekreuzt sind. Vor allem die eine kommt mir ziemlich merkwürdig vor. Heute früh hab ich sie dabei erwischt, wie sie hier die Lage peilte.«

Erneute Pause, dann: »Sie hat den Schmuck kaum aus den Augen gelassen.« Kurzes Lachen. »Nein, das war keine Einbildung. Wenn du gesehen hättest, wie gierig sie sogar meinen Ring angestarrt hat, wüsstest du, was ich meine.«

Entrüstet hielt ich die Luft an. Was bildete dieser Kerl sich ein? Wie redete er denn über mich? Wenn das nicht der Gipfel der Unverschämtheit war!

Mittlerweile war mir ganz übel vor Aufregung. Dieser Gangster war auch noch so dreist, mich und Valerie für Konkurrenten zu halten! Am liebsten hätte ich mich in Luft aufgelöst, um mir diesen Mist nicht länger anhören zu müssen, doch dazu war es zu spät. Er hatte hier ein ganz mieses Ding vor. Wer außer mir sollte das verhindern?

Fabio hatte mit dem Reden aufgehört und einen Moment lang glaubte ich, dass er das Gespräch beendet hatte, doch dann fuhr er in verändertem, fast zärtlichem Tonfall fort: »Ja, Liebes, ich weiß, dass wir spätestens nächsten Mittwoch das Geld brauchen. Und ich kriege es. Alles wird klappen. Keine Sorge, ich lass mir von niemandem in die Suppe spucken. Ich mache jeden fertig, der das versucht.«

Wenn irgend möglich, wurde mir noch schlechter. Sein Komplize war eine Frau! Seine Geliebte! Was sie wohl mit dem Geld vorhatten, das die Juwelen ihnen einbringen würden?

Fabio senkte die Stimme, ich konnte kaum noch etwas verstehen, aber nicht nur, weil er plötzlich leiser redete. Sprach er etwa auf einmal italienisch?

Bei dem Versuch, mein Ohr näher an die angelehnte Tür zu praktizieren, stieß ich mit dem Kopf dagegen. Fest genug, um sie in Bewegung zu versetzen. Mit schwachem Knarren schwang sie nach innen auf und ich blickte in ein altmodisch eingerichtetes Arbeitszimmer. Fabio stand neben einem Bücherschrank, das Handy noch am Ohr. Als er mich sah, brach er mitten im Satz ab – er hatte tatsächlich zum Schluss italienisch gesprochen – und starrte mich an.

»Sorry«, brachte ich piepsig heraus, »ich suche das Badezimmer. Ich war schon im ganzen Haus und finde es einfach nicht.«

Sein Blick war undeutbar, doch ich glaubte, gesehen zu haben, dass seine Augen sich für einen Moment zu argwöhnischen Schlitzen verengt hatten.

»Es ist gleich nebenan.«

»Danke«, hauchte ich. Und verschwand mit Lichtgeschwindigkeit abermals auf dem Klo. Dort starrte ich mein hochrotes Gesicht im Spiegel an und versuchte, das rasende Hämmern meines Herzens zu beruhigen.

Oh Gott, was hatte der Typ vor? Ich rekapitulierte meine bisherigen Erkenntnisse. Erstens: Ich hatte es mit einem Juwelendieb zu tun! Zweitens: Er hatte sich als Schwimmtrainer bei der ahnungslosen Baronin eingeschlichen. Drittens: Er würde die nächstbeste Gelegenheit ausnutzen, um der armen Alten den Schmuck zu klauen! Viertens: Irgendwelche Störenfriede würde er aus dem Weg räumen und dabei notfalls über Leichen gehen.

Ich presste die Faust auf mein immer noch heftig pochendes Herz. Was sollte ich jetzt tun? Zur Polizei gehen? Nein, beantwortete ich mir meine Frage sofort selbst. Völlig sinnlos. Ich hatte ja keinerlei Beweise. Er würde einfach alles abstreiten. Oder mich als Verrückte hinstellen. Oder schlicht behaupten, dass *ich* diejenige sei, die hier die Finger lang machen wollte. Davon war er ja ohnehin überzeugt und würde es bei den Behörden sehr glaubhaft vortragen können. Sogar in fließendem Italienisch, wogegen ich nur solche Wendungen beherrschte wie *Il conto, per favore* oder *Scusi, non parlo italiano*. Möglicherweise brachte ich ihn damit sogar erst auf die Idee, mich als Sündenbock ins Spiel zu bringen, indem er seinen Coup durchzog und hinterher alles mir in die Schuhe schob. Und ehe ich mich versah, säße ich im Knast.

Plötzlich steckte ich mitten in einer Intrige à la James Bond. Ich war die Hauptfigur in einem Agenten-Thriller, und nur wenn ich cool blieb, konnte ich das Verbrechen verhindern.

Leider fühlte ich mich alles andere als cool. Ich drehte das kalte Wasser auf, beugte mich über das Waschbecken und kühlte mein erhitztes Gesicht. Danach konnte ich etwas klarer denken. Es war eigentlich ganz einfach. Ich musste nur das tun, was jede vernünftige Geheimagentin in meiner Situation getan hätte.

Einen guten Plan aushecken.

8. Kapitel

Mein Bedürfnis, mit Valerie über diese Ungeheuerlichkeit zu sprechen, war übermächtig. Es kam gar nicht infrage, dass ich Zeit damit verschwendete, mich umzuziehen. Ich ging so, wie ich war, zurück in den Speisesaal und setzte mich stumm und innerlich zitternd auf meinen Platz. Fabio war noch nicht wieder da, was mir im Augenblick nur recht war. Ich hatte den Verdacht, dass ich momentan noch nicht in der Lage war, die Coole zu geben.

Ich neigte mich zu Valerie und zischte: »Komm, wir gehen.«

Sie warf mir einen überraschten Blick zu. Dann schüttelte sie unmerklich den Kopf. Ich verdrehte flehend die Augen und wies mit dem Kinn zur Tür. Doch da just in diesem Moment Fabio hereinkam, fasste Valerie meine stumme Botschaft falsch auf.

»Keine Sorge, du siehst auch in einem mokkabraunen Kleid gut aus«, flüsterte sie.

Fabio setzte sich neben mich. Die Sauerei, die unser Gerangel vorhin hier hinterlassen hatte, war zwischenzeitlich beseitigt worden. Der Hummer war verschwunden, dafür stand am Kopf der Tafel neuer Kaffee.

Henri Delatour ergriff die Kanne. »Kann isch Ihnen noch frischen Kaffee anbieten?«

»Nein, danke.«

»Ich finde, wir sollten alle *Du* sagen«, lispelte Bibi. Überlaut fragte sie die Baronin: »Was meinst du, Agnes?«

Aha, die Baronin hieß also Agnes. Gut zu wissen, schließlich war sie seit fünf Minuten meine Schutzbefohlene.

»Ihr könnt mich nennen, wie ihr wollt«, erklärte sie mürrisch. »Hauptsache, es pumpt mich keiner an.«

»Ich bin Bibi«, meinte Bibi überflüssigerweise.

»Isch 'eiße 'enri«, erklärte Henri strahlend.

»Gabriel«, sagte Gabriel.

»Valerie«, sagte Valerie.

»Jenny.« Mit zittrigem Lächeln wandte ich mich meinem Tischnachbarn zu. Er erwiderte meinen Blick unverwandt. Ein leiser Schauer lief mir über den Rücken. Er war ein Dieb, aber dabei unsagbar sexy. Ich durfte auf keinen Fall vergessen, dass er gefährlich war.

»Du kommst mir irgendwie bekannt vor, Jenny«, meinte Gabriel. »Kann es sein, dass wir uns schon mal irgendwo gesehen haben?«

Ich wollte es gerade bejahen, doch dann verkniff ich es mir. Eine Art Instinkt hielt mich davon ab, mich als alte Urlaubsbekannte zu outen. »Ich kann mich nicht erinnern, sorry.«

»Was macht ihr denn eigentlich hier?«, fragte Bibi.

»Urlaub«, sagte Valerie.

»Arbeiten«, sagte ich fast gleichzeitig, was mir einen bohrenden Blick von Fabio eintrug.

»Was arbeitest du denn?«

»Ich schreibe einen Reisebericht über die italienische Adria. Für eine Zeitschrift.«

Gabriel beugte sich eifrig vor. »Dann kennst du dich wohl gut hier aus.«

»Na ja, eigentlich …«

»Warst du schon oft hier?«

»So insgesamt vielleicht ein Dutzend Mal, aber …«

Ich wollte gerade sagen, dass dieses Dutzend sich zwischen meinem ersten und meinem dreizehnten Lebensjahr abgespielt hatte, doch Gabriel kam mir mit seiner nächsten Bemerkung zuvor. »Großtante Agnes könnte noch eine Reiseleiterin brauchen. Sie möchte gerne ein bisschen was von der Gegend sehen. Sonst fahre ich sie immer rum, aber in letzter Zeit ist sie mit diesem Arrangement nicht mehr so zufrieden. Wie ist es, hättest du nicht Lust?« Er hüstelte. »Gegen Bezahlung selbstverständlich.«

Ich schaute zu Agnes hinüber, doch die äußerte sich nicht dazu.

Natürlich war ich als Reiseführerin völlig ungeeignet. So was hatte ich noch nie gemacht. Ich öffnete den Mund, um Gabriel darüber zu informieren, doch dann blitzte ein kühner Gedanke in mir auf. »Klingt interessant«, sagte ich.

Wieder ein Blick von Fabio, diesmal so eindringlich, dass ich es förmlich auf meiner Haut brennen fühlte. Ich ließ mir nichts anmerken.

Valerie räusperte sich und ich trat ihr rasch unterm Tisch auf den Fuß, damit sie die Klappe hielt.

»Warum nicht«, meinte ich. »Zeit hätte ich genug dafür.«

»Das ist super«, freute sich Bibi lispelnd, »da sind wir ja jetzt eine richtig tolle Truppe!«

Ich war anderer Meinung, doch das behielt ich für mich. Die ganze Aufregung war mir auf den Magen geschlagen. Von dem Essen brachte ich nichts herunter.

Eine gute Stunde später brachen Valerie und ich auf. Wir hatten kaum das Haus verlassen, als sie auch schon mit hundert Fragen gleichzeitig über mich herfiel.

»Schsch.« Nervös blickte ich mich um. Es hätte mich nicht gewundert, wenn Fabio irgendwo hier lauerte, um uns zu beobachten. »Lass uns erst ein Stück laufen, dann erzähl ich dir alles.«

Wir gingen zwanzig Meter, dann hielt sie es nicht mehr aus. »Wieso hast du diesen blöden Job angenommen? Spinnst du?«

Ich spähte über die Schulter, aber Fabio war nirgends zu entdecken. »Hör zu, Val«, sagte ich. »Du wirst es nicht glauben, ich glaub es ja selber kaum, aber jedes Wort ist wahr. Und bitte unterbrich mich nicht.«

Das tat sie natürlich doch, mindestens ein halbes Dutzend Mal. Still war sie erst, als ich mit meiner Erzählung fertig war.

»Gell, das haut dich um.«

Sie nickte überwältigt. Dann sagte sie das Einzige, was ihr zu dieser unglaublichen Begebenheit einfiel: »Wow.«

Wir marschierten eine Weile stumm nebeneinanderher. Schließlich meinte sie: »Wir hätten es wissen müssen. Schließlich stand es in deinem I-Ging.«

»Das kapier ich jetzt nicht.«

»Doch!«, sagte sie eifrig. *»Juwelen trägt der Mann vom Turm*. Bloß, dass ein kleines Wörtchen fehlt. Vielleicht ist das aber auch bei der Übersetzung aus dem Chinesischen verloren gegangen, die deutsche Fassung, mit der ich arbeite, ist ja so uralt.«

»Welches Wort?«

»*Weg*. Er trägt die Juwelen weg.«

Ich prustete laut heraus. »Klar. Er trägt sie weg. Val, du rettest mir echt mal wieder den Tag. Danke.« Ich hätte nicht gedacht, dass mir nach dem Schreck von vorhin so bald wieder zum Lachen zumute sein würde.

»Es ist nicht direkt lustig«, meinte Valerie. »Und überhaupt – wie soll das laufen? Wie hast du dir das alles vorgestellt? Was hast du mit Gabriel vorhin im Arbeitszimmer besprochen? Was hat er gesagt?«

»Dass die Baronin bar und im Voraus zahlt. Der Urlaub von denen dauert bis nächste Woche. Aber das Wichtigste ist, dass wir hier einziehen sollen.«

»Warum?«

»Gabriel hat gesagt, dass Agnes es nicht ausstehen kann, hinter ihrem Personal herzulaufen, also will sie, dass wir in ihrer Nähe bleiben.«

»Wieso *wir?*«

»Er wollte wissen, ob du auch mitkommst. Da hab ich gesagt, klar, du bist meine persönliche Assistentin.«

Valerie krauste die Stirn. »Krieg ich da auch Geld?«

»Hm, danach hab ich gar nicht gefragt.«

»Hol das auf jeden Fall nach.«

»Mal gucken. Wir sollten das nicht überspannen. Es ist ja nicht mal für eine Woche. Nur bis nächsten Mittwoch. Das wirst du ja wohl aushalten. Außerdem hast du dann gleichzeitig einen Grund, dich mit Gabriel anzufreunden.«

»Wer sagt, dass ich das will?«

»Ich. Und erzähl mir jetzt bloß nicht, dass du kein Interesse hast. Ich hab genau gesehen, was für Blicke du ihm zugeworfen hast.«

Eines musste man Valerie lassen: Im richtigen Moment konnte sie sich auch mal geschlagen geben. Sie versuchte gar nicht erst, es abzustreiten.

Wir hatten unser Haus erreicht und gingen hinein – im Grunde nur, um zu packen. Laut Gabriel wollte Agnes gleich heute den ersten Ausflug in die Umgebung machen. Ich sollte bis heute Nachmittag eine Besichtigungsroute für drei bis vier Stunden ausarbeiten. Mein Dasein als weiblicher James Bond hatte einen ziemlich rasanten Anfang genommen.

Wenn ich es recht bedachte, hätte sich mein Plan gar nicht besser anlassen können. Die Baronin hatte zufällig einen Job zu vergeben, der meine ständige Anwesenheit erforderte. Fabio würde sich noch wundern. Ich hatte nicht vor, die Juwelen auch nur eine Sekunde aus den Augen zu lassen. Dass ich Valerie als meine persönliche Assistentin ausgegeben hatte, war weder Zufall noch Lüge. Ich brauchte sie zum Aufpassen. Vier Augen sahen mehr als zwei und schließlich konnte ich nicht vierundzwanzig Stunden am Tag wach bleiben.

Abgesehen davon passte das Ganze sogar ganz gut zu dem eigentlichen Zweck meiner Reise. Ich musste sowieso die Gegend abklappern und mir Eindrücke verschaffen, was machte es da schon, wenn Agnes dabei war? Blieb nur noch zu klären, wie ich meine eklatante Unwissenheit kaschieren sollte. Schließlich hatte ich von der Gegend hier ungefähr so viel Ahnung wie ein Schwein vom Fliegen. Aber ich würde mich schon irgendwie durchmogeln. Ich hatte drei Reiseführer dabei und konnte in akuten Notfällen jederzeit per Laptop und Handy online gehen, um mich eingehender im Internet zu informieren.

»Wenn das mal gut geht«, meinte Valerie besorgt. Sie kramte in ihrem Koffer herum und förderte das I-Ging-Buch zutage. Dann holte sie drei Münzen aus ihrer Geldbörse und hielt sie mir hin. »Da. Sechsmal werfen, wie immer.«

»Oh nein«, protestierte ich. »Nicht schon wieder. Kein Hokuspokus mehr, ich hab die Nase voll davon.«

»In Ordnung, du bist durcheinander, da bringt es eh nix. Hektik verfälscht das Ergebnis, das hat keinen Wert.

Wenn, dann richtig. Wir machen es später, wenn du ruhiger geworden bist. In der Zwischenzeit erstelle ich schon mal dein Horoskop.«

»Du hast doch letzte Woche erst eins gemacht.«

»Es gibt vielleicht wesentliche neue Aspekte, die ich bis jetzt noch nicht richtig einordnen konnte.« Sie setzte sich mit ihrem astrologischen Handbuch an den Esstisch und vertiefte sich in höhere Weisheiten, während ich mich duschen und umziehen ging.

Kurz nach zwei Uhr mittags brachen wir mit kleinem Gepäck auf. Valerie hatte darauf bestanden, dass ich mein Freundschaftsarmband aus Moosachat trug, das sie mir letztes Jahr zum Geburtstag geschenkt hatte. Da ich im Sternzeichen Zwillinge geboren bin, entfaltete es bei mir angeblich besondere Schutzkräfte. Valerie hatte einen gigantischen sternförmigen Rosenquarz um den Hals baumeln, der sich mit ihrer Haarfarbe biss. Anscheinend war unser beider aktuelles Horoskop nicht gerade berauschend.

Während wir in der sengenden Mittagshitze bergauf stiefelten, fasste sie ihre neuesten Erkenntnisse zusammen, doch von ihren Ausführungen über Aspekte und widrige Konstellationen im soundsovielten Quadranten blieb nichts bei mir hängen. Mir gingen andere Probleme im Kopf herum. Dabei erwies es sich als sehr praktisch, dass ich mein Handgepäck in einem Rucksack verstaut hatte, denn dadurch hatte ich beide Hände frei, die ich dringend zum Festhalten und Umblättern des Reiseführers benötigte. Noch vor einer Stunde war ich davon überzeugt gewesen, dass ich mich problemlos als Reiseführerin aufspielen konnte, doch ein genauerer Blick auf die Adria-Karte mit den unzähligen darin eingezeichneten Besichtigungstouren hatte massive Zweifel in mir aufkommen lassen. Agnes mochte zwar eine schrullige alte Person sein, aber blöd war sie bestimmt nicht. Es konnte gut sein, dass mein neuer Job schon heute Abend Schnee von gestern war.

Zum Glück war die Auswahl für einen Nachmittagstrip von vornherein begrenzt. Es kam eine Tour nach Urbino infrage, laut Reiseführer eine fast vollständig erhaltene Renaissancestadt mit vielen Kunstschätzen und lauter romantischen Ecken. Und dem Geburtshaus von Raffael. Doch für den ersten Ausflug schwebte mir etwas Anspruchsloseres vor, deshalb hatte ich mich auch sofort für die andere Alternative entschieden, nämlich eine Tour entlang der alten *Via Flaminia* unter dem Motto »Auf den Spuren der alten Römer«.

Für morgen hatte ich mir auch schon etwas überlegt: eine Tagesfahrt kreuz und quer durch das Weinbaugebiet um Grottamare. Mit ausgiebiger Weinprobe natürlich, am besten vor der eigentlichen Besichtigungstour, dann würden meine Schnitzer hinterher sicher kaum noch auffallen.

Als wir beim Kastell ankamen, wurden wir wie schon am Vormittag von Bibi in Empfang genommen. »Fein, dass ihr da seid! Hab schon auf euch gewartet! Agnes ist noch im Wasser.«

Bibi lotste uns zuerst durchs Haus und dann durch einen Hinterausgang hinaus in den Garten zu einem hypermodernen, funkelnagelneuen Swimmingpool, der azurblau in der Sonne leuchtete. Fabio stand am Beckenrand, in Badehose und Latschen. Ich schluckte und konnte den Blick nicht von seinem nackten bronzebraunen Oberkörper wenden.

»Klapp den Mund zu«, zischte Valerie mir zu. »Denk dran, dass er ein Verbrecher ist!«

Ich versuchte es ja, aber gewisse Teile meines Gehirns schienen sich jedes Mal in Wackelpudding zu verwandeln, wenn ich diesen Typen traf.

Er hatte uns nicht gesehen, da er vollauf damit beschäftigt war, Agnes' Schwimmbewegungen zu begutachten.

»Wollt ihr erst auspacken oder erst was Kaltes trinken?«, fragte Bibi.

»Was trinken«, sagte Valerie.

»Ich hol euch was«, zirpte Bibi und verschwand im Haus.

Agnes hatte uns gesehen. Sie hievte ihren dürren Körper mitsamt all den darauf verteilten Karat aus dem Wasser, kam auf uns zu und marschierte dann ohne ein weiteres Wort an uns vorbei ins Haus.

Wir starrten ihr sprachlos hinterher.

»Meine Güte, die Frau hat Stil«, meinte Valerie.

Gabriel gesellte sich zu uns. Anscheinend hatte er die ganze Szene mitbekommen. Es war ihm schrecklich peinlich. Er trat von einem Fuß auf den anderen, es fehlte nicht viel und er wäre in den Pool gefallen. »Sie meint es nicht so. Im Grunde ihres Herzens ist sie der liebste und beste Mensch. Nur – sie kann es nicht immer zeigen.« Er gab uns zur Begrüßung die Hand, wobei er, als Valerie an die Reihe kam, deutlich mehr herumhampelte als bei mir. Und dann, ich konnte es kaum glauben, zeigte er sogar ein Lächeln. Kurz, aber deutlich sichtbar. Mit Zähnen. Er hatte sie sich *nicht* regulieren lassen. Sein Überbiss war dramatisch.

Vermutlich hatte ich eine Spur zu intensiv hingestarrt, denn er blickte mich leicht irritiert an.

»Deine Großtante ist wohl ziemlich sportlich?«, fragte ich, nur um etwas zu sagen.

Gabriel nickte. »Sie will auch im Urlaub nicht auf ihre gewohnten Aktivitäten verzichten.«

Als Nächstes erfuhren wir, dass zu Agnes' gewohnten Aktivitäten nicht nur Aerobic in aller Herrgottsfrühe und Schwimmen am frühen Nachmittag gehörte, sondern außerdem noch Tango und Salsa und andere Tanzarten; das kam in der Regel nach dem abendlichen Strandspaziergang dran.

Ich ließ meine Blicke unauffällig zu Fabio wandern. Ob er Agnes auch im Tanzen unterrichtete?

»Fürs Tanzen ist Henri zuständig«, ergänzte Gabriel.

Aha. Damit war auch diese Frage beantwortet.

9. Kapitel

Bibi kam mit den kalten Getränken zurück und wir setzten uns in den Schatten einer blau-weiß gestreiften Markise auf die angrenzende Terrasse. Fabio blieb stehen, den Rücken gegen die Hauswand gelehnt. Er beobachtete uns wie ein Jäger das Wild, immer auf der Suche nach der besten Schussposition.

Ich beschloss, meinerseits einen kleinen Pfeil abzuschießen.

»Sie trägt ziemlich viel Schmuck beim Schwimmen«, sagte ich.

Gabriel machte ein betrübtes Gesicht. »Das ist ein ganz wunder Punkt. Seit einer Weile legt sie den Schmuck niemals ab.«

»Nicht mal zum Schlafen?«

»Nicht mal zum Schlafen«, bestätigte Gabriel. »Sie hat sich da an eine ziemlich alte Geschichte erinnert und seitdem trägt sie die Juwelen ständig.«

»Hat sie Angst, dass man ihr die Sachen klaut?« Valerie blähte die Nasenflügel und schielte einen unbedachten Moment lang zu Fabio hinüber. Er kriegte es mit und bedachte sie mit scharfen Blicken. Ich hätte ihr am liebsten gegen das Schienbein getreten.

Rasch sagte ich: »Wieso trägt sie denn ständig den Schmuck?«

»Ach, das ist eine gaaanz romantische Geschichte«, schwärmte Bibi. »Agnes hat den Schmuck von der größten Liebe ihres Lebens gekriegt, in ihrer Jugend. Der arme Mensch ist dann leider gestorben. Und sie hat ihm am Sterbebett geschworen, dass sie ihm zu Gedenken den Schmuck trägt.«

»Das ist wirklich romantisch«, sagte Valerie beeindruckt.

Ich war ebenfalls gerührt. Diese butterweiche Seite hätte ich an Agnes nie vermutet.

Fabio blickte auf die Uhr. »Agnes wird nicht mehr lange brauchen, wir werden in etwa einer halben Stunde aufbrechen. Wenn ihr noch auspacken oder euch frisch machen wollt …«

Ich blinzelte verblüfft. Hatte er gerade *wir* gesagt?

»Willst du etwa auch mitfahren?«, platzte ich heraus.

Er bedachte mich mit einem spöttischen Grinsen. »Wir fahren zu dritt. Agnes, du und ich. Hast du etwa was dagegen?«

Ja!, hätte ich ihn am liebsten angebrüllt. Wie zum Teufel sollte ich im Beisein dieses Einheimischen eine glaubhafte Touristenführung zustande bringen? Na gut, er war nur ein halber Italiener, aber das war immer noch eine Hälfte zu viel. Und außerdem waren *beide* Hälften dieses Kerls davon überzeugt, dass ich eine Betrügerin war. Falls er daran noch Zweifel haben sollte – die würden sich spätestens dann verflüchtigen, wenn er meine erste Führung miterlebte.

Bibi begleitete Valerie und mich ins Obergeschoss zu unserem Zimmer.

»Besonders geräumig ist es nicht, aber meins ist noch kleiner«, sagte Bibi.

Ich fragte mich, wie das gehen sollte. Wenn Valerie und ich mitsamt unseren Taschen hier drinstanden, kriegten wir kaum die Tür zu. Das Zimmer war, wie unschwer zu erkennen war, ein klassischer Dienstbotenraum. Das heißt: kaum größer als eine Besenkammer. Wenn man sich bücken wollte, um die Schuhe anzuziehen, knallte man garantiert irgendwo mit dem Hintern dagegen.

Das Mobiliar war von gediegener Scheußlichkeit: zwei knarrende, schmale Kastenbetten, ein riesiger, wuchtiger Kleiderschrank, eine wurmstichige Kommode. Alles in demselben tristen dunklen Holz.

»Drüben bei der Treppe wär noch ein anderes freies Zimmer, aber das mieft unheimlich.«

»Da können wir uns ja direkt freuen«, meinte ich. »Ich meine, dass wir dieses Zimmer hier gekriegt haben.«

»Man gewöhnt sich dran«, sagte Bibi fröhlich. »Außerdem ist ja das Essen umsonst. Und die Kohle stimmt und das Wetter auch.«

Ich schaute mich um. »Wo ist das Bad?«

»Auf dem Gang, schräg gegenüber, wir teilen es uns.«

»Wo schlafen die anderen?«, wollte Valerie wissen.

»Agnes hat zwei Zimmer, am Ende des Gangs. Sie hat natürlich ihr eigenes Bad. Gabriel schläft rechts davon, das Zimmer von Fabio ist auf der linken Seite.«

»Hat er etwa ein eigenes Zimmer?«, fragte ich empört.

»Wer? Gabriel? Der hat sogar zwei, wie Agnes.«

»Nein, dieser *Rettungsschwimmer.«* Ich spie das Wort förmlich hervor.

Bibi machte kugelrunde Augen. »Magst du ihn nicht? Und dabei ist er doch echt süüüß!«

Ich musste an Bibis Worte denken, als ich kurz darauf mit Agnes und Fabio auf den Spuren der Römer unterwegs war. Wir saßen in einer angeberisch großen Edelkarosse, die Fabio steuerte. Agnes saß neben ihm, ich hinter ihr auf der Rückbank, von wo aus ich eine ungehinderte Aussicht auf seine kräftigen Unterarme und seine braun gebrannten Hände am Lenkrad hatte. Irgendwohin musste ich ja schließlich schauen, oder nicht? Und es war wirklich ein lohnenswerter Anblick. Ich vergaß ständig, dass ich es mit einem Gauner zu tun hatte.

Immerhin begutachtete ich zwischendurch auch den Schmuck. Er war ja sozusagen direkt vor meiner Nasenspitze. Das ganze Ensemble bestand, wie ich mittlerweile festgestellt hatte, aus einem Collier mit zahlreichen abnorm großen, tropfenförmig geschliffenen Brillanten von außergewöhnlicher Klarheit, ferner zwei breiten, nicht minder lupenrein wirkenden Armbändern und last, but not least, drei riesigen, mehrkarätigen Ringen. Allein einer dieser Ringe dürfte gut und gerne hunderttausend Euro wert sein.

Während ich noch überlegte, was das ganze Zeug wohl zusammen kosten würde, wenn man es irgendwo kaufen müsste, spürte ich Fabios scharfen Blick im Rückspiegel. Ich tat so, als hätte ich ganz plötzlich etwas Interessantes an meinen Fingernägeln entdeckt. Und nach einer Weile schaute ich einfach aus dem Fenster.

Am liebsten hätte ich allerdings meine Nase in den Reiseführer gesteckt, um nicht aus dem Konzept zu kommen, doch das musste ich mir für die nächsten paar Stunden wohl oder übel verkneifen. Ich hatte den Artikel über die Römertour so gut wie auswendig gelernt, das musste reichen. Die Via Flaminia begann in Fano, der nächstgrößeren Küstenstadt südlich von Pesaro.

Vor dieser historischen Kulisse passte es natürlich ganz ausgezeichnet, dass ich genau an der Stelle damit anfangen konnte, meinen auswendig gelernten Einführungsmonolog herunterzuleiern, den ich noch heute Abend unter Einfügung gelungener Synonyme abwandeln und in meinen Laptop tippen würde. Abschnitt eins meiner Adria-Reportage für *Meine Gesundheit.*

Wir stiegen aus und ich machte ein paar Fotos, während ich zum Besten gab, wie die Römer Ende des dritten Jahrhunderts nach Christus bei Sassoferrato eine Horde von Galliern, Etruskern und Umbriern besiegt hatten, die damals in dieser Gegend hausten. Um die eroberten Gebiete an Rom anzubinden, wurde dann unter Caius Flaminius mit dem Bau einer Straße begonnen – der Via Flaminia.

Agnes hörte meinen Ausführungen ungerührt zu, sie stellte keine Fragen, auch nicht, als wir weiterfuhren. Sie war schweigsam wie immer. Insgeheim atmete ich erleichtert auf, weil sie anscheinend nicht vorhatte, plötzlich ihre Gewohnheiten zu ändern.

Der Anfang war kinderleicht, ich hatte wirklich Glück. Und es schien auf diese Art weiterzugehen. Zwischen einem Nest namens Martino del Piano und dem nächsten Kaff, das Fossombrone hieß, gab es ein römisches Forum. Ich hatte vorsorglich nichts davon erwähnt, für den Fall, dass es irgendwo hinter einem Erdwall oder einem Bauernhof versteckt war. Auf keinen Fall wollte ich mir vor Agnes oder Fabio die Blöße geben, mich erst durchfragen zu müssen, schon gar nicht mit meinem miesen Italienisch.

Doch meine Befürchtungen waren völlig unbegründet. Vor dem Ortseingang prangte ein deutlich sichtbares gelbes Schild, auf dem *Area Archeologica* stand. So fanden wir problemlos zum *Forum Sempronii,* das ich ebenfalls fotografierte und dann ganz lässig zu berichten wusste, dass das Pflaster auf dem dort freigelegten Teilstück der Via Flaminia echt antik war.

Danach ging es ein Stück auf der Schnellstraße weiter, anschließend wieder über eine schmale Landstraße, mitten durch die hoch aufragenden Berge, die dort eine beeindruckende Schlucht bildeten, von der ich aus dem offenen Seitenfenster heraus ebenfalls ein paar Schnappschüsse machte.

Wenig später mündete die Straße in einen engen Tunnel, der *Galleria di Furlo,* die im Jahre 76 nach Christus unter Vespasian erbaut worden war. Beiläufig wartete ich mit Zahlen über Länge, Breite und Höhe des Tunnels auf, aber auch das schien Agnes nicht weiter zu beeindrucken.

Ihr Desinteresse schien sogar noch schlimmer zu sein, als ich gedacht hatte. Als wir am anderen Ende der Schlucht angekommen waren, schlief sie wie ein Stein.

»Du liebe Zeit«, sagte ich betroffen. »War ich so langweilig?«

Fabio warf mir einen Blick im Rückspiegel zu und lachte laut. Doch er hörte sofort wieder damit auf. Ich hatte den Eindruck, dass er sich über sich selbst ärgerte.

»Was machen wir jetzt?«, flüsterte ich.

»Kaffee trinken gehen«, antwortete er lakonisch. »Sie schläft nicht lange, vielleicht eine Viertelstunde. Ich kenne das schon. In der Zeit will sie nicht gestört werden. Aber sie will natürlich auch nichts von der Tour verpassen. Also machen wir hier Pause.«

Er parkte den Wagen vor einer kleinen Bar und wir stiegen aus. Sofort merkte ich, dass ich dringend zur Toilette musste, doch ich verkniff es mir mühsam, während ich mich innerlich verfluchte.

Wieso hatte ich auch vor meinem Aufbruch auf der Terrasse noch ein riesiges Glas Schorle getrunken? Warum war ich hinterher nicht noch zur Toilette gegangen? Jetzt konnte ich es unmöglich wagen. Agnes, allein und schlafend! Und Fabio, zu allem entschlossen, weil er bis nächsten Mittwoch unbedingt das Geld brauchte! (Wozu???)

Wir stellten uns an die Theke und bestellten Cappuccino. Dann warteten wir schweigend, bis er serviert wurde.

Ich spürte Fabios Blicke von der Seite. Es machte mich nervös, wenn er mich anschaute, ich konnte nichts dagegen tun. Außerdem musste ich jetzt noch dringender als vorhin. Inbrünstig wünschte ich mir, dass ihn ebenfalls ein dringendes Bedürfnis überkäme, dann könnte ich gleichzeitig rasch verschwinden. Doch er schien eine Blase aus Stahl zu haben.

Als der Cappuccino gebracht wurde, nippte ich wohlweislich nur in mikroskopisch kleinen Schlucken am Schaum. Gerade so viel, dass es so aussah, als würde ich trinken.

»Der Cappuccino ist sehr gut hier«, sagte er.

»Finde ich auch.«

»Du trinkst ja gar nicht richtig.«

Ich pustete in den Schaum. »Er ist noch zu heiß.«

»Jenny«, sagte er plötzlich nachdenklich, mit diesem verführerischen, kaum merklichen italienischen Akzent. »Das kommt von Jennifer, oder?«

Ich nickte widerstrebend.

»Ein schöner Name. Wie sind deine Eltern darauf gekommen, dich so zu nennen?«

»Meine Mutter war ein Fan der Artus-Sage.«

»Und am meisten hatte es ihr die Geschichte von Sir Lancelot und Guinevra angetan«, ergänzte Fabio lächelnd.

Ich war überrascht. Für einen Rettungsschwimmer war er ziemlich gebildet. Aber er trug ja auch einen Ring, der überhaupt nicht zu einem Rettungsschwimmer passte.

Was natürlich daran lag, dass er gar kein Rettungsschwimmer war.

Wie hatte ich das auch nur für einen einzigen Moment vergessen können, ich Idiotin!

Ich räusperte mich. »Was ist das eigentlich für ein Ring, den du da trägst?«

Er betrachtete seine Hand und drehte den Ring hin und her. »Ach, den hab ich geerbt.«

Ich glaubte ihm kein Wort – außer *erben* war neuerdings ein Synonym für *klauen*.

Ich beugte mich ein Stück näher, bis ich die Gravur erkennen konnte – und war überrascht.

»Sieht so ähnlich aus wie ein Ring, den ich einmal an einem Bekannten gesehen habe.«

An Leo, um genau zu sein. Der war mal ein Jahr in den USA zur Schule gegangen. Jeder Zweite trug dort irgendwelche Protzringe, das gehörte zum guten Ton, damit alle sehen konnten, auf welche Eliteschule oder -uni man ging.

Leo hatte erzählt, dass er seinen Ring auch noch eine Zeit lang in Deutschland getragen hatte, aber nur so lange, bis er von einem Typen angegraben worden war, der ihn für schwul gehalten hatte.

Kein Mensch würde auf die Idee kommen, Fabio für schwul zu halten. Außerdem hatte er eine Freundin, ich hatte ja selbst gehört, wie er am Telefon mit ihr rumgesäuselt hatte.

Aber er war sicher auch nicht der Typ Angeber, der einen solchen Ring tragen würde, nur weil er aus 999er Gold war. Er trug ihn, weil er für ihn dasselbe war wie für alle anderen Träger solcher Ringe: ein Symbol der Zugehörigkeit.

»Von welchem College stammt er?«, fragte ich.

»Princeton«, antwortete Fabio. Er hatte geantwortet, bevor er nachdenken konnte. Ich sah ihm an, dass er sich am liebsten deswegen die Zunge abgebissen hätte. Aha. Er war also ein Princeton-Absolvent. Nicht übel für einen Gauner. Andererseits – für einen Juwelendieb ersten Ranges war natürlich eine möglichst breit gefächerte Bildung von Vorteil.

»Du hast einen italienischen Nachnamen«, sagte er.

Wie er das wohl wieder rausgekriegt hatte? Ich hatte nicht mal Agnes gesagt, wie ich hieß, aus Sorge, dass sie mich dann vielleicht doch noch wiedererkannt hätte.

Dann fiel mir ein, dass an meinem Rucksack ein Namensschildchen hing, noch von meiner letzten Flugreise. Ich war zu faul gewesen, es wieder abzumachen.

»Mein Großvater stammt aus dieser Gegend«, sagte ich. Und schon erwischte ich mich dabei, wie ich ihm die romantische Geschichte von Anna und Fabio Costello erzählte.

»Kein Mensch kann sich vorstellen, wie die beiden sich geliebt haben«, schloss ich mit leidenschaftlicher Stimme. »Sie haben schließlich doch noch zusammengefunden, gegen alle Konventionen – weil das Schicksal sie füreinander bestimmt hatte!«

Der Fabio an meiner Seite musterte mich mit undeutbaren Blicken. »Ich finde, du bist ein sehr bemerkenswertes Mädchen«, meinte er. »Und ein sehr hübsches noch dazu. Hat dir schon mal jemand gesagt, dass du eine Haut wie feines Porzellan hast?«

Ich spürte, wie glühende Hitze in meine Wangen stieg. Im Spiegel hinter der Bar war deutlich zu erkennen, dass ich nicht wie Porzellan, sondern eher wie ein Feuermelder aussah.

Fabio entging das ebenso wenig wie mir. Er zog ungläubig die Brauen hoch, dann grinste er flüchtig, als wäre ihm gerade ein netter Witz eingefallen. »Du hast deinen Cappuccino ja gar nicht getrunken.«

Ich tat so, als würde ich einen Schluck nehmen.

»Ach, jetzt schmeckt er mir nicht mehr, er ist kalt geworden.«

Fabio zog sein Portemonnaie aus der Hosentasche, nahm einen Geldschein heraus und warf ihn auf die Theke.

»Dann kann's ja jetzt weitergehen.«

In diesem Augenblick war ich sicher, dass meine Blase

kurz vorm Platzen stand. Doch wieder kam der Zufall mir zu Hilfe. Agnes war aufgewacht und aus dem Wagen gestiegen. Sie marschierte geradewegs und ohne ein einziges Wort der Erklärung zur Damentoilette. Ich hätte sie – ausnahmsweise – küssen können.

Stattdessen erzählte ich ihr beim Händewaschen noch ein paar Dinge, die ich vorhin vergessen hatte, unter anderem, dass diese Gegend bekannt war für eine besondere Rarität, nämlich die weiße Trüffel, die hier gedieh.

»Hier gibt es sogar organisierte Touristentouren mit Hunden. Zum Trüffelausgraben, meine ich.«

Doch sie schnaubte nur, trocknete sich die Hände ab und ging nach draußen.

»Mann, ist die tough«, murmelte ich. Einen Moment lang war ich versucht, ihr zu sagen, was für einen zwielichtigen Typen sie sich mit Fabio auf die Burg geholt hatte. Doch diesem Impuls widerstand ich sofort. Schließlich arbeitete ich gerade erst ein paar Stunden für Agnes und Fabio war womöglich schon seit Wochen bei ihr angestellt. Sicherlich hatte er alles getan, um sich bei der Alten einzuschleimen. Ich musste ja sogar selbst zugeben, dass er als Schwimmtrainer und als Chauffeur eine erstklassige Figur machte.

Wenig später ging die Tour weiter, nach Cagli, wo es ebenfalls altes Gemäuer zu bestaunen gab. Ich knipste es von allen Seiten und erzählte, was ich darüber wusste.

Das archäologische Museum, letzter Punkt unserer heutigen Besichtigungstour, war allerdings geschlossen.

Ich jubelte innerlich. Wie gut, dass Agnes unterwegs geschlafen hatte! Ohne diese Pause hätte ich wohl oder übel noch wie angekündigt den Rundgang durch das Museum dranhängen müssen und keine Ahnung gehabt, was ich erzählen sollte. Das blieb mir jetzt erspart.

Über die Schnellstraße fuhren wir anschließend zurück nach Pesaro.

Als wir beim Kastell ankamen, war es kurz nach sieben. Agnes zog sich sofort in ihre Gemächer zurück, wohin ich ihr schlecht folgen konnte. Also machte ich mich auf die Suche nach Valerie und fand sie am Pool, wo sie im Badeanzug auf einer Liege lag und in ihrem I-Ging-Handbuch blätterte. Besonders besorgt sah sie nicht aus, im Gegenteil. Sie hatte den dicken Rosenquarz abgelegt und stattdessen einen dezenten, sehr hübschen Anhänger aus Amethyst umgehängt, ebenfalls ein Ausgleichsstein für den Widder.

Sie blickte strahlend auf, als sie mich sah. »Hallo, Jen. Hat alles gut geklappt?«

Ich nickte und ließ mich erschöpft auf den Liegestuhl neben ihr fallen.

»Ich hab wahnsinnigen Hunger.«

»Dinner gibt's erst um acht. Aber du kannst dir vorher was in der Küche holen, hab ich vorhin auch gemacht.«

Ich schaute mich argwöhnisch nach allen Seiten um, doch von den übrigen Bewohnern des Hauses war momentan niemand zu sehen. »Was hast du rausgekriegt?«

Wir hatten uns vor meiner Abfahrt heute Nachmittag darauf verständigt, dass sie während der Zeit ihres »Innendienstes« Augen und Ohren aufsperren sollte, um möglichst viel über die anderen hier in Erfahrung zu bringen. Vor allem natürlich über eine gewisse Person, die sich auf Juwelendiebstahl spezialisiert hatte.

Valerie klappte das Buch zu und schaute sich ebenfalls um, dann flüsterte sie: »Er ist frisch getrennt von seiner Freundin, aber es war nicht seine Schuld. Sie hat ihn nach Strich und Faden betrogen und ihm alles abgeknöpft, was er hatte.«

»Das ist ja der Hammer!«, sagte ich.

»Ja, das hab ich auch gedacht, als ich's gehört habe! Sie hat ihn erst hintergangen und ihm dann total das Fell über die Ohren gezogen.«

»Und wer hat dir davon erzählt?«

»Na, er selber natürlich. Wir hatten ein sehr ausführliches Gespräch. Er hat völlig ohne Scheu mit mir darüber geredet.«

Befremdet blickte ich sie an. »Sekunde mal, wann soll denn das gewesen sein? Er war doch die ganze Zeit mit mir und Agnes unterwegs!«

Sie musterte mich verständnislos. »Na, ich rede natürlich von Gabriel.«

Ich stöhnte entnervt auf. »Meine Güte, das kann nicht wahr sein! Was interessiert mich dieser Typ?«

Sie war eingeschnappt. *»Mich* interessiert er zufällig sehr.«

»Anscheinend hast du vergessen, wozu wir überhaupt hier sind!«

»Keine Sorge, ich denk andauernd dran. Darum hab ich ja auch den ganzen Nachmittag damit verplempert, alle möglichen Leute auszuquetschen.«

»Erzähl.«

Sie hatte tatsächlich einiges rausgefunden, wie ich gleich darauf erfuhr. Bloß, dass eben die Geschichte mit Gabriel für sie am aufwühlendsten gewesen war, sie beschäftigte sich pausenlos damit. Deshalb hatte sie mir davon auch gleich als Erstes erzählen müssen.

Die Details, die sie über die übrigen Personen erfahren hatte, waren im Vergleich dazu langweilig.

Bibi, die Fitnesstrainerin, war seit drei Monaten bei Agnes angestellt, allerdings auf Teilzeitbasis, sprich, lediglich für die regelmäßige Frühgymnastik. Den übrigen Tag arbeitete sie, wie sollte es anders sein, in einem Fitnessstudio. Sie hatte allerdings kurzfristig dort gekündigt, weil sie sich Knall auf Fall entschlossen hatte, ganz hierzubleiben und sich einen Job als Sportanimateurin in einer Ferienanlage zu suchen, wenn die Baronin nach Deutschland zurückfuhr.

Der Tanzlehrer Henri unterrichtete Agnes schon eine ganze Weile. Seit einem halben Jahr kam er täglich vor dem Abendessen, und zwar immer exakt für eine Stunde. Wie Bibi und ich war er für den Adria-Urlaub auf Honorarbasis ganztägig engagiert worden, ohne allerdings mehr Arbeit zu haben als sonst.

Fabio hingegen war erst vor einer Woche hier aufgekreuzt, genau an dem Tag, als die Baronin ihren diesjährigen Sommerurlaub begonnen hatte.

»Gabriel hat gesagt, dass der Pool ganz neu ist, gerade erst gebaut. Zu Hause haben sie keinen.«

»Deshalb ein Schwimmlehrer«, meinte ich.

»Und Chauffeur«, bestätigte Valerie. »Gabriel hat gesagt, dass Agnes ihn für einen miserablen Fahrer hält.«

»Er fährt ausgezeichnet«, widersprach ich.

»Ich meine Gabriel.«

»Oh.«

»Er ist manchmal ein bisschen ungeschickt, er kann nichts dafür.«

Mir fiel wieder ein, was Fabio dazu gesagt hatte, als ich ihn bei seinem Gespräch im Arbeitszimmer belauscht hatte. *Kann sein, dass er sich dämlicher anstellt, als er ist.*

Über Fabio wusste Valerie zu meinem größten Leidwesen sonst nichts mehr zu berichten. Weder Gabriel noch Bibi besaßen irgendwelche Informationen über sein Privatleben. Das wunderte mich nicht sonderlich.

Valerie hatte noch mehr Neuigkeiten erfahren, lauter Dinge, die zwar hochinteressant, aber für unseren Fall nicht gerade relevant waren. Doch da ich einem guten Klatsch niemals abgeneigt war, hörte ich mit gespitzten Ohren zu, was sie zu erzählen hatte.

»Ich hab mich auch mit Bibi unterhalten. Die Ärmste, sie hat's nicht leicht!«

Bibi hatte, wie ich hörte, einen schrecklich brutalen

Freund namens Kevin, der immer mal wieder nähere Bekanntschaft mit der Polizei machte. Wenn er nicht gerade im Knast saß, klaute er Autos oder raubte Geschäfte und Banken aus oder brach Leuten, die ihm blöd kamen, die Nase. Bibi war ihm ebenfalls blöd gekommen, weil sie mit ihm Schluss gemacht hatte. Er hatte ihr zwar nicht die Nase gebrochen, es ihr aber angedroht. Seitdem hatte Bibi eine Höllenangst vor ihm.

»Über den Franzosen hab ich auch was rausgekriegt«, sagte Valerie mit leuchtenden Augen.

Henri Delatour war, wie sie von Bibi unter dem Siegel der Verschwiegenheit erfahren hatte, ein notorischer Spieler. Er hatte schon alles versetzt, was er besaß, um seinem Laster zu frönen. Seit er hier war, hatte Bibi ihn bereits zweimal völlig verstört mitten in der Nacht nach Hause kommen sehen. Beim zweiten Mal hatte sie ihn gefragt, was los sei, und da war er weinend zusammengebrochen, mit der Behauptung, man hätte ihn ausgeraubt. Gleichzeitig hatte er sie um fünfhundert Euro angepumpt. Natürlich hatte sie ihm nichts gegeben, weil sie vorher von der Köchin erfahren hatte, dass er alles beim Kartenspiel verzockte. Und weil sie ihm sowieso nichts hätte geben können. Schon deshalb nicht, weil sie selbst total blank war, da Kevin erst kürzlich frisch aus dem Knast gekommen war und ihr auf der Stelle jeden einzelnen Euro abgeknöpft hatte, den sie zu der Zeit noch besessen hatte.

»Weiß Agnes davon?«, fragte ich, gegen meinen Willen fasziniert. Du liebe Zeit, hatten sich hier schräge Typen versammelt!

»Keine Ahnung. Ich denke eher nicht. Woher sollte sie es auch wissen? Sie stellt ja nie irgendwelche Fragen.«

Ich stand auf und reckte mich. »Ich hol mir eben was zu essen, dann zieh ich mich um. Bin gleich wieder da.«

»Du brauchst dich nicht zu beeilen, ich schwimm noch 'ne Runde. Das Wasser ist herrlich.«

Darauf konnte ich verzichten. Mein Bedarf an Wasser in allzu komprimierter Form war seit gestern gedeckt. Und Schwimmbecken jeder Art waren mir ohnehin seit jeher suspekt. Ich hatte mich schon in der Schule immer erfolgreich vor dem Schwimmunterricht gedrückt. Ein paar Züge konnte ich problemlos zurücklegen – wenn ich mich sehr anstrengte, schaffte ich sogar eine ganze Bahn –, aber nur, wenn ich wusste, dass ich Grund unter den Füßen hatte. Anderenfalls ging ich sofort unter. Es war so eine Art physikalisches Naturgesetz: Schwimmen konnte ich nur dort, wo ich auch stehen konnte. Woanders nicht. Im Laufe der Jahre hatte ich es aufgegeben, darüber nachzudenken, sondern es einfach hingenommen. Mein Seepferdchen reichte mir voll und ganz.

10. Kapitel

Die Küche und die anderen Wirtschaftsräume befanden sich in einem Seitentrakt des Hauses. Ich musste nur meiner Nase folgen, denn es roch bereits lecker nach Essen.

Ich machte wohl einen ziemlich verhungerten Eindruck, denn die Köchin reichte mir sofort einen Teller, auf dem ein riesiges Stück Bruschetta sowie eine nicht minder gigantische Scheibe Käse lagen, außerdem ein paar einlegte Oliven. Ich packte den Käse und die Oliven aufs Brot, bedankte mich und ließ den Teller stehen. Schon auf dem Weg zur Treppe begann ich zu futtern. In Windeseile biss ich drei-, vier-, fünfmal von dem Brot ab. Schließlich hatte ich seit dem frühen Morgen nichts zwischen die Kiemen bekommen. Von dem tollen Brunch hatte ich ja nichts abgekriegt.

»Mmh«, machte ich mit vollem Mund. Es war wirklich köstlich! Genießerisch schloss ich die Augen. Und prallte prompt gegen eine harte Männerbrust.

Zwei Hände packten mich bei den Oberarmen und hielten mich fest.

»Vorsicht«, sagte Fabio.

Ich prustete einen Mundvoll Brotkrümel, Olivenmatsch und Käsebröckchen auf seinen nackten Oberkörper.

»Hoppla«, meinte er nachsichtig.

»Oh, das tut mir leid«, sagte ich. Das heißt, ich meinte es. Mein Mund war noch zu voll, es kam nur ein ziemlich erstickt klingendes Matschgeräusch heraus.

»Was hast du denn vor dem Abendessen noch für Pläne?«, fragte er. »Ich meine, außer essen?«

Seine Stimme war todernst, doch ich sah ein amüsiertes Funkeln in seinen Augen.

Ich schluckte krampfartig alles auf einmal runter und fragte mich, wieso ich eigentlich jedes Mal diese peinlichen Zwischenfälle erlebte, wenn ich mit ihm zusammentraf.

Er trug wieder seinen sexy Look: Badehose und Schlappen. Anscheinend plante er, vor dem Essen noch mal schwimmen zu gehen.

Das traf sich gut. Wenn er schwamm, konnte er Agnes nicht beklauen. Ich fragte mich sowieso allmählich, wie er sich seinen Coup vorstellte. Hier schwirrten ja ständig Leute herum. Er konnte unmöglich planen, alle gleichzeitig aus dem Weg zu räumen, nicht mal mit Unmengen von K.-o.-Tropfen oder Schlägen auf den Kopf. So naiv konnte er nicht sein. Viel eher konnte ich mir vorstellen, dass er es auf einem der Ausflüge durchziehen wollte. Dann musste er nur eine Person außer Gefecht setzen: mich. Diese Aussicht gefiel mir nicht sonderlich.

Mir fiel ein, dass ich seine Frage noch nicht beantwortet hatte. Er musterte mich immer noch mit deutlicher Belustigung. So als ob er mich in eine gewisse Schublade stecken würde, auf der außen ein großes Schild mit der Aufschrift *Barbie* klebte. Anscheinend hatte er seine Meinung über mich seit heute Morgen gründlich revidiert. Nichts an seinem breiten Grinsen und seinem fröhlichen Zwinkern deutete darauf hin, dass er mich noch für gefährlich hielt. Ich konnte förmlich hören, was er dachte: blond, blöd und trampelig.

Es war höchste Zeit, andere Saiten aufziehen!

Ich versuchte, meine Stimme verführerisch klingen zu lassen. »Vielleicht kommt das darauf an, was *du* vorhast.« Während ich diese eindeutig zweideutige Bemerkung machte, schaute ich ihm direkt ins Gesicht und sah mit Genugtuung, wie seine Kinnlade eine Etage tiefer fiel. Doch er war nicht umsonst ein mit allen Wassern gewaschener Ganove. Er fing sich rasch und plötzlich stand ein Ausdruck in seinen Augen, der nicht zu missdeuten war.

»Heißt das etwa, dass wir vielleicht gemeinsame Interessen haben?« Dabei betrachtete er mich mit Blicken, die man selbst bei völlig unvoreingenommener Betrachtungsweise nur als anzüglich bezeichnen konnte. Seine Stimme schien mich förmlich zu streicheln und wieder überlief mich dieser kleine, elektrisierende Schauer, den ich nun schon so gut kannte.

Doch dann wurde mir auf einmal klar, wie doppeldeutig sein letzter Satz war. *Gemeinsame Interessen* – meinte er damit jetzt Knutschen oder doch eher Brillantenklauen?

Beides, wie ich bei seinen nächsten Worten begriff. »Süße.« Er legte seine Hand unter mein Kinn und fuhr mit der Kuppe seines Daumens über meine Oberlippe. Sehr sanft, sehr sexy. »Mach keinen Fehler. Lass die Finger davon. Glaub mir, du würdest es bereuen.«

Mein Herz schlug einen Trommelwirbel. Mir wurde heiß und kalt zugleich. Voller Nervosität leckte ich mir über die Lippen. Blöderweise hatte ich völlig vergessen, dass da noch sein Daumen war. Ich leckte ihn ab. Aus Versehen, versteht sich. Hypnotisiert vor lauter Peinlichkeit starrte ich Fabio an. Der wiederum hatte seine Hand von meinem Kinn weggenommen und blickte einigermaßen perplex auf seinen Daumen.

Dann wandte er sich abrupt ab und ließ mich stehen. Ich schaute ihm mit offenem Mund hinterher.

Nach dieser kleinen Begegnung überlegte ich, ob ich einen Fehler gemacht hatte. Vielleicht wäre es besser gewesen, Fabio in seinen Barbie-Vorurteilen zu bestärken, statt plötzlich auf raffinierte *Femme fatale* mit undurchschaubaren Zielen zu machen. Doch in einer Aufwallung von Trotz unterdrückte ich diese Bedenken. Er sollte ruhig glauben, dass ich in seiner Liga spielte! Dann überlegte er es sich vielleicht dreimal, ob er während einer unserer Besichtigungstouren die Juwelen mopste!

Auf dem Weg zu meinem und Valeries Kämmerchen begegnete ich Agnes, die aus ihrem Zimmer kam. Sie trug ein pflaumenblaues, weit schwingendes Kleid im

Stil der Fünfzigerjahre. Bei näherem Hinsehen war allerdings zu erkennen, dass es aus den Fünfzigerjahren *stammte*. Echt Vintage. Wahrscheinlich hätte sie dafür auf einem Secondhand-Markt ein hübsches Sümmchen abstauben können, wenn es nicht so durchdringend nach Mottenpulver gerochen hätte. Bevor sie wie immer wortlos an mir vorbeirauschen konnte, stellte ich mich ihr in den Weg.

»Wegen morgen«, begann ich. »Ich hätte da zwei Tagestouren zur Auswahl. Einmal eine Weintour oder eine schöne lange Bergwanderung.«

Sie hatte keine Meinung dazu, nur ihr übliches Schnauben und den grimmigen Blick, den ich inzwischen schon kannte. Und schon war sie weg. Damit war die Sache entschieden. Morgen würde es Wein geben. Danach würde ich weitersehen. Vielleicht ließ sie sich ja doch noch für die Bergwanderung erwärmen. Da brauchte ich nicht so viel zu erklären.

Meine größte Sorge galt Besichtigungszielen wie Ravenna oder Venedig. In den größeren Städten würde ich auf jeden Fall ordentlich auf die Nase fallen. Ich sah mich schon dort mit aufgeklapptem, restlos zerfleddertem Stadtplan umherirren, völlig außerstande, auch nur eine einzige der dort empfohlenen Sehenswürdigkeiten zu finden. Vorsorglich beschloss ich, alles nur Erdenkliche zu tun, um eine Tour dorthin so lange wie möglich hinauszuschieben.

Plötzlich schallte Musik durchs Haus. Von unten ertönten rauschende Tangoklänge. Aha, das war Monsieur Henris Einsatz, wenn mich nicht alles täuschte.

Ich duschte in Windeseile, zog mich rasch um und ging wieder nach unten, wo ich der Musik folgte. Sie kam aus einem großen Salon, wo die Möbel zur Seite geräumt waren, sodass in der Mitte eine Tanzfläche frei war. Ich lugte durch den Türspalt. Henri und Agnes stolzierten im Klammergriff übers Parkett und schauten dabei drein, als hätten sie nur noch ein paar Tage zu leben.

»Die tanzen gut, oder?«, lispelte Bibi über meine Schulter. Sie hatte sich ebenfalls schon für das Dinner umgezogen. Zu ihrem Minirock trug sie wieder ein praktisch nicht vorhandenes Top, diesmal in Grün.

»Ich versteh nicht viel davon. Aber sie sehen nicht besonders happy dabei aus.«

»Das ist der klassische Tangoblick«, klärte Bibi mich auf. »Total streng. Lachen muss man nur bei den anderen Tänzen. Das wird sogar gewertet. Zählt zum allgemeinen Ausdruck.«

Henri, der einen dunkelblauen Anzug trug, schleuderte Agnes über seinen Arm nach hinten. Es sah aus, als wollte er ihr das Kreuz brechen. Doch sie erholte sich sofort wieder von dieser Attacke und vollführte ein paar schmissige Drehungen.

»Find ich toll, wenn alte Leute noch so gut in Form sind«, meinte Bibi. »Wie alt bist du eigentlich?«

»Achtzehn«, sagte ich.

»Echt? Ich hätte dich jetzt für zwanzig gehalten.«

»Danke«, erwiderte ich erfreut. Normalerweise wurde ich immer jünger geschätzt – was ja so was von nervte!

»Henri ist schon neunundfünfzig, aber er hat sich gut gehalten.«

»Vielleicht hält ihn das Spielen jung«, brummte ich.

Bibi wurde rot. »Valerie hat's dir erzählt, oder? Na ja, wieso sollst du es nicht wissen, dann bist du wenigstens vorgewarnt. Wenn er erst mit dieser Handküsserei anfängt, musst du dich auf alles gefasst machen.«

»Du meinst, auf *alles?«*

Bibi kicherte. »Nein, er will nicht *dich*. Nur dein Geld.«

»Ach, ich hab eh keins dabei.«

»War euer Ausflug heute schön?«, fragte Bibi.

Ich zuckte die Achseln. »Ganz nett. Wenn du willst und wenn Agnes nichts dagegen hat, kannst du ja das nächste Mal mitfahren.« Natürlich bot ich ihr das nicht nur aus reiner Sympathie an. Es konnte nicht schaden, wenn noch jemand auf Agnes aufpasste, solange wir unterwegs waren. Zum Beispiel, wenn ich mal wieder dringend aufs Klo musste.

Sie strahlte mich an. »Das wär toll! Danke schön! Auf die Dauer ist es echt langweilig, wenn man den ganzen Tag nur rumhängt.«

Ich hatte von dem Tango im Salon genug gesehen. Die beiden würden mindestens eine halbe Stunde tanzen, da blieb mir noch ein bisschen Zeit zum Arbeiten. Ich ging wieder nach oben, wo ich rasch eine Zusammenfassung der heutigen Römertour in meinen Laptop tippte. Es ging mir wunderbar flüssig von der Hand. Anscheinend ergab vorheriges Auswendiglernen des Reiseführers zusammen mit einer anschließenden Besichtigung eine unschlagbare Kombination. Anstatt mir über passende Synonyme den Kopf zu zerbrechen, verfasste ich einen ganz eigenständigen Text. Ich war begeistert. Er las sich, als stammte er aus einem mir völlig unbekannten Reiseführer!

Mir blieb noch Zeit, eine E-Mail an Hildegard zu schreiben (»Liebe Hildegard, wie du siehst, war ich auch heute wieder sehr fleißig, ich hoffe, mein erster Entwurf gefällt dir«). Anschließend schickte ich noch via Internet eine SMS an Luisa, die verrückt war nach SMS. Sie tat keinen Schritt ohne ihr Handy, damit sie ja keine Botschaft verpasste. Ich verwendete meinen ganzen Ehrgeiz darauf, so viel Information wie möglich in 160 Zeichen zu packen, und kam schließlich auf *Hi Luisa! Super Wetter, tolle Gegend, heiße Typen! Die Adria ist wirklich 'ne Reise wert! Bin hier nicht nur alten Römern auf der Spur! Ganz liebe Grüße, Jenny.*

Nach kurzem Nachdenken hängte ich noch eine zweite SMS an:

Wohne seit heute auf tollem Schloss bei echter, steinreicher Baronin mit Riesenklunkern! Büfett und Pool sind traumhaft! Service inklusive! Überall Personal!

Anschließend packte ich mein Equipment wieder zusammen und ging nach unten. Gerade passend zum Dinner. Die anderen hatten sich bereits im Speisesaal versammelt. Henri und Agnes waren noch in ihrem Tanzlook, sie wirkten leicht verschwitzt, aber nicht im Geringsten erschöpft.

Bisher wusste ich nicht so recht, was ich von Agnes halten sollte. Sie war eine mürrische alte Person, die kaum die Zähne auseinanderkriegte. Ihr Sinn für Humor schien leider ziemlich unterentwickelt zu sein. Sie ließ sich in Aerobic, Schwimmen und Tanzen unterrichten, ohne dass es ihr den geringsten Spaß zu machen schien. Und sie legte niemals ihren Schmuck ab. Wenn sie irgendwas sagte, klang es ziemlich gehässig, doch die meiste Zeit über wirkte sie einfach nur sonderbar. In drei Worten würde ich sie schlicht als schrullige alte Schachtel bezeichnen.

Henri zeigte wieder sein typisches George-Clooney-Grinsen, das noch gut fünf Zentimeter breiter wurde, als er mich sah. Er ließ es sich nicht nehmen, auch diesmal einen Kuss auf meinen Handrücken zu hauchen. Ich begann, mir ein paar nette Formulierungen zurechtzulegen, etwa in dem Stil: *Sorry, Henri, normalerweise sehr gern, aber leider bin ich selber zurzeit völlig blank.*

Gabriel trug wieder einen ziemlich teuren Anzug. Sein Geschmack war jedenfalls um Klassen besser als der seiner Großtante. Dafür war es mit seinen Flirtkünsten nicht besonders weit her. Er hampelte unablässig herum, meist in unmittelbarer Nähe von Valerie, und ihr schien das tatsächlich zu gefallen. Ich verstand die Welt nicht mehr. Valerie hatte nie ein besonderes Händchen gehabt, was die Auswahl ihrer Freunde betraf, doch alle hatten immer ziemlich gut ausgesehen. Normalerweise mochte sie große, breit gebaute Typen mit Dreitagebart und tiefer Stimme, Typ Alphatier. Gabriel stach durch völliges Fehlen dieser Eigenschaften hervor.

Fabio dagegen sah heute Abend wieder spitzenmäßig aus. Die Badeshorts von vorhin hatte er gegen einen perfekt geschnittenen dunklen Anzug getauscht. Sein schwarzes Haar war noch feucht vom Schwimmen oder vom Duschen und er hatte sich frisch rasiert. So, wie er da neben dem unbenutzten Kamin stand, ein Glas mit irgendeinem Aperitif in der Rechten, traute man ihm ohne Weiteres den Princeton-Abschluss zu. Was ihn wohl dazu gebracht hatte, sich aufs Klauen zu verlegen? Um an Geld zu kommen, hätte er auch einfach eine Bank ausrauben können. Doch dann fiel mir ein, dass die meisten Banken heutzutage nicht sonderlich viel Bargeld vorrätig hatten, jedenfalls nicht so viel, wie der Juwelendiebstahl einbringen würde.

Während des Essens saß ich wieder neben Fabio. Ich war mir seiner Gegenwart überdeutlich bewusst, doch diesmal war noch etwas anderes im Spiel, das spürte ich genau. Es war eine Art zusätzliche Spannung. Die Luft zwischen uns war förmlich aufgeladen, und das ging keineswegs nur von mir aus. Unsere Begegnung vorhin auf der Treppe schien etwas bei ihm ausgelöst zu haben, das vorher noch nicht da gewesen war. Oder jedenfalls nicht in diesem Maße. Ich fühlte, wie er mich von der

Seite betrachtete, wie er jede meiner Bewegungen verfolgte. Das Essen schmeckte prima, aber ich konnte mich hinterher beim besten Willen nicht erinnern, was es gegeben hatte.

Nach dem Dessert gingen alle noch auf einen Drink raus in den Garten. Es war schon nach zehn und es wehte eine angenehm laue Brise, in der sich der Duft von Blumen mit dem des Meeres mischte. Ich ließ mir von Gabriel ein Glas Sherry geben und wanderte durch den nächtlichen Garten.

Die Dunkelheit wurde effektvoll von kleinen Rasenlaternen erhellt, die sich auch in der Wasseroberfläche des Pools widerspiegelten. Entlang der Mauer, die das Anwesen zum Hang hin begrenzte, wuchsen zahlreiche Zypressen. Wie stumme Wächter ragten sie in den nächtlichen Himmel.

Die anderen waren drüben auf der Terrasse geblieben, wo sie redeten und lachten. Einmal glaubte ich sogar, Agnes etwas sagen zu hören.

»Es ist schön hier, oder?«

Das hatte ich mir ganz sicher nicht eingebildet. Fabio hatte es irgendwie geschafft, sich anzuschleichen, ohne dass ich auch nur das leiseste Geräusch gehört hatte.

»Meine Güte, musst du mich so erschrecken?«, fuhr ich ihn atemlos an. »Du bist ja schlimmer als James Bond!«

Er hatte sich neben mich gestellt. Sein Gesicht lag im Schatten, doch ich konnte das schwache Funkeln seiner Augen sehen. »Wie kommst du ausgerechnet auf den?«

»Ich … ich mag Agenten-Filme.«

»Ach, wirklich?«, fragte er gedehnt. »Ich glaube kaum, dass das ein Zufall ist, Jennifer Costello.«

»Zufälle gibt's so gut wie nie, da kannst du Valerie fragen.«

»Ich hab schon mitgekriegt, dass sie an die Macht der Sterne glaubt.«

»Und woran glaubst du?«, fragte ich neugierig.

»An die Kraft des gesunden Menschenverstandes.«

Daran glaubte ich normalerweise auch. Doch meiner schien sich just in diesem Moment restlos zu verflüchtigen, als Fabio sich näher zu mir beugte. »Manchmal glaube ich auch an andere Dinge«, flüsterte er nahe bei meinem Ohr. Zu nahe. Ich spürte nämlich seine Lippen an meinem Ohrläppchen. Doch anstatt einen entschlossenen Schritt zur Seite zu tun, hielt ich zitternd still, während er weitersprach.

»Ich glaube an die Magie des Augenblicks. An das Klopfen meines Herzens, wenn ich dich ansehe. Du bist zauberhaft, Jenny.«

»Oh«, machte ich schwach.

Und dann lag ich plötzlich in seinen Armen und ließ mich von ihm küssen, bis ich glaubte, den Verstand zu verlieren. Meine Knie gaben nach und ich hätte mich zu Sirup aufgelöst und wäre an ihm entlang ins Gras getropft, wenn er mich nicht festgehalten hätte. So was war mir noch nie passiert. Das war alles, woran ich im Moment denken konnte. Und natürlich daran, wie gut sich seine Lippen auf meinen anfühlten. Mein Herz schlug laut wie Donner.

Da ertönte plötzlich eine Stimme. »Jen, ich weiß nicht, ob das eine so gute Idee ist. Von der Terrasse aus kann man euch sehen, wenn man genau hinguckt.«

Wie der Blitz fuhren wir auseinander und starrten Valerie an, die zwei Meter hinter uns stand.

Fabio warf mir einen Blick zu, der blanke Fassungslosigkeit ausdrückte. Mehrere Sekunden verstrichen, in denen ich hastig mein Kleid glatt strich und meine Haare in Ordnung brachte.

»Es tut mir leid«, sagte Fabio mit beherrschter Stimme. Dann drehte er sich um und ging.

»Mensch, ihr seid ja quasi übereinander hergefallen!«, flüsterte Valerie. In ihren Augen spiegelte sich Sensationslust. »Wahnsinn! Wie küsst er denn so?«

Ich konnte sie nur wie ein Schaf anglotzen, noch immer ganz benommen.

Valerie kam näher. »Ist es das, was ich glaube? Hast du jetzt deine Taktik geändert? Willst du dich bei ihm eventuell als Komplizin einschmeicheln? Ich dachte schon die ganze Zeit, dass das vielleicht eine gute Idee wäre!« Sie hielt inne. »Das willst du doch, oder?«

Ich räusperte mich entschieden und fand meine Stimme wieder. »Ja«, sagte ich heiser, »exakt das will ich.«

Genau genommen hatte ich das eben erst beschlossen, und zwar in dem Moment, als Valerie es ausgesprochen hatte. Die Idee war tatsächlich so genial, dass ich mich fragte, wieso ich nicht schon viel früher darauf gekommen war.

»Ich gehe wieder zu den anderen«, erklärte Valerie. »Du solltest erst mal durchschnaufen, du siehst noch ziemlich zerrupft aus.«

Ich wartete eine Weile, bis ich sicher sein konnte, dass mir die Knie nicht mehr wackelten, dann ging ich zurück ins Haus. Um die anderen schlug ich einen weiten Bogen. Fabio war nirgends zu sehen. Anscheinend war er nach oben in sein Zimmer gegangen. Ich war kurz davor, bei ihm anzuklopfen und Phase zwei meines soeben gefassten, unmoralischen Plans einzuleiten, mit anderen Worten, genau da weiterzumachen, wo wir vorhin aufgehört hatten, doch dann verließ mich der Mut. Erstens hatte er gesagt, dass es ihm leidtäte. Und zweitens war morgen auch noch ein Tag. Und drittens war mir plötzlich siedend heiß eingefallen, dass ich um ein Haar mit einem Unbekannten rumgeknutscht hätte, und zwar mit einem *kriminellen* Unbekannten.

Einem Gauner. Einem Gauner ohne Skrupel. Und was noch viel beschämender war: Ich wollte ihn wieder küssen, aber nicht, um ihn besser aushorchen zu können. Sondern einfach, weil er so wahnsinnig sexy war. Und noch etwas war klar: Mein Denkvermögen war auf dem absoluten Nullpunkt.

11. Kapitel

Mutlos und ziemlich verstört ging ich ins Bett. Ich recherchierte im Internet für die morgige Tour, doch es fiel mir schwer, Einzelheiten zu behalten. Alles schien in meinem Kopf durcheinanderzupurzeln.

In dieser Nacht lag ich noch lange wach. Als ich dann doch endlich einschlief, wurde ich von schlimmen Albträumen gequält. Zuerst kam die übliche Hochzeitssequenz mit Leo, doch diesmal schaffte er es, mich in der Kirche einzuholen und mich zum Altar zurückzuschleppen, wo er mir den Ring ansteckte. Widerspruch war zwecklos. Danach musste ich mit ihm auf Hochzeitsreise gehen, an die Adria, wohin sonst. Das Honeymoon-Hotel war ein riesiger, düsterer Kasten, der frappierende Ähnlichkeit mit dem Plettenberg'schen Kastell hatte. Leo wollte den ganzen Tag mit mir knutschen, es war unerträglich. Er behauptete, es sei sein gutes Recht, schließlich seien wir jetzt Mann und Frau. Doch nicht nur das: Es waren alle versammelt, Agnes, Gabriel, Henri, Bibi. Sie standen um uns herum und schauten uns zu. Sogar Fabio hatte sich in meinen Traum verirrt. Er stand in Badehose beim Pool und erklärte mir grinsend, dass ich es nicht besser verdient hätte.

Am nächsten Morgen wurde ich von dem Geschrei wach, das Bibi auf der Terrasse veranstaltete. Die Aerobicstunde fand genau unter unserem Schlafzimmerfenster statt. Dieser Job brachte wirklich eine Menge Schikanen mit sich!

Valerie wälzte sich auf den Bauch und zog sich das Kissen über den Kopf. Ich versuchte dasselbe, doch ich konnte nicht mehr einschlafen, obwohl es noch nicht mal richtig hell draußen war. Ich gab mein Bestes: Ich konzentrierte mich auf meine Müdigkeit, versuchte, mich zu entspannen, doch es war nichts zu machen. Bibis Kampfschreie und die ohrenbetäubende Musik waren sogar durch das geschlossene Fenster bestens zu hören. Ich fühlte mich wie gerädert, doch an Schlaf war nicht mehr zu denken. Erbittert schaute ich auf die Uhr. Kurz nach sechs. Während ich mich aus dem Bett kämpfte, sagte ich mir, dass das frühe Aufstehen auch seine Vorteile hatte. Zum Beispiel gab es kein Gedränge bei der Benutzung des Bads – das im Übrigen sowieso nicht dazu verlockte, länger als unbedingt nötig drinzubleiben. Es war ähnlich eng und altertümlich wie unsere Schlafkammer.

Verschlafen überlegte ich, was ich um diese Tageszeit unternehmen sollte. Ich könnte noch ein paar Infos zu der geplanten Tour sichten. Oder rasch eine Runde laufen.

Doch das Einzige, worauf ich wirklich Lust hatte, war eine ordentliche Tasse heißer Kaffee. Ich zog mich an, ging nach unten in den Speisessaal und fand dort tatsächlich Tassen und eine Thermoskanne, die irgendjemand netterweise bereitgestellt hatte. Ich bediente mich und ging dann mit meiner Tasse nach draußen.

Bibi winkte mir fröhlich zu. »Du kannst mitmachen! Komm doch rüber!«

»Nein, danke«, sagte ich, während ich schleunigst den Rückzug antrat. Ich trank meine Tasse leer und ging in die Halle, unschlüssig, was ich als Nächstes tun sollte. Vielleicht doch noch mal ins Bett?

Dann hörte ich Fabios Stimme aus dem Arbeitszimmer und meine Füße trugen mich wie von allein zu der Tür, damit ich besser lauschen konnte.

Doch diesmal hatte ich Pech. Das ganze Gespräch war von Anfang bis Ende in Italienisch. Trotzdem blieb ich stehen, das Ohr an der Tür, in der Hoffnung, dass er vielleicht ein paar Takte Deutsch sprechen würde.

»Das gehört sich nicht«, sagte eine schnarrende Stimme hinter mir.

Mit einem erschrockenen Quietschen fuhr ich herum. Und fand mich Auge in Auge mit Agnes wieder, die in ihrem viel zu weiten graubraunen Trainingsanzug keinen Meter von mir entfernt Stellung bezogen hatte.

»Oh«, machte ich schwächlich. »Ich … Ich meine, ich habe … ich wollte … Ich dachte …«

Doch sie hatte anscheinend gar nicht vor, mich zur Rechenschaft zu ziehen, denn schon hatte sie sich umgedreht und war im Stechschritt zur Treppe geeilt.

Anstatt meinen verräterischen Horchposten aufzugeben, blieb ich einfach stehen, wo ich war, und versuchte, aus Agnes schlau zu werden. Jeder normale Mensch hätte mich zur Rede gestellt. Oder mich kommentarlos rausgeschmissen.

»Das soll noch einer kapieren«, murmelte ich.

»Du hast tatsächlich ein paar ziemlich schlechte Angewohnheiten«, sagte Fabio. Ich zuckte erschrocken zusammen, doch zum Abhauen war es definitiv zu spät. Er stand in der nun weit geöffneten Tür zum Arbeitszimmer, die Arme vor der Brust verschränkt.

»Was meinst du damit?«, fragte ich, vergeblich um Scheinheiligkeit bemüht.

»Dass du schon wieder gelauscht hast.« Er betrachtete mich von Kopf bis Fuß. »Das scheint zu deinen Lieblingsbeschäftigungen zu gehören.«

Ich spürte, wie ich knallrot anlief. »Das war ein Versehen. Ich hörte jemanden Italienisch sprechen und da dachte ich, hier drin treibt sich ein Fremder rum. Na ja, und da bin ich halt stehen geblieben. Ich hab deine Stimme eben nicht gleich erkannt, weil du sonst immer Deutsch sprichst.« Nicht schlecht improvisiert, fand ich. Doch Fabio war offenbar anderer Ansicht. »Wenn du auf diesem Gebiet Karriere machen willst, musst du noch viel üben.«

»Ich weiß gar nicht, was du meinst«, behauptete ich bockig.

»Wie wär es damit?«, fragte er. Dann fasste er mich bei

den Händen, zog mich in das Zimmer hinein und kickte mit dem Fuß die Tür ins Schloss.

»Wir sind gestern Abend unterbrochen worden«, sagte er dicht vor meinen Lippen. Er küsste mich kurz und sanft, dann hörte er wieder auf. Doch er ließ mich nicht los.

Bleib cool, befahl ich mir. Diesmal würde ich es richtig machen. Auf keinen Fall durfte ich mich zu irgendwelchen Gefühlen hinreißen lassen. Ich musste ihm ordentlich einheizen, das ja. Aber ich selbst durfte nur so tun, als ob. Schließlich musste ich einen kühlen Kopf bewahren, damit ich nicht vergaß, ihm Informationen zu entlocken, sobald die Leidenschaft ihn um den Verstand gebracht hatte.

Ein paar Sekunden lang klappte es ganz gut, jedenfalls, solange er nur dastand und mir in die Augen sah, beide Hände um mein Gesicht gelegt. Er sah mich an.

»Jenny, Jenny«, sagte er in nachdenklichem Tonfall. »Wenn ich nur wüsste, wer du bist und was du vorhast!«

»Das wüsste ich von dir auch gern«, gab ich zurück und schaute ihm dabei lächelnd in die Augen. »Du kannst es mir ruhig sagen. Schau, ich weiß genau, dass du nicht bloß Schwimmtrainer bist. Mir ist völlig klar, warum du hier bist. Sicher ist das eine enorme … ähm, Doppelbelastung für dich, dieses Rollenspiel. Hast du schon mal überlegt, diese Belastung mit jemandem zu teilen, vielleicht mit jemandem … zusammenzuarbeiten?« Ich versuchte, meine Stimme so rauchig-verführerisch wie möglich klingen zu lassen. »Du kannst mir ruhig alles erzählen. Ich verspreche dir auch, dass ich es niemandem verra…«

Das letzte Wort wurde von seinen Lippen erstickt, die sich mit verführerischer Langsamkeit auf meinen Mund legten. Und genau in diesem Moment verflüchtigten sich meine guten Vorsätze von vorhin, sie schmolzen dahin wie Eis in der Sonne, denn genauso kam ich mir mit seinen Lippen auf meinen vor.

Ich war rettungslos verloren, doch ich bemerkte nichts davon, nicht einmal dann, als er kurz aufhörte und mich intensiv anschaute.

»Jenny«, flüsterte er sanft. »Du bist so unglaublich süß! Was hast du vor? Was willst du?«

Und dann küsste er mich erneut, bis mir schwindlig wurde und mein Puls hämmerte.

Er hörte abermals auf und blickte mir in die Augen. »Komm, sag mir, was du willst, Süße!«

Der Klang seiner wunderbar tiefen Stimme ging mir durch und durch. Aufgewühlt erwiderte ich seinen Blick und stammelte: »Ich will dich küssen!«

Es kam mir für einen Augenblick so vor, als wirkte er irritiert.

»Oh ja, das will ich ja auch, Jenny.« Noch ein glühender Kuss, seine Hände streichelten meinen Nacken. Gerade, als ich glaubte, es keine Sekunde länger aushalten zu können, fragte er dicht an meinem Mund: »Und was ist mit den Juwelen?«

Nur ganz allmählich drang seine letzte Frage durch den Nebel, der mich einhüllte. »Wa-was?«, stotterte ich.

»Die Juwelen. Bist du scharf darauf, Jenny? Komm, du kannst es mir ruhig sagen, ich erzähl's bestimmt nicht weiter!«

Jetzt hatte ich es kapiert! Die Erkenntnis kam zwar spät, dafür aber umso nachhaltiger. Der Kerl versuchte gerade, mich nach allen Regeln der Kunst zu verführen – und zwar mit der alleinigen Absicht, mich auszuhorchen!

Wütend stieß ich ihn von mir. »Du Mistkerl! Was fällt dir ein?«

»Dasselbe könnte ich dich fragen!«

Einen Moment lang wusste ich beim besten Willen nicht, was er meinte, doch dann durchfuhr es mich siedend heiß: Er hatte mich durchschaut! Er hatte sofort kapiert, was ich mit meiner Verführungsnummer bezweckt hatte! Und dann hatte er ganz einfach den Spieß umgedreht.

Ich konnte es ihm nicht mal übel nehmen.

»Ich hab keine Ahnung, wovon du redest«, behauptete ich mit schwankender Stimme.

Darauf gab er keine Antwort. Sein Gesichtsausdruck war undurchdringlich. Er trat einen Schritt von mir zurück und wandte sich ab.

»Ich geh dann mal besser«, sagte ich lahm.

»Ja, tu das. So schnell und so weit weg wie möglich.« Er fuhr sich mit beiden Händen durch sein Haar, bis es nach allen Seiten vom Kopf abstand. Dadurch sah er plötzlich aus wie ein unartiger Junge, und am liebsten hätte ich mich gleich wieder in seine Arme geworfen.

Ich hatte die Klinke schon in der Hand, als er mit leiser Stimme sagte: »Jenny Costello, sieh dich vor. Ich kann auch ganz anders.«

Ich schluckte und schaute über die Schulter. Auf einmal hatte er nichts mehr von einem Jungen an sich. Er sah sehr groß und sehr bedrohlich aus. Ich beeilte mich, von ihm fortzukommen.

»Womit wohl bewiesen wäre, dass er erstens supergut küssen kann und dass du zweitens total auf den Kerl abfährst«, murmelte Valerie dumpf in ihr Kopfkissen. Sie lag im Bett und war noch nicht richtig wach. Ich hatte ihr von unserer wilden und verwirrenden Knutscherei erzählt.

»Dann wär da noch drittens«, sagte ich verbittert. »Er glaubt, dass er unheimlich clever ist. Jedenfalls viel cleverer als ich.«

»Vielleicht ist er das ja.«

Ich gab einen unterdrückten Laut der Empörung von mir. »Das ist nicht dein Ernst! Wessen Freundin bist du eigentlich?«

»Deine. Na schön, du bist schlauer als er. Dann beweis es ihm halt!«

»Das hab ich vor«, erklärte ich grimmig. Und das hatte ich wirklich. Was bildete dieser Kerl sich eigentlich ein? Nur, weil er küssen konnte wie Romeo persönlich, glaubte er, mich einfach mal eben so einwickeln zu können. Nicht mit mir! Ich würde es ihm schon zeigen, diesem Möchtegern-Don-Juan!

Valerie drehte mir ihr verschlafenes Gesicht zu. Ihr Haar sah aus wie ein verfilzter rötlicher Heiligenschein. »Vielleicht ist er ja wirklich eine Nummer zu groß für dich. Warum können wir nicht einfach zur Polizei gehen? Oder Agnes vor dem Kerl warnen?«

»Vergiss die Polizei, darüber hab ich mir schon den Kopf zerbrochen, es hätte keinen Zweck, glaub mir. Die würden mir kein Wort glauben, aber ihm dafür alles. Schon weil er viel besser Italienisch kann als ich.«

»Und was ist mit Agnes?«

Ich wiegte den Kopf. »Du hast recht, es wäre eventuell einen Versuch wert. Wenn ich sie das nächste Mal allein sehe, werde ich ihr erzählen, was ich gehört habe. Dann kann sie wenigstens ihre Schlüsse daraus ziehen.«

»Ja, tu das.« Sie schob sich das Kissen über den Kopf. »Und jetzt will ich noch 'ne Runde pennen.«

»Vergiss nicht, heute noch die Ohren aufzusperren. Frag Gabriel, ob Fabio irgendwelche Referenzen hatte. Ob er was Privates über ihn weiß. Hörst du?«

Doch Valerie war schon wieder eingeschlafen. Ein Blick auf meine Armbanduhr zeigte mir, dass es bereits kurz vor acht war.

Eilig ging ich nach unten. Bibi wartete schon – sie wollte sich uns auf der heutigen Tour anschließen. Zum

Glück. Alles war mir recht, was mich von Fabio ablenkte. Und von der Erinnerung an seine Küsse von gestern Abend und heute Morgen.

Die von meinem Reiseführer empfohlene Route führte durch eine Hügellandschaft südlich von Grottamare, sodass wir vor Beginn der eigentlichen Tour noch ein ganzes Stück fahren mussten. Agnes nutzte die Zeit zu einem Morgenschläfchen und ich hätte ebenfalls gern noch eine Weile vor mich hin gedöst, doch Bibi plapperte pausenlos vor sich hin, ein endlos auf und ab plätschernder Redestrom, der mir außer einem Nicken oder einem kurzen *Ja* oder *Nein* nichts abverlangte, mich aber trotzdem am Einschlafen hinderte. Ebenso wie die Blicke, die mir Fabio ab und zu im Rückspiegel zuwarf. Ich war wütend auf mich, weil ich in seiner Gegenwart ständig weiche Knie kriegte. Aber bei nächster Gelegenheit würde ich ihm beweisen, dass man mich nicht so leicht um den Finger wickeln konnte!

Nach über einer Stunde Fahrtzeit über die Autostrada entlang der Küste erreichten wir Grottamare, von wo aus die Tour weiter ins Landesinnere ging.

Lustlos gab ich mein angelerntes Wissen zum Besten. »Wir fahren hier durch eine liebliche Hügelwelt, wo Montepulciano- und Sangiovese-Trauben angebaut werden.«

»Was machen die denn daraus?«, wollte Bibi wissen.

»Was meinst du damit?«

»Na, welchen Wein. Chianti oder Asti oder was?«

»Äh … einen ganz bekannten Rotwein?«, erwiderte ich vorsichtig. Ich interessierte mich kein bisschen für Wein, schließlich trank ich so gut wie nie welchen.

Ein amüsierter Blick aus dem Rückspiegel.

»Ach so«, sagte Bibi.

Ich atmete erleichtert auf. Zu früh, wie sich gleich herausstellen sollte.

»Und wie heißt die Sorte?«, fragte Bibi.

Ich starrte sie blicklos an. Heute Morgen hatte ich es erst gelesen. Es war irgendwas mit *Rosso,* daran konnte ich mich noch erinnern.

»Rosso Piceno«, sagte Fabio.

Ich starrte ihn an und hatte dabei das Gefühl, soeben mindestens fünfzig Zentimeter geschrumpft zu sein.

Wir kamen zügig voran. Ich hatte nicht übertrieben, Fabio war wirklich ein ausgezeichneter Fahrer. Mindestens so gut wie beim Küssen. Die schmale Landstraße wand sich hügelaufwärts durch das Städtchen Ripatransone und ich erzählte rasch von dessen Geschichte, bevor es mir wieder entfallen konnte.

Wir hielten am Rande der Altstadt an, stiegen aus und spazierten an uralten Palazzi vorbei, bis ich zu meiner Erleichterung eines der Schilder fand, die auf die berühmteste Sehenswürdigkeit Ripatransones hinwiesen.

»Das hier ist die engste Gasse in ganz Italien«, sagte ich, so stolz, als hätte ich sie selbst erfunden. »Gerade mal dreiundvierzig Zentimeter breit.«

»Krass«, sagte Bibi, »kommt man da denn durch?«

Ich fotografierte den Spalt, dann quetschte ich mich probehalber in die kaum schulterbreite Öffnung. »Bisschen eng, aber es geht.«

Die Weiterfahrt führte uns wieder bergab, durch mehrere idyllische Städtchen, in denen wir anhielten und die lokalen Attraktionen abklapperten. Und regelmäßig in den Weinschenken kleine Kostproben verkonsumierten. Normalerweise trank ich praktisch nie was, weil mir schon kleine Mengen Alkohol zu Kopf stiegen. Aber diesmal hatte ich das Gefühl, mich mit irgendwas von Fabios Anwesenheit ablenken zu müssen, und ein bisschen half der Wein tatsächlich – ich wurde immer entspannter. Mittlerweile kannte ich mich nicht mehr besonders gut aus, doch das störte spätestens nach der zweiten Weinverkostung niemanden mehr, höchstens vielleicht Fabio, doch der muckste sich kaum. Er trank keinen Tropfen, weil er ja fahren musste, und er trottete schweigend hinter uns her, ohne erkennen zu lassen, was er dachte.

Dafür waren Bibi und ich in prächtiger Laune. Auch Agnes schien ganz gut drauf zu sein, obwohl sie stumm wie ein Fisch war. Immerhin war es schon ein bedeutender Fortschritt, dass sie gelegentlich kicherte.

Großspurig erzählte ich auswendig gelernte und frei erfundene Anekdoten über alles, was ich aus dem Reiseführer wiederzuerkennen glaubte. Bibi hing bewundernd an meinen Lippen.

»Mein Gott, weißt du viel!«

»Ach, nicht der Rede wert«, sagte ich bescheiden, aber sehr beschwingt. Die drei oder vier Probegläschen machten sich bemerkbar. War ich dabei, vielleicht ein wenig die Orientierung zu verlieren? Ich blieb immer wieder stehen und zückte meine Kamera, doch ich gewann zunehmend den Eindruck, dass alle Motive verwackelt aussahen, und zwar schon vor dem Knipsen.

»Fabio, du darfst uns jetzt zum Wagen zurückführen«, sagte ich schließlich gnädig. »Wir fahren dann weiter nach Porto d'Ascoli.«

»Wir *sind* in Porto d'Ascoli.« Er schulterte die Tüten mit den Weinflaschen, die ich in der letzten Bar gekauft hatte. Es waren ziemlich viele; eine für meine Eltern, eine für Frau Hölzlein, eine für die Redaktion …

»Oh. Äh … Ja dann …« Ich furchte grübelnd die Stirn. Wie hieß das Kaff noch gleich, das als Nächstes kam?

»Wie wär's mit Grottamare?«, meinte er.

»Gut«, sagte ich herablassend. »Da können wir dann auch was essen.«

Wir fuhren weiter und landeten ohne mein Zutun nach einer Weile in einem rustikalen Restaurant an einer schönen Piazza, wo es nicht nur ein leckeres Essen gab, sondern auch hervorragenden Wein. Von dem ich aber lieber die Finger ließ.

»Wow«, sagte Bibi. »Das ist echt cool hier!«

Ich blickte mich um. »Ja, wirklich toll. Muss ganz neu sein. Kenn ich gar nicht.«

»Es ist die *Osteria dell'Arancio* und steht in deinem Reiseführer als Höhepunkt dieses Tagesausflugs«, meinte Fabio. Ein Grinsen spielte um seine Mundwinkel.

»Oh.« Ich erinnerte mich wieder und spürte, wie ich rot wurde, doch dann beschloss ich, mich für den Rest des Tages nicht mehr über Typen aufzuregen, die um jeden Preis schlauer sein wollten als alle Frauen in ihrer näheren Umgebung.

Das Essen war nicht gerade billig, dafür aber superlecker. Es gab ein köstliches Menü mit fünf Gängen und dazu wurden drei verschiedene Weine gereicht, ein roter, ein weißer und ein Dessertwein. Von der letzten Sorte trank ich dann schließlich auch was mit, weil dieser Wein wirklich ungemein lecker war. Fast wie Traubensaft. Ich hätte es besser gelassen.

Der Rest des Abends blieb mir nur bruchstückhaft in Erinnerung. Ich weiß noch, dass Bibi während des Nachtischs zur Toilette ging und nicht wiederkam und dass Fabio mich nach einer Weile aufforderte, nach ihr zu sehen.

Ich starrte ihn nur listig an und schüttelte den Kopf.

»Geh d-doch selber nachgucken.«

»Sie ist auf der Damentoilette.«

»Logisch, wo sonst? Da muss ich auch gleich mal hin, aber erst, w-wenn sie wiederkommt.«

»Warum kannst du nicht jetzt gehen, Jenny?«

»Weil du dann mit Agnes allein wärst.« Ich blinzelte ihn schelmisch an. »Ich *weiß,* dass du gerne mit Agnes allein sein willst! Das wär dir am liebsten, dann müsstest du keine Angst haben, dass ich dir in die Suppe spucke, stimmt's?«

»Wobei?«

»Na, *dabei!«* Ich zeigte auf das monströse Collier.

Agnes, die zu jedem Gang mindestens zwei Gläser Wein getrunken und ihre Nase tief in ihren Dessertwein getunkt hatte, blickte mit trüben Augen auf. Ihre Juwelen funkelten prachtvoll im Licht der Deckenbeleuchtung. Wieder fühlte ich mich an das Kasperletheater meiner Kindheit erinnert. Sie sah aus wie die alte Hexe, die der schönen Prinzessin ihren Schmuck gestohlen hat.

Plötzlich stand sie ohne ein Wort auf und ging ein wenig schwankend ebenfalls in Richtung Damentoiletten. Ich erhob mich und folgte ihr, dankbar für die Gelegenheit, auf die ich schon den ganzen Tag gewartet hatte.

Über dem Waschbecken hing eine Frau, die sich mit beiden Händen Unmengen kaltes Wasser ins Gesicht schöpfte. Erst beim zweiten Hinsehen erkannte ich, dass es Bibi war.

Ich beugte mich über sie. »Was ist los?«

»Der Wein«, stöhnte sie.

Ich legte ihr mitfühlend die Hand auf die Schulter. »War er schlecht?«

»Nein. Zzzu gut. Gott, ist mir übel!«

Darum konnte ich mich jetzt nicht kümmern. Ich

richtete mich wieder auf und atmete durch, um einen klaren Kopf zu kriegen. Aus dem Spiegel über dem Waschbecken blickte mir ein flachshaariges Unschuldslamm mit großen himmelblauen Augen und hochroten Bäckchen entgegen und für einen Moment lang bekam ich einen ungefähren Eindruck davon, was Fabio zu der Annahme verleitete, ich könne ihm im knallharten Gewerbe des Berufsverbrechertums nicht das Wasser reichen.

Frustriert streckte ich mir selbst die Zunge raus und wandte mich ab.

Agnes war in einer der Kabinen verschwunden und hatte sich eingeschlossen, sie musste mir also zuhören, ob sie wollte oder nicht. Diesmal konnte sie nicht einfach abhauen. Deshalb konnte ich endlich das tun, was ich mir vorgenommen hatte: ihr die Augen über einen gewissen Rettungsschwimmer öffnen.

Ich bezog Stellung vor der Kabinentür. »Es geht um F-Fabio«, begann ich mit schwerer Zunge. Meine Güte, ich hatte wirklich ein paar Schlucke zu viel intus! Aber das würde mich nicht davon abhalten, ihr klarzumachen, was hier für ein mieses Spiel lief!

»In Wahrheit hat er schlimme Absichten«, vertraute ich ihr an. »Verstehst du?« Irgendwie hatte ich das Gefühl, mich bei der Einleitung geringfügig verheddert zu haben. Ich hickste und suchte nach einem neuen Ansatz. »Er ist kein Gentleman und will nur d-das eine«, fuhr ich nuschelnd fort.

Bibis pitschnasses Gesicht tauchte neben meiner Schulter auf. »Wasss will er denn?«

Ich dachte nach. Ja, was wollte er?

»Mit dir rumknutschen?«, fragte Bibi.

»Ich glaube, ja. Aber er will auch die Ju-Juwelen.«

»Wirklich?« Bibi gähnte. »Ich muss ins Bett. Bis nachher.« Mit staksigen Schritten ging sie zurück ins Lokal.

Umso besser. Jetzt war ich mit Agnes allein.

»Agnes?«, flüsterte ich verschwörerisch. »Er will dich beklauen! Er braucht das Geld, und zwar bis nächsten Mittwoch! Ich hab es selbst gehört! Am Telefon! Du d-darfst ihm nicht über den Weg trauen! Keinen Zentimeter! So, jetzt weißt du es!«

Damit hatte ich alles gesagt, was es zu sagen gab. Meine Aufgabe war erfüllt. Agnes war gewarnt. Hochzufrieden mit mir selbst kehrte ich ebenfalls an unseren Tisch zurück, nur um dort verdutzt festzustellen, dass Agnes neben Fabio saß und an ihrem Dessertwein süffelte. Ich blinzelte ein paar Mal, doch als ich damit fertig war, saß sie immer noch da. Irgendetwas war hier gründlich aus dem Ruder gelaufen, doch ich kam nicht gleich darauf, woran das lag. Dann fiel mir ein, dass ich vergessen hatte, auf die Toilette zu gehen. *Das* war es! Erleichtert kehrte ich um und holte das Versäumnis nach. Doch auch danach blieb das bohrende Gefühl, etwas Wesentliches übersehen zu haben.

12. Kapitel

Es fiel mir erst am nächsten Morgen wieder ein. Ich wachte mit ziemlichen Kopfschmerzen auf, meine Zunge klebte wie ein trockener Lappen am Gaumen. Zu meiner Überraschung war es fast zehn Uhr. Anscheinend war ich so angetrunken gewesen, dass nicht mal die vielen Dezibel der Fitnessstunde meinen Tiefschlaf gestört hatten. Erst später erfuhr ich, dass die heutige Stunde ausgefallen war, weil Agnes unter einer leichten Migräne litt, was sich gut traf, da zufällig auch Bibi nicht ganz auf der Höhe war. Sie musste sich bei dem gestrigen Ausflug eine Magenverstimmung zugezogen haben und hütete bis zum frühen Nachmittag das Bett.

Ich selbst litt unter einem handfesten Katzenjammer, was daran lag, dass mir wieder eingefallen war, was ich gestern Abend übersehen hatte: Als ich Agnes vor Fabio gewarnt hatte, war sie gar nicht dabei gewesen. Schwer zu sagen, ob zu der Zeit überhaupt jemand auf dem Klo gesessen hatte, doch Agnes ganz sicher nicht. Dämlicher hätte ich es wahrhaftig nicht anstellen können.

Nach einer Dusche fühlte ich mich geringfügig besser. Zumindest so sehr, dass ich es schaffte, ohne allzu lautes Stöhnen nach unten zu gehen und, ausgestattet mit einer riesigen Sonnenbrille, nach Valerie zu suchen.

Wie nicht anders zu erwarten, war sie draußen im

Garten. Dort traf ich auch die anderen Hausbewohner an – bis auf Bibi und Agnes, die wohl beide noch nicht tageslichttauglich waren.

Gabriel, im üblichen cremeweißen Anzug, wanderte durch den Garten und rezitierte dabei aus einem Gedichtband, ein Szenario, das mich an irgendeinen alten französischen Film erinnerte, den meine Eltern zu Hause auf DVD hatten.

In seiner unmittelbaren Nähe lehnte Valerie an einer Pinie und lauschte seiner Stimme. Sie trug ein regenbogenfarbenes, hauchdünnes Seidenfähnchen, unter dem sich die Formen ihres Körpers deutlich abzeichneten. Sie wollte Gabriel definitiv beeindrucken.

Fabio war im Wasser und schwamm eine Bahn nach der anderen. Und er machte seine Sache gut, das konnte sogar ich als notorische Nichtschwimmerin erkennen. Sollte er je als Juwelendieb arbeitslos werden, würde er als Schwimmlehrer immer ein sicheres Auskommen haben, daran bestand kein Zweifel.

Henri saß unter der Markise an dem großen, weiß lackierten Gartentisch und legte Patiencen. Einmal ein Zocker, immer ein Zocker.

Und höflich war er außerdem. Als er mich sah, knipste er sein Tausend-Watt-Grinsen an und sprang auf. »*Bonjour,* Jenny! Isch 'offe, du 'ast gut geschlafen! Und geht es dir gut 'eut Morgen?«

»Danke, ich kann nicht klagen«, log ich, während ich an ihm vorbeiging, um mich auf einen der Liegestühle fallen zu lassen. Von dort aus winkte ich Valerie matt zu. Sie strahlte mich an und winkte zurück, bevor sie sich wieder in hingebungsvoller Pose Gabriel zuwandte. Er schien es ihr tatsächlich angetan zu haben – keine Ahnung, warum sie bei der Auswahl ihrer Typen immer gleich derartig ins Extreme fiel.

Dann stieg Fabio aus dem Pool und sofort bekam das Wort *extrem* für mich eine ganz neue Bedeutung. Zum Beispiel in Verbindung mit extremer Atemnot. Oder extremem Herzklopfen. Mein Kopfweh war vergessen. Ich hatte nur noch Augen für Fabio. Seine Brust war glatt und nass und braun, sein Bauch flach und muskulös. Seine Beine hätten einem Profischwimmer alle Ehre gemacht.

Er nahm sich von einer der Liegen ein bereitliegendes Handtuch und begann, sich gemächlich von oben bis unten abzurubbeln. Am liebsten hätte ich ihm dabei geholfen. Als hätte er meine Gedanken gelesen, kam er auf mich zu. »Morgen, Jenny. Wie geht's?«

»Danke, gut«, sagte ich heiser.

»Kann ich mich zu dir setzen?«

»Klar.«

Er streckte sich auf der Liege neben mir aus, das Gesicht mir zugewandt.

»Ich habe über uns nachgedacht.«

»Und?«, fragte ich, gespannt, was als Nächstes kam.

»Ich finde, wir zwei haben einfach auf dem falschen Fuß angefangen.«

»In welcher Beziehung?«, fragte ich vorsichtig.

»In so ziemlich jeder.«

Das fand ich nun gerade nicht. Vor allem unsere kleinen Knutschereien hatten meiner Ansicht nach durchaus vielversprechend begonnen.

Anscheinend war er ganz groß im Gedankenraten, denn er grinste schräg. *»Das* meinte ich eigentlich nicht. Aber ich gebe zu, dass wir auf diesem Gebiet recht gut zusammenpassen.«

»Woher willst du wissen, dass ich gerade *daran* gedacht habe?«, meinte ich patzig.

Er warf den Kopf zurück und lachte laut. Kleine Wassertropfen liefen aus seinen nassen Haaren über seine Wangen. »In deinem Gesicht kann man lesen wie in einem offenen Buch, wusstest du das nicht?«

Ich war zutiefst gekränkt. »Wenn das stimmt, dann erzähl mir doch, was du sonst noch so alles gelesen hast!«

»Zum Beispiel, dass du auf mich stehst.«

»Das bildest du dir bloß ein«, wies ich ihn zurecht.

»Und du verschließt die Augen vor den Tatsachen.« Er kniff ein Auge zu. »Ich finde dich übrigens auch toll.«

Das erwiderte ich mit trotzigem Schweigen. Auf diese plumpe Anmache würde ich nicht einsteigen. Für wen hielt er sich eigentlich?

In seinen kobaltblauen Augen funkelte es. Er lächelte immer noch, diesmal fast liebevoll. »Jenny, ich möchte dir einen Vorschlag machen.«

»Nur zu, es herrscht ja Redefreiheit.«

»Lass uns von vorne anfangen.«

»Wie meinst du das?«

»Lass uns mit dem Lügen aufhören.«

Ich starrte ihn an. »Ist das dein Ernst?«

Er nickte. »Du weißt, warum ich hier bin. Das liegt auf der Hand. Es hätte keinen Sinn, es abstreiten zu wollen.«

Fassungslos starrte ich ihn an. »Du … ähm, du gibst es zu, dass du wegen der Juwelen hier bist?«

»Sicher«, sagte er leichthin. »Allein deswegen. Und du bist auch deswegen hier, nicht wahr?«

»Ähm … ich?«

Ein Lächeln huschte über sein Gesicht. »Jenny, wie ich schon sagte, du kannst dich schlecht verstellen. Du warst von Anfang an hinter dem Schmuck her. Du lässt Agnes den ganzen Tag nicht aus den Augen. Du spionierst hier rum, wo du nur kannst. Du lauschst. Du lügst. Du trägst keine Kontaktlinsen. Und alles, was du über die Adria weißt, stammt von Wikipedia und ansonsten aus ein und demselben Reiseführer.« Er senkte die Stimme. »Ich muss dir sagen, dass die Art, wie du dich hier eingeschlichen hast, ziemlich plump war, aber immerhin warst du damit erfolgreich. Bis jetzt, wohlgemerkt. Fragt sich nur, wie es weitergeht. Für dich und für mich. Weißt du, für mich hängt vom erfolgreichen Ausgang dieses Jobs sehr, sehr viel ab.«

Mein Mund war plötzlich mindestens genauso trocken wie heute Morgen beim Aufwachen. »Ich weiß«, krächzte ich.

»Deshalb kann ich nicht einfach tatenlos zusehen, wie du den Schmuck klaust.«

Das leuchtete natürlich ein. Er wollte ihn ja für sich selber. Und für seine Gangsterbraut. Letztere hatte ich für einen Moment vergessen, weil er so blaue Augen hatte und mich so umwerfend anlächelte. Aber ab sofort galt es wieder, auf der Hut zu sein. Jetzt mehr denn je, hatte er doch gerade eben alle seine Karten auf den Tisch gelegt!

Für mich kam es natürlich nicht infrage, dass ich mich ebenfalls outete. Ich konnte mir vorstellen, wie er reagieren würde, wenn ich ihm erklärte, dass ich ihm den Schmuck überhaupt nicht streitig machen, sondern einfach nur dafür sorgen wollte, dass *er* ihn nicht klaute. Er würde versuchen, mich irgendwie in die Pfanne zu hauen. Mich auszubooten. Dafür sorgen, dass ich endlosen Ärger bekam.

Und tatsächlich, es kam gleich im nächsten Satz.

»Ich könnte natürlich einfach die Polizei informieren.«

»Dass du auf diese miese Idee kommen würdest, hab ich erwartet! Klar, wenn einem sonst nichts einfällt, muss man andere denunzieren!« Wütend funkelte ich ihn an. »Aber nebenbei bemerkt, ich könnte dasselbe machen. Ich meine, einfach zur Polizei gehen und dich anschwärzen!«

»Das könntest du ja versuchen«, meinte er in süffisantem Ton. »Fragt sich nur, wem sie eher glauben.«

Ich knirschte mit den Zähnen, doch Fabio lächelte nur milde. »Nur die Ruhe. Ich sehe im Moment keinen Grund zu solchen Maßnahmen. Noch hast du ja nichts getan. Und wenn es nach mir geht, wird es auch nicht dazu kommen. Weil ich es nämlich verhindern werde.« Er betrachtete mich mit einem ekelhaft überlegenen Lächeln. »Ich halte dich für eine absolute Anfängerin. Du hast auf diesem Gebiet noch nicht allzu viel Erfahrung, stimmt's?«

»Wenn du wüsstest!«, trumpfte ich auf. »Ich hab schon mehr Juwelen geklaut, als du in deinem ganzen Leben auf einem Haufen gesehen hast!«

»Das bezweifle ich doch sehr. Und überhaupt: Es ist mir schleierhaft, dass ein so umwerfend aussehendes Mädchen wie du diesen Mist nötig hat! Na schön, du stehst wahrscheinlich auf dem Standpunkt, dass die Versicherung sowieso für alles aufkommen wird, aber das ändert nichts daran, dass es eine ziemlich miese Sache ist.«

Ich errötete vor Freude über das unerwartete Kompliment, doch dann wurde mir klar, was er in seinem letzten Satz außerdem noch gesagt hatte.

»Was heißt hier *Mist* und *miese Sache!«,* fauchte ich ihn an.

Ausgerechnet er musste hier auf Moralapostel machen!

Er wirkte irritiert. »Ich sage nur, was ich darüber denke. Was dir *jeder* darüber sagen würde!«

»In dem speziellen Fall solltest du aber aus offensichtlichen Gründen deine Meinung besser für dich behalten!«, fauchte ich ihn an.

Fabio fuhr sich gereizt durch das feuchte Haar. »Na schön, lassen wir das. Wir streiten schon wieder. Genau das will ich aber nicht.«

»Ich auch nicht«, erklärte ich.

»Dann müssen wir uns irgendwie einigen.«

»Und wie soll das gehen?«

»Du musst die Finger davon lassen«, meinte er.

Damit er selbst freie Bahn hatte! Das konnte ihm so passen!

»Kommt nicht infrage«, erklärte ich sofort.

»Ist das dein letztes Wort?« Er sah plötzlich so aus, als würde er das sehr bedauern. Möglicherweise glaubte er, dass nun doch andere Schritte nötig seien, um mich von meinem angeblich geplanten Juwelenklau abzuhalten. Etwa die Polizei. Hier war vielleicht doch ein wenig Fingerspitzengefühl gefragt!

»Sagen wir … ich denke darüber nach«, erklärte ich vage. »Du musst einsehen, dass ich viel Zeit und Mühe investiert habe. Von den Auslagen ganz zu schweigen.«

»Vielleicht können wir das regeln«, schlug er friedfertig vor.

Ich zog ungläubig die Brauen hoch. »Du meinst, du würdest mir was abgeben? Bevor oder nachdem du den Job erledigt hast?«

»Hinterher«, sagte er sofort.

Ich lachte höhnisch. »Nachdem du längst über alle Berge bist, wie?«

»Du musst mir schon ein bisschen vertrauen.«

»Dass ich nicht lache.« Ich merkte, dass wir im Begriff waren, schon wieder den schönsten Streit anzufangen. Mein Schädel brummte, von dieser Unterhaltung und vom gestrigen Wein. Doch plötzlich blitzte in meinem müden Hirn ein genialer Gedanke auf.

»Nehmen wir mal an, ich wäre grundsätzlich bereit, die Sache aufzugeben …«

Fabio blickte mich hoffnungsvoll an. »Ja?«

»Dann möchte ich wenigstens meine Kenntnisse erweitern.« Ich gab mich zerknirscht. »Du hast recht, ich bin noch Anfängerin. Das heißt, ich muss noch viel lernen. Zum Beispiel von dir. Ich nehme an, du bist ein Profi auf diesem Gebiet.«

»Na ja, sicher gibt es Bessere …«

Ich fiel ihm ins Wort. »Wenn ja, sind die jedenfalls nicht hier. Okay, ich lasse es sein. Versprochen. Aber dafür musst du mir versprechen, dass du mich über die Schulter sehen lässt. Bei allem, was du tust. Ich will, dass du mich Schritt für Schritt einweihst. Mich an deiner Taktik teilhaben lässt. Damit ich weiß, wie ich es beim nächsten Mal besser mache.«

Fabio starrte mich an. »Ich fass es nicht, was du da vorschlägst.«

Ich lächelte kühl. »Mach nicht den Fehler, mich für ein Unschuldslamm zu halten, okay? Ich bin vielleicht unerfahren, aber ich kann trotzdem versuchen, dir den Job zu vermasseln, vergiss das nicht. Wenn ich darauf verzichte, bist du derjenige, der davon profitiert. Als Gegenleistung erwarte ich nur, dass du mir deine Methoden erläuterst. Und mir vor allem genau sagst, was du wann machst. Also, wie ist es?«

Ich hielt die Luft an. Wenn er auf diesen Deal einging, würde ich jeden seiner Schritte im Voraus kennen – und rechtzeitig verhindern können, dass er sie in die Tat umsetzte!

»Du musst verrückt sein, wenn du glaubst, dass ich das tue«, sagte er verächtlich. Ohne ein weiteres Wort stand er auf und ließ mich allein.

Der übrige Tag verstrich ohne weitere Vorkommnisse. Die Besichtigungstour, die ich ursprünglich für heute eingeplant hatte, wurde auf den nächsten Tag verschoben.

Valerie und Gabriel brachen am Nachmittag gemeinsam zu einem ausgedehnten Strandspaziergang auf. Ungefähr um dieselbe Zeit tauchte Agnes aus ihren Gemächern auf, um bei Fabio eine verspätete Schwimmstunde zu nehmen. Ich schaute ihnen eine Weile von meinem Liegestuhl aus zu, doch mir verging bald die Lust, als ich sah, wie giftig die Blicke waren, die Fabio mir zuwarf. Der Kerl hatte es nötig! Redete davon, noch mal ganz neu anzufangen, und er selbst wollte mir nicht ein bisschen entgegenkommen!

Trübsinnig starrte ich zum Himmel hoch. Alles hätte so toll sein können. Da traf ich *einmal* einen Typen, bei dem es mir restlos den Boden unter den Füßen wegzog, und dann musste er kriminell sein!

Irgendwann stand ich auf und ging ins Haus. Die schlechte Stimmung schlug mir aufs Gemüt. Außerdem war es auf Dauer viel zu heiß draußen, sogar im Schatten. Fabio würde sich an diesem Nachmittag ganz sicher nicht an Agnes' Juwelen vergreifen, jedenfalls nicht, solange Henri ständig in der Nähe war. Der Franzose hockte die ganze Zeit unter der Markise und ließ Agnes nicht aus den Augen.

Langsam bekam ich Hunger. Ich holte mir in der Küche einen kleinen Imbiss, ähnlich wie der von gestern. Auf der Treppe traf ich Bibi, die nicht nur immer noch leicht verkatert, sondern auch ziemlich verheult aussah.

»Was ist los?«

»Ach, nichts.«

Ich wollte schon an ihr vorbeigehen, als sie unvermittelt aufschluchzte. »Ich hab solche Angst!«

Ich war betroffen. »Wovor?«

»Vor Kevin!«

»Das ist dein Freund, oder?«

»Nein, mein Ex. Ich hab mit ihm Schluss gemacht. Aber er hat gesagt, so läuft das nicht. Wenn jemand die Beziehung beendet, dann höchstens er, und falls ich mir einbilden sollte, gegen diese Regel verstoßen zu dürfen, würde ich ihn kennenlernen.«

Das kam mir unangenehm bekannt vor. Rasch verdrängte ich alle Gedanken an Leo. Tröstend meinte ich: »Hier brauchst du dich vor dem Typen nicht zu fürchten. Er weiß doch gar nicht, wo du bist.«

Doch da irrte ich mich, wie ich als Nächstes erfuhr. Kevin hatte nämlich nicht nur rausgekriegt, wo Bibi sich aufhielt, sondern war auch schon auf dem Weg hierher.

Ich beruhigte sie. »Der kann dir hier nichts anhaben. Dafür sind viel zu viele Leute um dich rum!«

»Meinst du?«

»Ganz sicher. Und drei davon sind Männer, die es mit Kevin locker aufnehmen können.«

Sie schaute mich leicht zweifelnd an; trotzdem schien ihr ein wenig wohler zu sein. »Du bist echt eine gute Freundin«, sagte sie dankbar. »Aber vor Kevin muss man sich in Acht nehmen.«

»Wir passen schon auf dich auf.«

Bibi war nicht überzeugt. »Kann sein, dass er mitten in der Nacht auf der Matte steht. Der lässt sich von keiner Alarmanlage aufhalten, glaub mir. Er ist ein Experte im Einbrechen.« In ihrer Aufregung lispelte sie mehr als sonst. »Und wenn er dann erst sieht, dass hier was zu holen ist …«

»Wie meinst du das?«

»Na, das Haus, der Schmuck … Das stinkt doch alles nach Geld.«

»Ich hab schon nettere Häuser gesehen«, widersprach

ich. »Und mach dir mal um den Schmuck keine Gedanken. Wenn Kevin da irgendwelche Ideen bekommen sollte, muss er früher aufstehen. Da werden andere ihm schon auf die Finger klopfen.«

Fabio zum Beispiel. Der würde sich die Juwelen garantiert nicht von einem anderen wegschnappen lassen.

Zum Abendessen schienen sowohl Bibi als auch Agnes wieder auf der Höhe zu sein, jedenfalls aßen beide mit großem Appetit. Agnes gab während des Essens kein einziges Wort von sich. Langsam begann ich mich zu fragen, ob nicht von vornherein jeder Versuch, sie über die Machenschaften ihres Chauffeurs und Schwimmlehrers aufklären zu wollen, zwecklos wäre. Sie wirkte, als würde sie kein bisschen Anteil an ihrer Umgebung nehmen, und es schien damit eher schlimmer statt besser zu werden. Lag es an ihrem Alter oder war sie schon immer so kontaktscheu gewesen?

Mittlerweile war ich mir auch gar nicht mehr so sicher, ob ich sie wirklich vor Fabio warnen wollte. Während des ganzen Essens saß er stumm und in sich gekehrt neben mir und dennoch war ich mir jede einzelne Sekunde lang seiner Anwesenheit überdeutlich bewusst.

Einmal blickte er mich direkt an. »Noch Wein?«

»Nein, danke.« Heute blieb ich definitiv nur bei Wasser.

Fabio wandte sich schweigsam wieder seinem Teller zu.

Es nagte an mir, dass diese Kälte zwischen uns herrschte, und ich musste mir eingestehen, dass ich allmählich Gefühle für ihn entwickelte, die alles andere als angemessen waren. Zumindest, wenn man seine kriminelle Rolle in diesem Spiel bedachte. Doch je länger ich mich damit beschäftigte, umso mehr spürte ich, wie in meinem Inneren etwas nachgeben wollte. Nicht, dass meine Einstellung zu seinem Vorhaben sich geändert hätte, das gewiss nicht. Aber ich wollte ihn nun nicht länger austricksen oder ihm die Tour vermasseln, jedenfalls nicht so, dass es ihm mehr als nötig schadete. Wer wusste denn schon, warum er auf die schiefe Bahn geraten war? Vielleicht hatte er ja gute Gründe dafür. Möglicherweise tat er das Ganze einfach nur aus Verzweiflung; vielleicht war das alles ein Plan, der aus einer schrecklichen Notlage heraus entstanden war.

Kaum hatte ich diesen Gedanken angedacht, entstand in meiner Vorstellung ein erschreckend echt wirkendes Szenario: Jemand, den er sehr liebte – vielleicht die Frau, mit der er telefoniert hatte –, litt an einer schlimmen und seltenen Krankheit. Nur eine wahnsinnig kostspielige Operation durch einen amerikanischen Spezialisten konnte sie retten. Aber es musste schnell gehen, sonst wäre alles zu spät. Hatte er nicht selbst am Telefon gesagt, dass er unbedingt bis Mittwoch das Geld brauchte? Keine Frage – die Zeit drängte. Logisch, dass er sich nicht damit aufhalten wollte, mir irgendwas zu erklären.

Ich warf Fabio einen verstohlenen Blick von der Seite zu. Zugegeben, besonders unglücklich oder unter Druck sah er nicht aus, auch nicht wie jemand, der restlos mit den Nerven fertig war. Aber das konnte täuschen. Schließlich war er erstklassig darin, jederzeit ein Pokerface aufzusetzen. Im Gegensatz zu mir.

Doch er konnte nicht so schlecht sein, wie es sein Plan vermuten ließ. Das wusste ich ganz einfach! Plötzlich war ich völlig sicher, dass er nur aus Verzweiflung stehlen wollte. Spontan beschloss ich, nochmals mit ihm zu reden. Vielleicht ließ sich ja für seine Situation, egal, welche es war, eine legale Lösung finden. Ich atmete tief durch.

Fabio hob eine Braue. »Ist dir nicht gut?«

»Doch, doch. Alles in Ordnung.«

»Keine Kopfschmerzen mehr?«, rief Valerie scherzend quer über den Tisch. Sie und Gabriel machten einen harmonischen Eindruck, anscheinend war der Ausflug an den Strand zu ihrer Zufriedenheit verlaufen.

Henri dagegen wirkte leicht angeschlagen. Während des Essens zeigte er kein einziges Mal sein öliges Grinsen. Vielleicht hatte er zu viel Sonne abbekommen.

Als wir nach dem Dessert wieder einen Absacker im Garten zu uns nahmen, stellte er sich neben mich. »Isch freue misch, dass es dir gut geht.«

»Ich mich auch«, sagte ich geistesabwesend. Ich hatte mir aus Höflichkeit auch ein kleines Glas Sherry einschenken lassen, aber nur ein bisschen daran genippt.

Doch sogar das schien schon zu viel zu sein, ich wurde schlagartig müde davon. Obwohl an diesem Tag nichts Besonderes gelaufen war, fühlte ich mich ziemlich abgespannt. Ich schloss die Augen. Nur mal einen Moment ausruhen …

Ich lehnte mich gegen einen Baumstamm. Irgendwo hörte ich die anderen reden, die Stimmen plätscherten an mir vorbei und waren auf einmal weit weg. Aus den Büschen drang das Zirpen der Zikaden. Es klang wie in einem schönen, mediterranen Traum. Ah, die Adria! Laue Sommernächte unter Palmen und Zypressen … Ein sternenfunkelnder Himmel … Jetzt ein bisschen schlafen …

»Isch tanze eigentlisch schrecklisch ungern«, vertraute Henri mir flüsternd an.

»Hm«, machte ich höflich.

Ich war wirklich sehr müde, wie ich auf einmal feststellte. Zu müde!

»Isch wollt' diese' Beruf nie lernen. Mein' Mutter 'at misch dazu gezwungen. Isch wär' viel lieber Croupier geworden. Isch liebe diese Atmosphär', mit die viele Geld, und diese ganze schöne Frauen mit die wunderbare Schmuck …«

Das war mein Stichwort, wieder zu mir zu kommen. Irgendwas stimmte hier nicht! Ich zwang mich dazu, die Augen zu öffnen, und holte tief Luft, während ich mich umschaute. Wo war Fabio? Vorhin hatte ich ihn noch gesehen. Er konnte nicht weit weg sein. Und wo, zum

Teufel, steckte Agnes? Alarmiert blickte ich mich abermals um. Außer Henri und mir und all diesen zirpenden Zikaden war niemand mehr im Garten!

»Mir geht es nischt so gut«, erklärte Henri. Trübselig schnüffelt er an seinem Cognac.

»Aha«, meinte ich zerstreut, immer noch von lähmender Mattigkeit befallen. Agnes war nirgends zu sehen. Gerade eben hatte sie noch direkt an der altersschwarzen Kredenz im Speisesaal gestanden, um sich dort ein Glas Sherry eingießen zu lassen, genau wie ich. Und danach war sie wie alle anderen hinaus in den Garten gegangen. Doch jetzt war sie plötzlich verschwunden.

13. Kapitel

Alle meine Sinne schalteten auf Alarm.

»Isch war gestern in Rimini«, erzählte Henri niedergeschlagen. »Da ist mir was Schrecklisches passiert …«

»Echt?« Mit wackligen Knien setzte ich mich in Bewegung, obwohl es mir so vorkam, als könnte ich keine drei Schritte weit laufen. Aber irgendwie ging es. Der Fußboden schien mir entgegenzukommen, doch es gelang mir, mich an der Wand abzustützen, während ich ins Haus torkelte.

»Isch bin beraubt worden«, rief Henri mir nach, doch darauf bekam er keine Antwort mehr.

Mühsam zog ich mich am Geländer die Treppe hoch, Stufe für Stufe. Als ich auf halber Höhe war, hörte ich ein polterndes Geräusch aus dem Obergeschoss. Ich kämpfte gegen die wachsende Müdigkeit und versuchte, schneller nach oben zu kommen, in der schrecklichen Erwartung, Agnes irgendwo liegen zu sehen, Fabio über sie gebeugt und am Verschluss ihres Colliers herumfummelnd, wild entschlossen, die Sache endlich durchzuziehen.

Das Geräusch war aus Agnes' Badezimmer gekommen. Stolpernd und schlingernd rannte ich hin und stieß die angelehnte Tür auf. Und gab einen Ausruf der Erleichterung von mir. Agnes war alles andere als niedergeschlagen und auch nicht ausgeraubt worden; sie stand mitten im Badezimmer – das, wie ich mit einem Blick bemerkte, übrigens mit sehr viel mehr Geschmack und Eleganz eingerichtet war als das Waschkabuff, das Valerie und ich uns teilten –, zu ihren Füßen ein Sammelsurium an Fläschchen und Döschen. Agnes hielt eine leere Kulturtasche in der Hand, und zwar so, dass ich ohne große Probleme den naheliegenden Schluss ziehen konnte: Eben gerade hatte sich noch ihre gesamte Reiseapotheke in der Tasche befunden, jetzt lag alles auf dem Fußboden. Der ganze Kram war ihr herausgerutscht und runtergefallen. Anscheinend hatte sie etwas einnehmen wollen. Ob sie es mit dem Magen hatte? Sie sah ziemlich grün um die Nasenspitze aus. Doch vielleicht lag das auch an der Beleuchtung. Oder daran, dass ich nicht mehr so besonders gut sehen konnte, weil mir ständig die Augen zufielen.

Ich sackte am Türrahmen entlang abwärts und setzte mich auf die kalten Bodenfliesen. Tiefe Benommenheit vernebelte meine Sinne.

Agnes starrte mich unter hochgezogenen Brauen an, als erwartete sie irgendeine Erklärung, warum ich hier in ihrem Badezimmer auf dem Fußboden hockte.

»Was ist los mit dir?«

Erstaunt blickte ich zu Agnes auf. Seit wann konnte sie so viel auf einmal reden und dann auch noch in Frageform? Und seit wann hatte sie eine so tiefe, volltönende Stimme?

Doch dann erkannte ich, dass nicht Agnes die Frage gestellt hatte, sondern Fabio. Er ragte neben mir auf wie ein Turm.

»Hihi«, murmelte ich, kaum noch imstande, die Augen offen zu halten. »Der Mann vom Turm ist da! Jetzt willst du sie holen, hm?«

»Wen?«

»Nicht wen. Sondern w-was. Die Juw…« Ich musste mehrmals aufstoßen und brachte den Rest nicht heraus, obwohl ich es versuchte.

»Was ist los mit dir? Hast du einen im Tee?«

»Müde«, lallte ich kaum hörbar. »Hatte die letzten Nächte zu wenig Sch-Schlaf. M-muss dringend was dagegen unternehmen.«

Und das tat ich dann auch. Im nächsten Moment schlief ich ein. Jedenfalls nehme ich an, dass ich einschlief, denn das Letzte, woran ich mich im Rückblick erinnerte, war Fabios grimmiges Gesicht.

Die Nacht war von barbarischen und zugleich aufregenden Träumen erfüllt. In einem davon war ich Jane, die von einem gesichtslosen, aber muskulösen Tarzan durch den Dschungel geschleppt wurde. »Du bist so stark«, hauchte ich entzückt, während mir heiß und kalt wurde.

»Mensch, hast du dir die Nase begossen«, kam die gebrummte Erwiderung.

Ich wusste nicht, was er meinte. Mir blieb auch keine

Zeit, darüber nachzudenken, denn die Reise ging rasant voran, wir schwangen von Liane zu Liane.

»Wohin bringst du mich? In deine Höhle?«

»Wohl eher ins Bett«, lautete die Antwort. Mhm, hatte dieser Dschungel-Adonis eine tolle Stimme! Sie klang genau wie die von Fabio.

»Ist das hier ein Date?«, wollte ich schüchtern wissen.

Er gab keine Antwort, sondern ließ mich auf ein knarrendes Lager plumpsen. Erwartungsvoll blinzelnd schaute ich zu ihm hoch, doch die Sonne, die hinter den Lianen über seiner Hütte stand, blendete mich.

»Du bist so sexy, Tarzan«, murmelte ich. Mir schwirrte der Kopf und ein Schauer durchrieselte mich. »Soll ich zu dir in dein Baumhaus ziehen?«

Tarzan gab ein Brummen von sich. »Da könntest du runterfallen.« Dann warf er eine Strohmatte über mich. »Schlaf gut.«

War das jetzt schon alles? Anscheinend ja, denn ich sah und hörte nichts mehr von ihm. Im nächsten Augenblick wurde auch die Sonne ausgeknipst.

Als ich wieder zu mir kam, war es helllichter Tag. Ich lag in meinem Bett und hatte den Eindruck, etwas Wichtiges verschlafen zu haben.

Stöhnend kämpfte ich mich hoch und schob die Strohmatte zur Seite, die sich bei näherem Hinsehen als ziemlich kratziges Leinenlaken entpuppte.

Auch die übrige Realität riss mich nicht vom Hocker.

Meine Zunge fühlte sich diesmal an wie ein Klumpen verbrauchtes Schmirgelpapier. Der Kopf brummte mir wie gestern Morgen schon, obwohl ich genau wusste, dass ich außer Wasser und zwei Schlückchen Sherry nichts getrunken hatte.

Valerie beugte sich über mich. »Meine Güte, du musst ja gestern schwer was geschluckt haben! War mir gar nicht aufgefallen!«

Ich presste mir die Fäuste vor die schmerzenden Augen. »Mach das Licht aus.«

»Ist gar nicht an. Wir haben halb elf. Die Sonne scheint.«

»Gott, fühl ich mich elend! Was ist passiert?«

»Du hast wohl einen über den Durst getrunken.«

Ich schüttelte den Kopf. »Auf keinen Fall. Das weiß ich definitiv.«

Schweigen. Ich zwang mich, die Hände von den Augen zu nehmen und Valerie anzusehen.

Sie hatte die Stirn in ungläubige Falten gelegt.

Ich holte Luft. »Glaubst du mir nicht?«

Sie wiegte den Kopf. »Na ja, am Abend vorher hast du ja auch …«

»Ich hab aber wirklich nichts getrunken«, widersprach ich vehement.

Sie schien es immer noch nicht so recht glauben zu wollen, doch sie sagte nichts mehr.

»Was war denn überhaupt los?«, fragte ich verstört. »Ich meine, wie bin ich ins Bett gekommen?« Meine

Stimme wurde schriller. »Und was ist mit Agnes? Geht es ihr gut?«

Valerie zuckte die Achseln. »Aber ja, sie ist unten beim Pool, mit Fabio. Gestern Abend hatte sie wohl eine kleine Magenverstimmung, aber heute früh ging's wieder. Aerobic hat sie ausfallen lassen, doch zum Schwimmen war sie wieder fit.«

»Hat sie ihre Juwelen noch an?«

»Jeden einzelnen Klunker. Jedenfalls hatte sie das vorhin, vor fünf Minuten, als ich sie zuletzt gesehen hab.«

Ich setzte mich auf, obwohl mich das akute Schwindelgefühl fast wieder auf die Matratze zwang.

»Erzähl mir, was gestern Abend los war! Fang damit an, wie wir alle nach dem Essen in den Garten gegangen sind!«

»Aber du warst doch dabei!« Sie schaute mich irritiert an, gehorchte aber. »Wir sind alle rausgegangen. Gabriel und ich haben uns an den Tisch gesetzt und geredet. Er spielt übrigens wirklich Orgel, heute Abend will er uns was vorspielen.« Valeries Augen glänzten. »Er ist so interessant, er liest viel, ist schon weit herumgekommen, dabei immer einfühlsam und ein echter Gentleman!«

»Das reicht«, unterbrach ich sie ungeduldig. »Wie ging's weiter? Was hat Fabio draußen gemacht?«

Valerie dachte kurz nach. »Fabio … Warte … Ja, genau. Der ist rüber zum Pool gegangen und hat die Abdeckung überprüft. Als ich das nächste Mal hingeschaut hab, war er weg.«

»Wie, weg?«

»Na, weg halt. Ich nehme an, dass er ins Haus gegangen ist.«

»Und Agnes?«

»Die war auch nur kurz draußen, vielleicht fünf Minuten oder so. Ich glaube, sie ist mit Bibi zusammen reingegangen, die hab ich dann nämlich auch nicht mehr gesehen. Und du standest die ganze Zeit mit Henri drüben an der großen Zypresse und hast dich mit ihm unterhalten. Auch noch, als ich kurz danach mit Gabriel weg bin, auf einen kleinen Spaziergang rund ums Haus. Ich fand noch, dass du ziemlich müde ausgesehen hast, und dachte, wieso unterhält sie sich mit diesem alten Knacker …«

Ich schüttelte grimmig den Kopf. »Mensch, kapier doch endlich! Jemand hat mir was ins Glas gemischt!«

Valerie riss die Augen auf. »Glaubst du das wirklich?«

»Ich *weiß* es.«

Sie schluckte aufgeregt. »Meine Güte, du meinst, dass …« Sie stockte, noch nicht in der Lage, die nötigen Schlussfolgerungen auszusprechen. Ich tat es für sie.

»Klar, er hat sich gedacht, dass dieser Abend so gut wie jeder andere ist. Also sagte er sich, je früher, desto besser, bevor ich ihm doch noch die Tour vermassle. Denn von uns allen bin ich ja diejenige, die ihm noch am ehesten einen Strich durch die Rechnung machen könnte! Also hat er mir einen oder zwei K.-o.-Tropfen ins Glas getan, als ich nicht hingeschaut hab, und: *Peng!*«

»Peng«, wiederholte Valerie. Sie war blass. Ohne ein Wort bückte sie sich, zog ihre Reisetasche unterm Bett hervor und suchte ihr Astrologie-Handbuch heraus. Hektisch sprang sie auf und begann zu blättern.

»Val, muss das jetzt sein?«, stöhnte ich.

»Ja«, erklärte sie verbissen. »Irgendwas muss ich übersehen haben.« Sie legte sich die Hand auf die Stelle an ihrem Körper, wo ihrer Ansicht nach das Zentrum der Gefühle saß: dicht unter ihrer Brust. Sie hatte mir schon oft erklärt, dass »da chakramäßig alles zusammenläuft«, doch was das genau bedeutete, würde ich nie kapieren.

Ich seufzte ergeben und ließ mich zurückfallen.

»Erzähl mir noch, wie ich ins Bett gekommen bin.«

Sie blickte widerwillig auf. »Fabio hat dich getragen. Ich bin da zufällig gerade hochgekommen, weil ich mein I-Ging-Buch holen wollte. Gabriel meinte, er fände die Thematik wahnsinnig interessant, und da dachte ich …«

Ich ließ ihren Redestrom an mir vorbeiplätschern und versuchte, mich zu konzentrieren.

»Während Fabio dich ins Bett verfrachtet hat, hab ich nach Agnes geschaut«, erzählte Valerie. »Der Ärmsten ging's nicht so berauschend, sie hat sich übergeben.«

Ich kombinierte in Windeseile. »Vielleicht hat er ihr auch eine Ladung von diesem Zeug verpasst!«

Valerie wirkte betroffen. »Meinst du? Ich dachte, sie hätte was Verkehrtes gegessen!«

»Hat sie was gesagt?«

»Kein Wort. Ich hab die ganzen Medikamente aufgesammelt, die im Bad lagen, da war auch was gegen Magenbeschwerden dabei, das hab ich ihr gegeben. Bibi und ich haben sie dann ins Bett gepackt, die Köchin hat ihr 'ne Wärmflasche gemacht, Gabriel hat sie eigenhändig zugedeckt. Wir haben uns alle um sie gekümmert. Ich hab sogar noch in der Nacht die Ohren offen gehalten, weil du ja gepennt hast wie ein Stein.« Sie hatte sich wieder das Buch vorgenommen und blätterte frustriert darin herum. »Mist, ich finde nichts. Ich habe alle Jupiter- und Mars-Aspekte überprüft, ich kann überhaupt nichts Auffälliges entdecken! Männermäßig war diesmal alles genau richtig, darauf hätte ich schwören können! Wieso habe ich bei dir die letzten Male derartig versagt, wenn doch bei mir alles stimmt? Mein I-Ging, mein Horoskop – das war noch nie so zutreffend wie diesmal! Warte, ich les dir mal vor, was das I-Ging über Gabriel sagt …«

»Bitte nicht.« Ich hob matt die Hand. »Vielleicht solltest du aufhören, in den Sternen zu suchen, sondern dir stattdessen die Realität vornehmen.«

Sie blickte stirnrunzelnd auf. »Da ist vielleicht was dran. Ich muss dir übrigens noch was Wichtiges erzählen. Es gibt eine Versicherung für den Schmuck.«

»Woher weißt du das?«

»Von Gabriel.«

Ich erinnerte mich, dass Fabio ebenfalls von einer Versicherung gesprochen hatte. Vermutlich war er davon überzeugt, dass niemand wirklich zu Schaden käme, wenn er den Schmuck klaute. Agnes würde einen Haufen Geld kriegen, und zwar von Leuten, die jede Menge davon hatten und denen es auf ein paar Millionen mehr oder weniger nicht ankam. Versicherungen waren ja bekanntlich so steinreich, dass sie gar nicht wussten, wohin mit ihrem Kapital, und in ihrer Verzweiflung, es unter die Leute zu bringen, sogar Banken aufkaufen mussten. Das sagte zumindest mein Vater immer.

»Man hat übrigens schon mal versucht, ihr den Schmuck zu stehlen, vor zwei Monaten ungefähr.«

Verblüfft starrte ich sie an. »Wirklich? Wer denn?«

»Das hat man nicht rausgekriegt, es war zu dunkel. Jemand hat sie überfallen, bei ihr zu Hause in Hamburg, in ihrem Garten. Sie hat laut um Hilfe geschrien und dann kam Gabriel gerade noch rechtzeitig dazu und hat den Dieb in die Flucht geschlagen. Danach hat die Versicherung dann neue Sicherheitsauflagen gemacht.«

»Welche denn?«

»Keine Ahnung, danach hab ich nicht gefragt. Ich nehme an, die üblichen Vorsichtsmaßnahmen in solchen Fällen. Vielleicht ein höherer Zaun, eine Alarmanlage – dieser ganze Kram eben, der hier am Haus auch zu finden ist.«

Mit anderen Worten: Nichts, was einen zu allem entschlossenen Rettungsschwimmer aufhalten würde.

»Wenn der Kerl das wirklich gemacht hat – ich meine, wenn er dich betäubt hat –, dann müssen wir dringend was unternehmen«, erklärte Valerie entschieden.

»Das werde ich schon, keine Sorge.«

»Ob ich mal mit Gabriel darüber rede? Vielleicht hat er ja eine gute Idee.«

»Lieber nicht. Er kommt mir nicht besonders kompetent vor.« Das mochte stimmen, doch in Wahrheit wollte ich nicht, dass Gabriel in die Sache hineingezogen wurde. Es hatte keinen Sinn, es länger zu leugnen: Mir missfiel die Vorstellung, dass Fabio Schwierigkeiten bekam. Das war natürlich lächerlich, vor allem, wenn man bedachte, dass der Kerl mir gestern was in den Sherry getan hatte, um mich auszuknocken. Doch das wiederum war allein mein Problem und ich wollte mich selbst darum kümmern.

»Er ist wirklich ein lieber Kerl.«

»Das finde ich nicht unbedingt«, meinte ich griesgrämig.

»Na ja. Er ist ziemlich schüchtern, aber nett.«

Aha. Anscheinend redeten wir wieder mal aneinander vorbei. Sie meinte Gabriel, ich Fabio.

Valerie lächelte träumerisch. »Wenn er mal was bei mir versuchen würde … Ich glaube, ich würde nicht unbedingt Nein sagen.«

Ich schwang die Beine aus dem Bett und stemmte mich hoch.

Aus dem kleinen runden Spiegel, der aus Platzgründen an der Innenseite der Tür angebracht war, blickte mir ein schauriges, bleichgesichtigtes Monstrum entgegen, das direkt aus *A Nightmare on Elmstreet* zu stammen schien. Himmel, hatte ich je so abgrundtief hässlich ausgesehen? Nein, bestimmt nicht. Außer vielleicht am Tage nach meiner Trennung von Leo, als ich vor lauter Erleichterung mit Valerie bis früh um fünf die Nacht durchgemacht hatte.

»Kannst du überhaupt aufstehen?«, wollte Valerie besorgt wissen. »Sollte ich nicht vielleicht besser einen Arzt rufen?«

»Nein, nein, es geht schon.«

Und tatsächlich, nach einer eiskalten Dusche fühlte ich mich wieder so weit hergestellt, dass ich mich anziehen und nach unten gehen konnte, um die Lage zu sondieren.

Das Frühstücksbüfett war längst abgeräumt, doch mir war ohnehin nicht nach Essen zumute. Die Köchin schenkte mir in der Küche heißen Kaffee ein und erzählte in gebrochenem Deutsch, dass die rothaarige Signorina (Valerie) und der *Ragazzo* (Gabriel?) in die Stadt gefahren seien. Außerdem erfuhr ich, dass die Köchin Maria hieß und aus Neapel stammte und dass sie als junge Frau mal eine Statistenrolle in einem Sophia-Loren-Film gespielt hatte. Sonst wusste sie nichts zu berichten, außer dass sie Probleme mit der rechten Hüfte hatte, wenn sie zu lange am Herd stand.

Ich bedauerte sie gebührend und ging mit meiner Tasse Kaffee und einer Sonnenbrille auf der Nase nach draußen. Agnes war anscheinend gerade mit ihrer Schwimmstunde fertig; sie trug einen ziemlich schäbigen Frotteebademantel und saß mit Henri auf der Terrasse. Die beiden spielten so eine Art Siebzehn und Vier, und zwar um Geld. Auf dem Tisch stapelten sich Zehn- und Zwanzigeuroscheine, die meisten davon auf Agnes' Platz. Sie redeten nicht viel. Genau genommen redete nur Henri, er gab ab und zu etwas von sich, das wie *merde, alors* klang. Agnes kicherte zwischendurch bloß hämisch, anscheinend war sie super drauf und hatte die gestrige Magenverstimmung gut verkraftet.

Henri sah mich, sprang auf und nahm Haltung an. »*Bonjour,* Jennifer, isch 'offe, es geht dir wieder besser, nach dies' kleine bös' Sherry gestern Abend!« Er hüstelte und zwinkerte mir zu. Offenbar glaubte er wie alle anderen, dass ich gestern die Nase zu tief ins Glas gesteckt hatte. »'offentlisch bist du nach'er wieder fit, wenn wir zu dem Ausflug aufbreschen.«

»Was für ein Ausflug?«, fragte ich Agnes.

Doch die Alte hatte offenbar gerade ein Superblatt gezogen, sie ließ beim Ablegen ein zufriedenes Grunzen hören und würdigte mich derweil keines Blickes.

»Was für ein Ausflug?«, wiederholte ich.

Sie schaute hoch und musterte mich. »Du siehst aus wie eine Leiche«, krächzte sie unvermittelt.

Na toll. Mehr hatte sie zu dem Thema anscheinend nicht zu sagen, wobei es verwunderlich war, dass sie überhaupt etwas von sich gegeben hatte. Mit affenartiger Geschwindigkeit begann sie, die Karten neu zu mischen.

Achselzuckend ging ich ins Haus und setzte mich an den verwaisten Esstisch. Ich tat mir selber sehr leid und kam mir schrecklich fehl am Platz vor, wie in einem seltsamen surrealistischen Film mit lauter schrägen Hauptdarstellern.

Ich fragte mich, wie ich überhaupt hier hereingeraten war. Und wozu.

Richtig, ich wollte Agnes davor bewahren, ausgeraubt zu werden. Doch allmählich begann ich, daran zu zweifeln, dass es ihr überhaupt auffallen würde, wenn Fabio ihr den Schmuck klaute. Nach allem, was ich bis jetzt herausbekommen hatte, brauchte er die Juwelen weit nötiger als sie. Abgesehen davon schien Agnes eine ziemlich eigenartige Persönlichkeit zu sein, um es mal milde auszudrücken. Die meiste Zeit über merkte sie überhaupt nicht, dass ich da war, und wenn es ihr dann doch gelegentlich auffiel, war sie sarkastisch und beleidigend.

Alles in allem hatten mir meine ganzen Mühen bis jetzt nur Ärger eingebracht. Ich hatte Kopfschmerzen, die Sonne stach mir in die Augen, ich hatte schon die zweite Nacht zwischen kratzigen Laken verbracht. Musste ich mir das wirklich antun? Schließlich hatte ich auch noch einen Job, den ich momentan ganz schön vernachlässigte. Gestern hatte ich einen ganzen Tag verloren. Wie sollte ich den Artikel für *Meine Gesundheit* rechtzeitig fertig kriegen, wenn ich hier hockte und auf Geheimagentin machte? Das konnte nicht so weitergehen. Ich sollte endlich mit dieser blöden Agentennummer aufhören, zurück ins Haus meiner Eltern gehen und mich daran machen, diesen Adria-Aufenthalt so zu verbringen, wie ich es ursprünglich vorgehabt hatte. Diese ganze Geschichte hier war doch ein Schuss in den Ofen! Gleich nachher würde ich mit Valerie sprechen und ihr sagen, dass die Aktion abgeblasen war. Es reichte mir. Als Spionin taugte ich nicht viel und besonders viel Spaß machte es auch nicht.

Na schön, mit Fabio rumzuknutschen, war echt toll gewesen. Aber das allein reichte wohl kaum, um diesen ganzen Stress hier zu rechtfertigen. Oder vielleicht doch?

14. Kapitel

Ich dachte noch ein bisschen über dieses Dilemma nach und seufzte.

»Hast du einen Kater?«

Das war Fabio. Wie aus dem Nichts aufgetaucht, stand er plötzlich hinter mir.

Erschrocken fuhr ich auf. »Meine Güte, das hast du aber wirklich drauf, was?«

»Was meinst du?«

»Dich anzuschleichen.« Frustriert fügte ich hinzu: »Aber das ist ja dein Beruf.«

Er hob die Brauen. »Ich kann dir nicht ganz folgen.« Mit einem Schritt war er neben mir und zog einen Stuhl zurück, um sich neben mich zu setzen. »Du erlaubst doch.«

»Dies ist ein freies Land.« Eigentlich hätte ich aufstehen und woandershin gehen sollen, schon aus Prinzip, doch irgendwie erschien mir diese Maßnahme zu … drastisch. Vor allem, wenn er so aussah wie jetzt. Ich blieb, wo ich war, und betrachtete ihn verstohlen.

Er sah wirklich toll aus, das dunkle Haar noch feucht vom Schwimmen, ein Hauch von Bartschatten auf Kinn und Wangen. Und seine Augen waren wie immer unglaublich blau. Ich schluckte, als ich an die Tarzan-und-Jane-Szene aus meinem Traum letzte Nacht denken musste, denn mit einem Mal ging mir auf, dass ein Teil davon sich vielleicht in der Realität abgespielt haben könnte.

Dann, mit einiger Verspätung, dafür aber umso nachhaltiger, fiel mir ein, welche Begleitumstände überhaupt zu diesem Traum geführt hatten. Daran waren nur die K.-o.-Tropfen schuld gewesen, die er mir ins Glas getan hatte!

»Du mieser Schuft«, zischte ich zwischen den Zähnen hervor. »Das verzeihe ich dir nicht!«

Damit hatte er wohl nicht gerechnet. Er wirkte ehrlich verblüfft, ja sogar betroffen.

»Wovon redest du, Jenny?«

Ich dachte gar nicht daran, mich von seiner gespielten Naivität einwickeln zu lassen. »Ich rede von gestern Abend!«

Er furchte die Stirn. »Sekunde mal …«

»Gib dir keine Mühe«, fiel ich ihm empört ins Wort. »Du dachtest wohl, du könntest es mal eben so durchziehen, wie? Pech gehabt! Valerie ist gerade noch rechtzeitig dazugekommen!«

»Warte mal, ich hab überhaupt nichts gemacht, ehrlich! Okay, ich hab dich ins Bett getragen, aber …«

Ich kochte vor Wut, weil er immer noch so tat, als könnte er kein Wässerchen trüben.

»Du bist das Letzte, dafür jetzt auch noch zu erwarten, dass ich mich bei dir bedanke!« Ich sprang auf, weil ich es nicht mehr aushielt, ruhig neben ihm zu sitzen. Am liebsten hätte ich ihm eine Ohrfeige verpasst. Stattdessen ballte ich die Hände zu Fäusten, stampfte einmal fest mit dem Fuß auf und wandte mich dann ab, um an ihm vorbei nach draußen zu rauschen. Doch er hielt mich am Handgelenk fest und drehte mich wieder zu sich herum.

»Moment. Erst mal wollen wir hier was klarstellen.«

Vom Schwung meiner eigenen Bewegung verlor ich das Gleichgewicht, stolperte einen Schritt zurück – und fiel auf seinen Schoß. Wütend holte ich aus, diesmal, um ihm tatsächlich eine zu kleben. Doch Fabio fing meine Hand mitten in der Luft ein und hielt sie fest.

»Das willst du nicht wirklich tun«, sagte er sanft.

»Hast du 'ne Ahnung«, fauchte ich.

»Jenny.« Er lächelte.

»Du kannst mich mal!«

Dann fiel mein Blick auf seinen Mund. Die leicht geöffneten Lippen, die weißen Zähne dahinter. Alles in mir schmolz wie Schokolade in der Sonne.

Ich schluckte und im nächsten Moment war es um mich geschehen und ich wäre lieber gestorben, als ihn daran zu hindern, seine Lippen auf meine zu legen und mich zu küssen, bis mir Hören und Sehen verging. Er ließ meine Hände los, doch ich tat nichts weiter damit, als seinen Kopf zu umfassen und ihn näher zu mir ziehen, um ja nichts von diesem Kuss zu verpassen.

»Fabio«, stöhnte ich an seinen Lippen. »Ich weiß, dass du die Kohle dringend brauchst, und inzwischen ist es mir echt egal. Tu, was du tun musst.«

Er schob mich ein Stück von sich weg und nahm mir die Sonnenbrille ab, die ich immer noch trug. Ich blinzelte, weil es wirklich grauenhaft hell war, sogar hier drin, doch ich sah klar genug, um zu erkennen, wie erstaunt er war.

»Was meinst du damit?«, fragte er.

»Die Juwelen … Na, du weißt schon.«

»Heißt das, du willst die Finger davon lassen?«

Ich nickte niedergeschlagen. »Ich wünschte wirklich, ich könnte deine Meinung dazu ändern, aber ich schaffe es nicht. Und du … Du bist ja auf das Geld angewiesen, das will ich dir nicht vermasseln. Irgendwie ist es trotzdem Scheiße, aber was soll's.«

Ich hatte nicht mit Fabios Reaktion gerechnet, die geradezu euphorisch ausfiel. Er schlang beide Arme um mich und strahlte mich an. »Du kannst dir nicht vorstellen, wie mich das freut! Ich wusste, dass du nicht zu der harten Sorte gehörst! Wenn ich mir vorstelle, dass du dir dein ganzes Leben mit so einer Sache vermiest hättest …!« Erleichtert schüttelte er den Kopf.

Dann küsste er mich erneut, diesmal noch länger. Ein köstliches Kribbeln ging mir durch und durch, während ich gegen seine Brust sank. Sein Körper fühlte sich gut an, so warm und fest und sexy! Und wie er erst roch!

»Moment mal.« Mir war ganz plötzlich etwas eingefallen. Ich schob ihn weg und sprang entsetzt von seinem Schoß. »Wie kannst du hier mit mir rumknutschen, obwohl du eine Freundin hast?«

Verdutzt blickte er mich an. »Eine Freundin? Wie kommst du denn darauf?«

»Ich hab gehört, wie du mit ihr telefoniert hast! Du hast *Liebes* zu ihr gesagt! Und versuch bloß nicht, es abzustreiten!«

Er grinste bloß. »Ach ja, jetzt fällt's mir wieder ein: Im Lauschen bist du ja Profi. Aber ich kann dich beruhigen. Die Person, mit der ich da telefoniert hatte, ist meine Schwester.«

»Wirklich?«, fragte ich misstrauisch.

Er hob drei Finger. »Heiliges Ehrenwort. Sie heißt Laura und lebt in Frankfurt.«

Ich glaubte ihm. Glühendes Mitleid wallte in mir auf. »Geht es ihr sehr schlecht?«

»Na ja, letzte Woche war sie noch ziemlich mies drauf, aber inzwischen hat sie sich wieder etwas gefangen. Woher weißt du überhaupt …?«

»Schon gut«, unterbrach ich ihn. Ich wollte jetzt nicht über die Krankheit seiner Schwester reden. »Du bist ein richtiger *bad boy«,* flüsterte ich. »Aber du kannst küssen wie ein Weltmeister.«

»Du aber auch. Komm her.« Verlangend streckte er die Hand aus. Doch ich widerstand der Versuchung und wich einen Schritt zurück. »Lieber nicht. Ich möchte … ich möchte eigentlich nicht dabei sein, wenn … Na, du weißt schon. Ich käme mir irgendwie … mies vor.« Ich schluckte, weil ich plötzlich daran denken musste, wie alt und arglos Agnes war. Sie mochte eine komische, verschrobene Schachtel sein, aber es war *ihr* Haus und *ihr* Schmuck und ich machte mich soeben zur Mitwisserin eines Typen, der auf schnöde Art ihr Vertrauen missbrauchen wollte.

»Jenny?« Fabio schaute mich an, fragend und verwirrt. »Du wirst es dir doch nicht wieder anders überlegen?«

»Nein«, stieß ich hervor. »Jetzt nicht mehr. Aber … es ist nicht einfach, weißt du.«

Völlig durcheinander von diesem Gefühlchaos rannte ich zur Tür, wo ich kurz stehen blieb und mich zu Fabio umwandte. »Ich hab nur eine Bitte«, sagte ich gepresst. »Wenn es so weit ist … sag mir vorher Bescheid, dann pack ich meine Sachen und verschwinde. Es ist wirklich nicht nötig, dass du mir was in den Sherry tust, um mich außer Gefecht zu setzen.«

Er schaute verdutzt drein. »Jenny …«

»Vergiss es.« Mit diesen Worten knallte ich die Tür hinter mir zu und rannte, als wäre der Teufel hinter mir her.

Als Tagesausflug standen heute ein Abstecher nach San Marino und eine anschließende Fahrt durch das Montefeltro auf dem Programm. Es ging früher los, als mir lieb war. Ich fühlte mich immer noch nicht ganz auf der Höhe, als Fabio kurz nach unserer Unterhaltung an meine Zimmertür klopfte und fragte, ob ich so weit wäre.

Ich klappte meinen Laptop zu und stand auf. Mein Entwurf für die heutige Besichtigungstour war eher langweilig ausgefallen. Ich hatte kaum Synonyme gefunden.

»Hör mal«, sagte ich lustlos, »ich weiß gar nicht, was das eigentlich soll. Ich meine, diese ganzen Ausflüge. Das kommt mir so … komisch vor. Was hat sie überhaupt davon?«

»Sie lässt sich gerne durch die Gegend kutschieren. Die Gegend ist sehr schön und ihr gefällt, was sie sieht. Was soll daran komisch sein?«

»Hm. Ich hab das Gefühl, als würde sie gar nicht richtig zuhören, wenn ich was erzähle.«

»Damit liegst du vermutlich richtig«, meinte Fabio. Er ging nicht näher darauf ein, sondern nahm mich einfach in seine Arme und gab mir einen Kuss. »Trotzdem fahren wir sie einfach weiter durch die Landschaft. Sie wollte früher schon immer mal mehr von der Adria besichtigen, aber irgendwie hat es nie geklappt. Abgesehen davon musst du auch die positiven Seiten daran sehen.«

»Welche denn?«, fragte ich atemlos.

Er küsste mich erneut, diesmal etwas drängender. »Ich kann zwei Fliegen mit einer Klappe schlagen.« Sanft streichelte er meinen Hals.

Ich konnte kaum klar denken, wenn er das tat. »Was meinst du?«

»Ich kann dich im Auge behalten. Und das will ich auf jeden Fall, wenn auch aus anderen Gründen als vorher.«

»Als vorher?«

Fabio lächelte entwaffnend. »Als du noch auf den Schmuck scharf warst.«

»Ach so«, sagte ich dümmlich.

»Und ich muss Agnes in meiner Nähe haben, möglichst ohne dass ständig jemand von den anderen um uns rumschwirrt. Deshalb die zwei Fliegen.« Er küsste mich unterm Ohr.

Mir lief ein Schauer über den Rücken. Ich konnte mich kaum noch konzentrieren. »Du … äh, du willst es doch nicht auf einem Ausflug machen, oder? Ich meine … Ich dachte … Äh … wär es nicht nachts besser? Wenn es … dunkel ist?«

»Nachts?« Er küsste zärtlich mein Ohrläppchen. »Okay … wieso nicht.« Dann hielt er mich ein Stück von sich weg und wies mit dem Kinn auf meinen Laptop. »Wozu hast du den dabei?«

»Zum Arbeiten. Deswegen mach ich auch überall Fotos. Ich hab doch erzählt, dass ich für ein Magazin schreibe. Und das stimmt auch.«

Das schien ihn zu erheitern. »Aha, du bist auch nebenberuflich tätig.«

Grollend machte ich mich von ihm los. Im Rückblick war die ganze Sache, die ich da angezettelt hatte, völlig sinnlos gewesen. Als Juwelendiebin war ich wohl nicht besonders überzeugend. Das hätte ich mir genauso gut schenken können. Als Konkurrentin war ich für Fabio ungefähr so bedrohlich wie ein dreijähriges Kleinkind.

Fabio las wieder mal meine Gedanken. »Mach dir

nichts draus«, meinte er tröstend. »Sei lieber froh, dass du mich getroffen hast. Jemand anderes hätte vielleicht nicht erst den Versuch gemacht, dich zum Aufgeben zu überreden, sondern dich stattdessen einfach auffliegen lassen. Alles, was ich stattdessen von dir verlange, ist, dass du meine Arbeit nicht sabotierst.«

»Du brauchst nicht darauf herumzureiten«, entgegnete ich bissig. Immer, wenn er von diesem Thema anfing, wurde mir ganz elend zumute. Ich hasste den Gedanken, dass er einen Raub plante. Das Schlimmste war, dass er Agnes irgendwie betäuben oder festhalten musste, um ihr die Juwelen zu klauen. Wenn man sie wenigstens dazu bewegen könnte, den Schmuck abzulegen – dann könnte Fabio ihn einfach einsacken und damit verschwinden. Das war in meinen Augen bei Weitem nicht so gravierend wie die erste Variante.

Fabio strich mir über den Kopf, dann küsste er meinen Scheitel. »Hab ich dir schon gesagt, dass du traumhaft schönes Haar hast?«

»Nein«, sagte ich verblüfft. »Das hat noch niemand zu mir gesagt!«

Er rieb eine Strähne zwischen den Fingerspitzen. »Es sieht nicht nur aus wie Seide, es fühlt sich auch so an.«

Ich schmolz dahin wie Butter in der heißen Pfanne.

»Der Ausflug wird bestimmt nett«, murmelte Fabio zärtlich in mein Ohr. »Und weißt du auch, warum? Weil ich mit dir zusammen sein kann. Ich freu mich schon. Nur wir beide …«

»Und Agnes.«

»Und Agnes«, bestätigte er. »Aber die hört sowieso nicht zu, wenn wir uns unterhalten. Wenn du gar nichts sagst, fällt es überhaupt nicht auf. Du musst mir also diesmal nichts über die Gegend erzählen. Ich kenne sowieso schon alles hier.«

Das wiederum war etwas, worüber ich mich freute, vor allem, als ich wenig später feststellte, dass Bibi heute nicht mitkommen wollte, weil sie vorhatte, mit Henri zum Shopping nach Rimini zu fahren. Sie brachen zur selben Zeit auf wie Agnes, Fabio und ich.

Anscheinend hatte Agnes doch beim Siebzehn und Vier verloren, denn wie es aussah, war Henri nach dem Kartenspiel wieder einigermaßen bei Kasse, er strahlte wie ein Honigkuchenpferd, als er zu Bibi in den Wagen stieg. Sie fuhr einen kleinen Fiat, der seine besten Tage schon hinter sich hatte.

»Tschüssi und viel Spa-haaaaß«, rief sie mir zwitschernd durch das geöffnete Seitenfenster zu, bevor sie und Henri davonbrausten.

Wir stiegen ebenfalls ein und machten uns auf den Weg. Ich saß wieder hinter Agnes im Fond und genoss es, mich ganz unverkrampft zurücklehnen zu können, ohne ständig überlegen zu müssen, was als Nächstes in meinem Reiseführer stand. Ich schloss die Augen und döste. Zwischendurch blinzelte ich, bis meine und Fabios Blicke sich im Innenspiegel trafen. Dann zwinkerte er mir zu und lächelte unmerklich.

Agnes hatte auf ihrer Seite das Fenster heruntergedreht und ließ sich den Wind durch das Haar wehen. Die eisengrauen Strähnen wurden durcheinandergewirbelt, bis von ihrer Frisur nichts mehr zu erkennen war, aber es schien sie nicht zu stören. Sie wirkte so stoisch wie immer, doch wenn man genau hinschaute, konnte man sich einbilden, dass in ihren Augen ein unternehmungslustiges Funkeln stand.

Wir nahmen die Autostrada Richtung Rimini, wo wir links abbogen, auf einer Route, die über ein paar verschlafene Nester bis zu einem uralten, in den Felshang gebauten Marktflecken führte. Hier stellte Fabio den Wagen ab und wir nahmen die *Funivia,* die Drahtseilbahn, zur Città San Marino. Außer uns war niemand in der Kabine. Agnes starrte unentwegt aus dem Fenster, während sie mit ihrem Collier spielte. Ich musste immer wieder hinschauen, ich konnte nicht anders. Fabio war meinen Blicken gefolgt.

»Der Schmuck spukt wohl immer noch in deinem Kopf rum, oder? Du wirst doch deine Meinung jetzt nicht mehr ändern, oder?«

Er hatte in normaler Lautstärke gesprochen. Ich drehte mich erstaunt zu ihm um, dann wandte ich mich wieder Agnes zu, doch die schien überhaupt nichts von seiner Bemerkung mitbekommen zu haben.

»Ich will das Zeug überhaupt nicht«, flüsterte ich. Dann seufzte ich. Wozu sollte ich ihm länger was vormachen? Jetzt spielte es sowieso keine Rolle mehr. Leise sagte ich: »Ich wollte den Schmuck nie. Ich bin überhaupt keine Juwelendiebin. Ich könnte nicht mal einen Lippenstift oder einen Kaugummi klauen.« Ich legte den Kopf schräg. »Obwohl – einen Kaugummi vielleicht doch. Ich hab's noch nicht versucht.«

Damit war es mir zum zweiten Mal an diesem Tag gelungen, ihn restlos zu verblüffen. »Du wolltest gar nicht …?« Er ließ das Ende des Satzes in der Luft hängen, als könne er es nicht fassen.

»Wozu hast du denn dann diese Stelle angenommen und mir dann außerdem noch vorgemacht, du hättest es auf die Juwelen abgesehen?«, wollte er wissen.

Verlegen schaute ich auf meine Füße. »Na ja, deinetwegen. Ich hab herausgefunden, warum du hier bist … Ähm … Und da dachte ich … Ich wollte einfach nur …« Ich verstummte. *Ich wollte dich am Klauen hindern* klang so hart.

Während ich noch überlegte, wie ich mein Faible für James-Bond-Filme und gut aussehende Juwelendiebe beschreiben konnte, beugte er sich mit gerührtem Lächeln zu mir und gab mir einen Kuss auf die Nasenspitze. »Du wolltest in meiner Nähe sein und hast einfach einen Vorwand gesucht, stimmt's?«

»Äh … Ja, das hat sich natürlich zwangsläufig so ergeben.«

»Also hast du es auch gespürt.«

»Was?«

»Diese Anziehungskraft zwischen uns.« Er umarmte

und küsste mich, bis mir die Luft wegblieb. »Gott, was bin ich froh, dass du keine krummen Dinger drehst!«

Meine Erwiderung, dass ich mir dasselbe auch von ihm gewünscht hätte, blieb unausgesprochen, denn einen Moment später erreichten wir die Bergstation.

Wir stiegen aus und fanden uns mitten in Italien in einem anderen Land wieder, dem unabhängigen Zwergstaat San Marino – der ältesten noch bestehenden Republik der Welt.

Wir besichtigten den mittelalterlichen Stadtkern mit seinen verwinkelten, steilen Gässchen und den verwitterten Fassaden der kleinen Palazzi. Diesmal musste ich keine Kommentare abgeben. Es war schön, ganz gemächlich neben Fabio durch diesen historischen Ort zu schlendern und hier und da ein paar Bilder für meine Reportage zu knipsen. Ich hätte fast glücklich sein können, wenn nicht …

Ja, wenn Agnes nicht gewesen wäre. Beziehungsweise ihr Schmuck. Der demnächst nicht mehr ihr gehören würde. Fabio hatte recht. Es spukte mir immer noch im Kopf herum und ich wünschte, er könnte es sich ganz einfach anders überlegen und vielleicht lieber doch noch eine Bank ausrauben.

Während wir die Treppenwege zu den Festungen und Burgen erklommen, bis hinauf zur *Montale,* einem uralten fünfeckigen Turm, von wo aus man in nördlicher Richtung über die ganze adriatische Küste schauen konnte, wanderte Agnes von einem Aussichtspunkt zum anderen und war offenbar sehr erbaut von dem, was sich ihr hier bot. Ihr lila geblümtes Kleid flatterte im Wind und ihr Schmuck funkelte mit ihren Augen um die Wette. Sie nahm überhaupt nicht wahr, dass sie Begleitung hatte. So wenig wie Fabio und ich. Wir schauten einander häufig an und mehr als einmal nahm er meine Hand.

Das Meer war in der Sonne unwirklich blau. Genau wie Fabios Augen, als er sich zu mir umwandte und mich anschaute. »Es ist schön, mit dir hier sein zu können«, sagte er schlicht.

Ich konnte ihn nur anstarren. Oh, du meine Güte, dachte ich.

Jetzt war's passiert. Ich war rettungslos und unwiderruflich in diesen Typen verknallt. Das I-Ging hatte doch recht gehabt. Der Mann vom Turm. Die Juwelen. Und ich.

15. Kapitel

Als wir San Marino wieder verließen und weiterfuhren, hüllte ich mich in Schweigen. Ich war vollauf damit beschäftigt, dieses neue Problem zu verarbeiten. Ich hatte mich in einen Dieb verliebt! Wie hatte mir das nur passieren können?!

Zugegeben, er konnte hervorragend küssen. Wahrscheinlich verdiente er auch überdurchschnittlich gut, zumindest dann, wenn die Ertragslage gut war. So wie bei diesem Job hier. Aber wie würde auf lange Sicht eine Beziehung mit so einem Typen aussehen? Irgendwann würde man ihn erwischen. Was täte ich in der Zeit, die er im Knast hockte? Und am Ende würde ich da vielleicht auch noch landen. Ich war ja praktisch jetzt schon Mitwisserin! Und für so kriminelle Geheimnisse war ich einfach nicht gemacht, das war mir klar.

Vielleicht sollte ich doch noch mal mit ihm darüber sprechen. Der erste Versuch, es ihm auszureden, war zwar gescheitert, aber jetzt, da ich wusste, dass ich mich in ihn verknallt hatte, musste ich es einfach noch mal probieren.

Der Rest der Ausflugsfahrt rauschte wie im Nebel an mir vorbei, weil ich damit beschäftigt war, mir Argumente auszudenken, mit denen ich Fabio seinen Plan ausreden konnte. Die kurvenreiche Landstraße führte durch eine prachtvolle Landschaft mit grünen Tälern und felsigen Anhöhen.

»Ich bin der Meinung, dass man ein Land nicht kennenlernt, wenn man die Städte besichtigt«, sagte Fabio irgendwann, als es schon auf den Abend zuging. »Man muss die Gegend erkunden. Das Meer, die Küste, die Berge.«

»Du hast recht«, sagte ich zerstreut, obwohl ich von meiner Umgebung kaum mehr mitkriegte als Agnes, die schlafend in ihrem Sicherheitsgurt hing und dabei leise und rhythmisch vor sich hin röchelte. Ich fragte mich, ob sie es wohl merken würde, wenn man ihr das Collier vom Hals zog.

»Ich hab schon dran gedacht, eine nette Bergwanderung mit Agnes zu unternehmen«, fügte ich hinzu. »Aber ich muss auf jeden Fall noch nach Venedig.«

»Ah ja, für deinen Artikel. Stimmt, Venedig ist ein absolutes Muss für jede Adria-Story.« Er grinste auf seine unnachahmliche, piratenhafte Art, die mir jedes Mal die Knie weich werden ließ. »Wenn du willst, mach ich diesmal den Stadtführer, ich war schon ein paar Mal da. Was meinst du, wollen wir es gleich morgen in Angriff nehmen? Ich denke mal, wir planen eine Übernachtung ein, denn zwei Tage müssen wir für eine Besichtigung schon einplanen. Das würde mir sowieso ganz gut in den Kram passen.«

Ich schrak zusammen. »Was würde dir in den Kram passen?«

»Mit Agnes unterwegs zu sein. Sie ein bisschen von den anderen fernzuhalten. Wenn's geht, ruhig über Nacht.«

Ich starrte ihn an. Er hatte also doch vor, es auf einer unserer Touren zu tun! Während ich noch damit beschäftigt war, das zu verdauen, setzte er zu einer weiteren Erklärung an.

»Da wär nämlich noch was. Jetzt kann ich es dir ja sagen. Aber behalt es bitte für dich.«

»Wenn es was Schlimmeres als Juwelendiebstahl ist, will ich es gar nicht wissen«, sagte ich schnell.

Fabio zog eine Augenbraue hoch. »Zufällig ist es genau das, nicht mehr und nicht weniger. Irgendjemand – ich meine, jemand außer dir – hat es ebenfalls auf den Schmuck abgesehen.«

Jetzt war ich platt. »Was du nicht sagst!«

Plötzlich ergab das Gespräch, das ich an jenem ersten Morgen in der Villa belauscht hatte, einen Sinn. Fabio hatte zu der Zeit nicht nur mich verdächtigt, sondern auch die anderen! Deshalb war es ihm auch wichtig, Agnes so oft wie möglich von den übrigen Hausbewohnern wegzulotsen!

»Ich hab gehört, dass schon mal jemand versucht hat, sie zu beklauen. Das warst aber nicht zufällig du, oder?«

Er lachte wie über einen sehr guten Witz. »Nein, wirklich nicht. Aber das mit dem Überfall stimmt. Woher weißt du das?«

»Val hat es mir erzählt. Sie hat's von Gabriel erfahren.«

Fabio schnalzte ärgerlich mit der Zunge. »Der Typ redet zu viel.«

»Könnte er es denn gewesen sein?«

»Theoretisch schon. Dieser Überfall war vor zwei Monaten. Agnes hatte an dem Tag ihren achtundsiebzigsten Geburtstag. Es waren alle da. Henri, Bibi, Gabriel. Und natürlich noch ein paar andere.«

Ich konnte meine Neugier kaum noch bezähmen. »Wie kommst du darauf, dass es einer von den dreien war? Wieso nicht jemand von den anderen Geburtstagsgästen?«

»Von denen war keiner unter fünfundachtzig. Zwei waren im Rollstuhl da, einer ist blind, einer hat Alzheimer im letzten Stadium.«

Aha. Jetzt stand Fabio vor der schwierigen Aufgabe, nicht nur selbst die Juwelen zu klauen, sondern gleichzeitig auch einen weiteren Dieb daran zu hindern, ihm zuvorzukommen. Mich hatte er immerhin mittlerweile mit seinem umwerfenden Charme außer Gefecht gesetzt. Allerdings nützte ihm das nicht viel, schließlich hatte ich ja niemals ernsthaft vorgehabt, tatsächlich beim Klauen mit ihm zu konkurrieren.

»Aber welchen Grund hätten sie denn, so was zu machen?«

Fabio warf einen bezeichnenden Blick auf Agnes Hals. »Ungefähr eine Million Gründe.«

»Hm. Blöd von mir, dich überhaupt zu fragen.« Ich senkte niedergeschlagen den Kopf.

»Was ist los mit dir? Bist du müde? Hast du Hunger? Wir können noch essen gehen, wenn du willst.«

»Nein, lieber nicht. Ist ja nicht mehr weit. Außerdem hat die Köchin gesagt, dass es heute zum Abendessen was Besonderes gibt.«

Wie auf ein Stichwort hin wurde Agnes wach. Sie reckte sich, fummelte an ihren Armbändern herum und meinte krächzend: »Ich hab Hunger.«

»Wir sind gleich da«, sagte ich.

Darauf reagierte sie nicht, sondern verfiel wieder in ihr gewohntes Schweigen, bis wir das Kastell erreicht hatten. Mit elegantem Schwung parkte Fabio den Wagen in der Einfahrt und ich stieg ziemlich steifbeinig aus. Vielleicht sollte ich doch mal bei Bibi eine Sportstunde einlegen, um für die langen Märsche besser gerüstet zu sein. Auf dem Weg ins Haus atmete ich tief durch. Die Abenddämmerung überzog die Hügel mit einem rötlichen Hauch und die Villen und Bungalows reflektierten das Licht der untergehenden Sonne in mattem Orange. Das Geräusch des Windes mischte sich mit dem entfernten Rollen der Dünung, unterbrochen vom zirpenden Gesang der Zikaden.

Fabio ging neben mir, seine Hand in meiner, als gehörte sie genau dahin.

»Ich muss noch mal mit dir reden«, sagte ich.

Er warf mir einen vielsagenden Blick zu. »Worauf du dich verlassen kannst. Gleich nach dem Abendessen, in Ordnung?«

Dagegen hatte ich nichts einzuwenden, im Gegenteil. Dann blieb mir noch ein bisschen Zeit, eine überzeugende Ansprache vorzubereiten, mit der ich ihm die Vorzüge eines ehrlichen Lebens schmackhaft machen wollte.

Gemeinsam gingen wir nach oben, um zu duschen und uns fürs Abendessen umzuziehen. Es traf sich, dass wir beide gleichzeitig fertig wurden, sodass wir auch zusammen wieder nach unten gehen konnten. Er legte den Arm um meine Schultern.

»Mhm, du riechst gut. Was ist das?«

Ich wollte ihm gerade antworten, doch dazu kam ich nicht mehr. Denn in der Halle warteten zwei Überraschungsgäste, die sicher nicht zum Abendessen gekommen waren. Es waren zwei grimmig dreinschauende Carabinieri und allem Anschein nach hatten sie es auf den Mann an meiner Seite abgesehen. Kaum war Fabio unten angekommen, als sie auch schon auf ihn zustürzten und ihn verhafteten.

Alles ging blitzschnell. Die beiden Polizisten nahmen Fabio in die Mitte und verfrachteten ihn unter lautstarkem italienischem Lamento von beiden Seiten in ihren Streifenwagen, den sie in der Einfahrt neben Agnes' Daimler abgestellt hatten.

Fabio war ziemlich wütend, doch er riss sich zusammen. »Ich bin bald wieder da«, erklärte er, als er an mir vorbeikam.

Daran hatte ich so meine Zweifel, vor allem, als ich Valeries selbstzufriedene Miene sah. Keine Frage, wohin sie ihr heutiger Ausflug mit Gabriel geführt hatte: Geradewegs auf die nächste Polizeistation!

Ich hatte keine Zeit mehr, mich richtig von Fabio zu verabschieden. »Sag nichts ohne deinen Anwalt!«, rief ich ihm noch beschwörend hinterher, als die Carabinieri mit ihm abzogen. »Du hast noch nichts getan, sie können dir nichts beweisen! Von mir erfahren sie nichts, keine Angst! Und das mit den K.-o.-Tropfen bleibt unter uns!«

»Das kannst du vergessen«, erklärte Valerie. »Ich hab denen alles erzählt. Glaubst du, ich schaue zu, wie der Typ meine beste Freundin vergiftet und dann eine alte Frau beklaut?«

Ich war entsetzt. »Es war doch nicht so tragisch! Und ich bin sicher, dass ich ihm das andere noch hätte ausreden können!«

Bibi gesellte sich zu uns. Sie hatte sich ebenfalls zum Abendessen umgezogen und trug ein mitternachtsblaues Top, das mit zahlreichen Glitzersteinchen bestickt war. Sie sah aus, als hätte sie heute noch eine tolle Verabredung. Außerdem stand ihr die Neugier ins Gesicht geschrieben.

»Was war denn hier los? Wieso waren die Bullen da? Und warum fährt Fabio mit ihnen weg? Was für Tropfen meinst du? Und was wolltest du ihm ausreden?«

»Nichts«, erklärte ich vehement. »Das ist nur reine

Routine, sie brauchen da bloß für irgendwas einen Zeugen. Er kommt garantiert gleich wieder.«

Wenig später wurde das Dinner aufgetragen, doch mir war der Hunger vergangen.

»Ich weiß gar nicht, was du hast«, zischte Valerie mir zu. »Sei doch froh, dass es endlich raus ist! Jetzt kann er nichts mehr anstellen, und das ist doch die Hauptsache!«

Sie hatte sich neben mich gesetzt, auf den Stuhl, auf dem sonst Fabio gesessen hatte. Ich fühlte mich elend, wenn ich daran dachte, dass er jetzt ohne Abendessen in einer scheußlichen Gefängniszelle hockte, während wir hier vor einer bis zum Bersten vollgepackten Dinnertafel saßen. Ich quälte mich durch die beiden Vorspeisen – Rucola-Salat mit Shrimps und Bouillabaisse –, doch als der erste Fleischgang aufgetragen wurde, stand ich auf. »Entschuldigt mich«, sagte ich matt.

Ich ging nach draußen. Valerie folgte mir.

»Was ist los?«

»Nichts«, sagte ich dumpf.

Sie musterte mich scharf. »Oh shit. Du hast dich echt in den Typen verknallt.«

Es war eine Feststellung, keine Frage.

Dafür hatte ich eine. »Wieso musstest du unbedingt zur Polizei gehen?«

»Ich dachte, es wäre eine gute Idee«, verteidigte sie sich. »Schon wegen Gabriel. Schließlich ist es seine Lieblingsgroßtante. Was erwartest du? Soll er zuschauen, wie sie beklaut wird?«

»Sie ist versichert«, meinte ich lahm.

»Spinnst du? Sie ist uralt! Was ist, wenn der Schock über den Verlust sie umbringt! Vergiss nicht, sie hat diese Klunker von der großen Liebe ihres Lebens bekommen!«

Das hatte ich bisher noch gar nicht bedacht. Mir wurde, wenn möglich, noch elender zumute.

Valerie dagegen hatte ekelhaft gute Laune. »Er will uns übrigens nach dem Essen was auf der Orgel vorspielen, er hat so eine Art Heimgerät dabei. Aber er sagt, dass es ein erstklassiges Fabrikat ist. Wir haben vorhin schon im Salon ein paar Stühle aufgestellt, da ist die Akustik am besten.«

Mir war kein bisschen nach Gabriels Orgelkünsten und das sagte ich Valerie auch. Woraufhin sie mir leicht beleidigt erklärte, dass ihr Gabriel mitsamt Adelsprädikat und Orgel vom I-Ging geweissagt worden sei.

In dem betreffenden Abschnitt, den sie auswendig hersagen konnte, stand etwas von *Förderlich ist es, dem Edlen zu folgen* beziehungsweise seinen *Tönen zu lauschen* – was immer das schon wieder heißen sollte.

»Hast du mit ihm über Fabio gesprochen?«, wollte ich wissen.

»Was dachtest du denn?«

Ich seufzte. »Was hat er gesagt?«

»Nicht viel. Ich war überrascht, wie gefasst er das alles aufgenommen hat. Als ich ihm sagte, dass ich darauf bestehe, die Polizei einzuschalten, war er zuerst dagegen, er meinte, das würde vielleicht zu viel Aufsehen erregen. Aber ich hab ihm dann erklärt, dass wir unmöglich darauf warten könnten, bis es vielleicht Tote gibt. Da hat er's dann eingesehen.«

Ich runzelte die Stirn. Vorhin hatte ich nicht den Eindruck gehabt, dass Gabriel allzu besorgt war. Auch Agnes hatte nicht besonders verstört dreingeschaut. Vielleicht hatte sie aber auch noch gar nicht erfahren, was passiert war. Wobei sich auch gleich die Frage stellte, ob es sie überhaupt interessierte. Es konnte ebenso gut sein, dass es ihr herzlich egal war, was aus ihrem Schwimmtrainer wurde.

Dafür würde Bibi mich garantiert mit weiteren Fragen löchern, sie war der neugierigste Mensch, den ich kannte. Und Henri würde sicher auch wissen wollen, was los war.

Ich hatte kaum an ihn gedacht, als er auch schon auf der Terrasse auftauchte.

»*Alors,* isch 'abe ge'ört, was passiert ist! Die Polizei 'at dies' nette junge Mann abge'olt! Was 'at er getan?«

»Nichts«, sagten Fabio und ich wie aus einem Munde.

Ich fuhr herum. Da stand er, höchstpersönlich. Ohne Handschellen. Ein freier Mann.

»Fabio!«, rief ich glücklich aus. Und ohne Rücksicht darauf, ob jemand von den anderen es sah, warf ich mich in seine Arme. »Sie haben dich freigelassen! Hattest du einen guten Anwalt?«

»Wahrscheinlich eher gute Ausreden«, sagte Valerie.

Sie warf ihm grimmige Blicke zu, die er jedoch ebenso grimmig zurückgab.

Die beiden funkelten einander an und es war Valerie, die als Erste zur Seite schaute und sich abwandte. »Ich will den Nachtisch nicht verpassen, es soll was Flambiertes geben«, meinte sie leichthin, während sie wieder ins Haus ging. Henri folgte ihr, wobei er uns neugierige Blicke über die Schulter zuwarf.

Ich schmiegte mich an Fabios Seite. Seine Wärme war beruhigend. Ich war überglücklich, dass er wieder da war. »Ich bin so froh, dass es gut ausgegangen ist!«

»Ich auch«, sagte Fabio lapidar.

»Weißt du, im Prinzip ist es vielleicht nicht schlecht«, sinnierte ich.

»Was?«

»Dass sie dich verhaftet haben. Ich meine, betrachte es doch einfach als Fingerzeig des Schicksals. Als letzte Warnung sozusagen. Okay, du musst natürlich jetzt hier weg, alles andere wäre idiotisch, aber dafür …«

»Ich denke gar nicht daran«, unterbrach er mich. »Und abgesehen davon muss ich dringend mit dir reden. Ich brauch mal deine Hilfe …«

Ich machte mich von ihm los. »Du willst es trotzdem noch durchziehen? Mit *meiner* Hilfe!?? Das kann nicht dein Ernst sein!« Entsetzt starrte ich ihn an.

Er fuhr sich mit beiden Händen durch die Haare, dann warf er in einer verzweifelten Geste die Arme hoch. »Jenny, ich glaube, hier läuft irgendwas total quer!«

»Das kann man wohl sagen!«, rief ich wütend. »Du bist wirklich unbelehrbar! Hoffentlich knasten sie dich beim nächsten Mal richtig ein! Du verdienst es ja nicht besser!«

Ich drehte mich auf dem Absatz um und ließ ihn stehen. Wütend rannte ich durch die offene Terrassentür zurück in den Speisesaal, wo die anderen gerade unter lauten *Aaahhh* und *Ooohhh* vor ihren brennenden Desserts saßen. Ich gönnte der Tafelrunde keinen zweiten Blick, sondern lief stattdessen weiter, in die Halle und von dort aus nach oben in mein und Valeries Zimmer. Ich verriegelte die Tür und warf mich schluchzend aufs Bett.

Fabio war mir gefolgt. Er hämmerte gegen die Tür. »Jenny, mach bitte auf! Wir müssen reden!«

»Lass mich!«, brüllte ich zurück. »Ich will nichts mehr mit dir zu tun haben! Bei dir ist doch jedes Wort sinnlos! Du bist … bist … bist …« Ich suchte krampfhaft nach einem Wort, das seinen miesen Charakter angemessen beschrieb, doch mir fiel auf die Schnelle nichts Passendes ein. Deshalb sagte ich gar nichts mehr, sondern vergrub nur mein Gesicht im Kopfkissen, um weiterzuheulen. Fabio klopfte noch zwei-, dreimal, gab es dann aber auf und ließ mich in Ruhe. Von unten tönten nun wimmernde Orgeltöne durchs Haus, es klang wie in meinen schlimmsten Hochzeitsalbträumen. Ich entschied, den Rest des Abends hier oben zu verbringen, allein mit mir und meiner verheulten Hoffnungslosigkeit.

Irgendwann musste ich wohl eingeschlafen sein, denn mit einem Mal war ich wieder in der Kirche und neben mir stand, wie könnte es auch anders sein, mein Exfreund und Fast-Mitbewohner Leo. Doch der Traum nahm diesmal einen völlig anderen Verlauf als sonst.

Leo wirkte heute hinterlistig-fröhlich. Er bedachte mich mit einem Lächeln, das entschieden zu viele Zähne sehen ließ.

»Diesmal entkommst du mir nicht«, erklärte er selbstsicher.

»Oh, bitte, das kann ich jetzt nicht schon wieder ertragen«, stöhnte ich. »Ich sage es dir zum letzten Mal: Ich will dich nicht heiraten!«

»Überleg es dir gut!«

»Das hab ich. Ich sage *Nein* und dabei bleibt es. Und jetzt geh ich.«

»Wirklich? Das hab ich mir gedacht. Deshalb hab ich diesmal vorgesorgt. Ich habe eine Geisel!«

Höhnisch zog er etwas hervor, das er die ganze Zeit hinterm Rücken versteckt gehalten hatte: Es war ein Hamsterkäfig und darin hockte Fridolin.

Rette mich!, schienen seine entsetzt aufgerissenen Äuglein zu flehen.

»Na, was sagst du dazu?«, fragte Leo gut gelaunt.

Mist! Das hatte mir gerade noch gefehlt! Jetzt musste ich diesen Widerling doch noch heiraten!

»Na gut«, sagte ich tapfer. »Ich tu's. Aber es ist Erpressung. Ich mach es nur, weil ich meinen Hamster liebe.«

»Manche Menschen muss man zu ihrem Glück zwingen.« Leo nahm meinen Arm. »Komm, die anderen warten schon. Und dann geht's auf Hochzeitsreise. Was hältst du von der Adria?«

Plötzlich wurde mit lautem Krachen das Kirchenportal aufgestoßen und Fabio kam hereinmarschiert. Genauer gesagt, sein Pferd. Er selbst saß im Sattel, von Kopf bis Fuß in eine schimmernde Rüstung gehüllt. Das Visier seines Helms war hochgeklappt, sodass sein Gesicht zu sehen war. Es verhieß nichts Gutes. Der Blick in seinen stahlblauen Augen war Unheil verkündend. Sämtliche Hochzeitsgäste drehten sich zu ihm um. Überall ertönten Ausrufe der Überraschung.

Ein Ritter war zu meiner Rettung herbeigeeilt! Es war wie in einem Traum!

Dann machte ich mir klar, dass es ja sowieso ein Traum war. Die Hufe des schneeweißen Rosses hallten zwar abnorm laut auf dem Marmor des Kirchenfußbodens, doch gleich würde wieder irgendetwas völlig Absurdes passieren und ich würde aufwachen.

Doch ich wachte schon vorher auf. Schweißgebadet fuhr ich im Bett hoch. Die Hufe des Streitrosses donnerten immer noch in meinen Ohren. Es klang tatsächlich so, als befände es sich ganz in meiner Nähe.

Dann wurde mir klar, dass jemand an die Tür trommelte.

16. Kapitel

Mach auf!« Das war Valeries Stimme. Du lieber Himmel, ich hatte ganz vergessen, die Tür wieder aufzuschließen! Wie der Blitz sprang ich aus dem Bett und schob den Riegel zurück.

»Tut mir leid«, sagte ich verschlafen.

»Macht nichts. Ich bin gleich wieder weg.«

»Wieso? Was hast du vor?« Ich schaute auf meine Armbanduhr. Es war fast Mitternacht.

Valerie wühlte in ihrem Rucksack und zog ein Nichts von einem seidenen Nachthemdchen hervor. Ich wusste gar nicht, dass sie so etwas eingepackt hatte.

»Du willst doch nicht etwa …«

Sie wollte doch. Schnippisch setzte sie mich davon in Kenntnis, dass Gabriel ein super Typ sei. Sein miserables Orgelspiel, seine Tollpatschigkeit und sein enormer Überbiss waren in Valeries Augen nebensächlich.

»Hat er dich denn überhaupt schon geküsst?«, wagte ich zu fragen.

Sie schnappte sich ihr Beautycase. »Und ob. Schon öfters. Vorhin auch wieder, im Garten. Es war toll.«

Dem hatte ich nichts entgegenzusetzen. Sprachlos schaute ich ihr hinterher, als sie im Bad verschwand.

»Bis morgen!«, rief sie mir noch über die Schulter hinweg zu. »Schlaf schön!«

Ich wandte mich ab und wollte gerade die Tür hinter mir zuziehen, als ein Männerfuß im Spalt erschien. Gleichzeitig griff eine Hand nach meinem Arm.

Ich gab ein erschrockenes Quietschen von mir, doch das schien Fabio nicht weiter zu stören. Ungerührt schob er mich zurück ins Zimmer, kam hereinspaziert und schloss die Tür hinter sich ab.

»Und jetzt wird geredet«, sagte er.

Ich riss mich los und ging rückwärts, beide Hände abwehrend ausgestreckt. »Komm mir nicht mit irgendwelchen Rechtfertigungen. Ich will das nicht mehr hören!«

Ich hatte vergessen, wie klein das Zimmer war. Es fiel mir erst wieder ein, als ich mit den Kniekehlen gegen die Kante meines Bettes stieß. Aber da war es schon zu spät. Ich plumpste rücklings in die Kissen und Fabio war mit zwei Schritten bei mir.

»Sorry, dieser Einladung kann ich nicht widerstehen«, sagte er. Und saß im nächsten Augenblick auf der Bettkante neben mir.

»Schlag dir das aus dem Kopf!« Erzürnt versuchte ich, ihn wegzuschieben.

Er neigte den Kopf und seine Lippen fanden eine extrem empfindliche Stelle an meinem Hals. Ich schnappte nach Luft. »Wir wollten doch reden«, meinte ich kläglich.

»Das tun wir ja«, murmelte er gegen mein Ohr. Plötzlich war sein sonst kaum merklicher italienischer Akzent viel deutlicher zu hören als vorher. Dann knabberte er zärtlich an meinem Ohrläppchen. Ein Schauer durchrieselte mich.

»Wie heißt dieses Parfum noch gleich?«, flüsterte er.

»Sensi«, brachte ich mühsam heraus. »Ich glaube, das heißt übersetzt *Fühl mal.*«

»Okay. Das passt ja.«

Und dann sagten wir beide eine ganze Weile gar nichts mehr.

Als ich irgendwann aus dem Universum unendlicher Küsse zurück auf die Erde trudelte, so leicht und so locker wie eine Daunenfeder, hielt er mich fest umschlungen.

»Oh, Jenny«, murmelte Fabio. Sein Atem blies gegen die feinen Härchen an meiner Schläfe und erzeugte einen angenehmen Luftzug. »Ich bin verrückt nach dir, hab ich dir das schon gesagt?«

»Jetzt hast du's.« Ich seufzte zufrieden und gab ihm noch einen Kuss.

Innerlich sang ich ein Loblied auf Hildegard, weil sie mich zu diesem Arbeitsurlaub gezwungen hatte. Und auf meine Eltern, weil sie vor zwanzig Jahren in dieser wunderschönen Gegend ein Haus gekauft hatten. Und auf Gabriel, der mich als Reiseführerin engagiert hatte. Und auf Agnes, weil sie mir dieses Zimmer gegeben hatte, wo ich in Fabios Armen liegen konnte.

Doch kaum hatte ich an Agnes gedacht, fiel mir all das

wieder ein, was mich vorhin noch so grenzenlos erbost hatte. Ich stemmte mich von Fabios breiter Rettungsschwimmerbrust weg und richtete mich auf.

Er wertete das sofort richtig. »Jenny, bevor du wieder anfängst, mir wegen irgendwelcher Dinge den Kopf abzureißen, hörst du mir mal eine Minute zu, ja?« Er räusperte sich und zog mich wieder an sich. »Ich hab den Eindruck, dass es da ein ganz enormes Missverständnis zwischen uns gibt. Dieses Gerede mit dem Anwalt … dass ich meine Pläne aufgeben und von hier verschwinden soll … Kann es sein, dass du eine völlig falsche Vorstellung von dem hast, was ich hier zu tun habe?«

»Oh nein«, brummte ich. »Ich hab vom ersten Tag an gewusst, was du hier machst. Als du mit deiner Schwester telefoniert hast – wenn es wirklich deine Schwester war –, hast du's ja laut und deutlich rausposaunt! Ihr braucht das Geld bis Mittwoch und du lässt dir von niemandem in die Suppe spucken. Und Gabriel und die anderen willst du notfalls mit Schlaftropfen oder Schlägen auf den Kopf außer Gefecht setzen. Und natürlich alles nur, damit du dir ganz ungestört die Juwelen unter den Nagel reißen kannst.«

Fabio gab ein unterdrücktes Stöhnen von sich. »Ich hab's geahnt. Jetzt ergibt alles einen Sinn!«

»Was?«, fragte ich argwöhnisch.

»Na … alles.« Er schlug sich mit der flachen Hand gegen die Stirn. »Gott, war ich dämlich! Wieso ist mir das nicht eher aufgefallen? Dieses ständige Generve von dir wegen Agnes! Das Getue um die Juwelen!«

»Könntest du mich vielleicht an deinen Erkenntnissen teilhaben lassen?«, fragte ich spitz.

»Klar. Willst du die kurze oder die lange Version hören?«

»Bitte so kurz wie möglich.«

»Na schön. Vier Worte. Sperr die Ohren auf.«

»War das die Erklärung?«

»Nein. Die kommt jetzt: Ich – bin – kein – Juwelendieb.«

Misstrauisch versuchte ich, in der Dunkelheit seinen Gesichtsausdruck zu erkennen. »Was soll das jetzt schon wieder für ein Trick sein?«

Er seufzte abermals. »Jenny, ich bin ein Detektiv. Einer von den Guten.«

Ich entwand mich seinen Armen und setzte mich ruckartig auf. »Moment mal. Das denkst du dir jetzt gerade aus!«

»Nicht die Spur. Ich kann dir meinen Ausweis zeigen und ein Autorisierungsschreiben von der Versicherung. Das hab ich heute bei der Polizei auch gemacht. Und denen erzählt, was wirklich los ist. Was glaubst du, warum die mich so schnell wieder haben laufen lassen?«

»Ich glaub dir kein Wort! Denn wenn es wahr wäre – wieso hast du mir dann die ganze Zeit vorgemacht, dass du die Juwelen klauen willst?«

»Wann hab ich das getan?«

Ich dachte nach. Ja, wann? Das war eine gute Frage. Ich zermarterte mir den Kopf, was genau er zu diesem Thema gesagt hatte, doch sosehr ich auch grübelte, ich konnte mich an keine einzige Gelegenheit erinnern, bei der Fabio direkt eingeräumt hätte, Agnes beklauen zu wollen. Ich hatte nur jede seiner Äußerungen in diesem Sinne ausgelegt.

»Das fasse ich einfach nicht«, klagte ich. »Und ich blöde Kuh hab noch extra so getan, als wollte ich den Schmuck klauen!«

»Und ich hab's zuerst wirklich geglaubt. Ich war genauso blöd.« Er betrachtete mich neugierig. »Wieso hast du das überhaupt gemacht?«

»Weil ich dachte, dass du vielleicht eine Komplizin brauchen könntest. Auf dem Wege wollte ich Einzelheiten über den Coup rausfinden. Und ihn dann irgendwie verhindern.«

»Sehr clever. Und wir haben es echt geschafft, tagelang aneinander vorbeizureden.«

Dann erzählte er mir die lange Version.

Fabio jobbte in den Semesterferien neben seinem Jura-Studium in einem aufstrebenden jungen Unternehmen in Frankfurt, das sich hauptsächlich mit der Aufklärung von Industriespionage, Computerhacking, Rückführungen von geklauten Luxuskarossen aus dem Ausland, Versicherungsbetrug und Kartellverstößen befasste. Die Kunden kamen sowohl aus der Wirtschaft als auch aus dem Banken- und Versicherungswesen und hin und wieder erhielt die Firma sogar einen Regierungsauftrag. Das Unternehmen bestand aus drei Leuten, nämlich seiner Schwester als Inhaberin sowie einem weiteren Partner und Fabio selbst als Aushilfs-Ermittler.

Der derzeitige Auftrag war von einer Versicherung gekommen, und zwar von der Gesellschaft, bei der Agnes' Juwelen versichert waren. Nach dem Überfall vor zwei Monaten hatte die Versicherung wahlweise die Erfüllung verschärfter Sicherheitsauflagen oder eine drastische Erhöhung der Prämie angeordnet.

Agnes hatte sich für die Sicherheitsauflagen entschieden. Also waren in ihrer Villa in Hamburg eine verbesserte Alarmanlage und bessere Schlösser eingebaut worden, ebenso wie hier in ihrem Feriendomizil an der Adria. Außerdem hatte die Versicherung Fabio als Sicherheitsbeauftragten abgestellt und Agnes empfohlen, ihn für die Zeit ihres Urlaubs zu engagieren.

»Und sie war freiwillig damit einverstanden?«, fragte ich zweifelnd. Ich konnte mir nicht vorstellen, dass sie überhaupt imstande war, mehr als drei Wörter zu einem derart komplexen Thema zu äußern.

Doch Agnes war nicht nur damit einverstanden gewesen, sie hatte Fabio sogar eine Erfolgsprämie in Aussicht gestellt, wenn er den Diebstahl bis zum Ende des Urlaubs verhinderte. Und zwar in einer Größenordnung, die für die Firma von Fabios Schwester zum momentanen Zeitpunkt den Unterschied zwischen Fortbestehen und Ruin bedeutete. Es handelte sich um sage und schreibe dreißigtausend Euro.

»Die Geschäfte liefen eine Zeit lang sehr gut«, erzählte er. »Aber jedes Unternehmen hat zwischendurch Durststrecken zu überwinden, vor allem am Anfang. Meine Schwester hat viel investiert und hätte auch ohne große Probleme so weitermachen können wir bisher, doch dann ist einer ihrer Hauptauftraggeber pleitegegangen. Und kurz darauf sind ihr die Büroräume gekündigt worden. Aber das Schlimmste war, dass gleichzeitig ihr Partner krank wurde.«

»Also nicht deine Schwester«, sagte ich erleichtert. »Steht es schlimm um den Partner? Wird die Operation sehr teuer?«

»Er ist auf dem Weg der Besserung«, meinte Fabio. »Es war ein Autounfall. Jedenfalls konnte er mehr als drei Monate lang nicht arbeiten, weil er die meiste Zeit davon auf der Intensivstation verbringen musste. Da er in der Firma für den Bereich Computer- und Wirtschaftskriminalität zuständig ist, fehlten meiner Schwester bald wichtige Aufträge und damit unverzichtbare Einnahmen. Der neue Auftrag mit dieser fetten Prämie kam gerade recht, um das Platzen eines Darlehens zu verhindern.«

»Und der letzte Termin dafür ist Mittwoch«, schlussfolgerte ich.

Fabio nickte. »Gut gelauscht, Schätzchen.«

»Ich hatte nur ehrliche Absichten«, verteidigte ich

mich, fand aber einen kleinen Themenwechsel trotzdem angebracht. »Wie alt ist deine Schwester eigentlich?«, wollte ich wissen.

»Laura ist zehn Jahre älter als ich, zweiunddreißig. Der andere Partner ist gleichzeitig mein zukünftiger Schwager. Die beiden haben die Firma aus dem Nichts aufgebaut und ich helfe ihnen, wo ich kann, wenn das Studium mir dafür Zeit lässt.«

»Aber was ich nicht verstehe – wie war das, als Agnes euch den Auftrag erteilt hat? Ich meine, hat sie da richtig mit euch *gesprochen?* Irgendwie ist sie so ... unkommunikativ. Manchmal kommt sie mir schon fast gestört vor.«

Fabio lachte leise. »Du hast es immer noch nicht gemerkt, oder?«

»Was denn?«

»Dass sie schwerhörig ist.«

»Na ja ... so direkt nicht«, räumte ich ein.

»Sie trägt normalerweise ein Hörgerät und kann sich dann auch ausgezeichnet mit einem unterhalten. Aber im Urlaub will sie ihre Ruhe haben. Im wahrsten Sinne des Wortes.«

»Du meinst, sie setzt es einfach nicht ein und versteht dann nichts? Und redet deshalb auch so gut wie nie?«

»Richtig. Die meiste Zeit verzichtet sie darauf. Ich glaube, sie setzt es nicht mal für die Tanzstunden ein. Henri hat sich mal beschwert, dass sie seinen Anweisungen nicht folgen will.«

Unvermittelt fielen mir die extrem lauten Aerobicstunden ein. Und ich dachte daran, wie Bibi das eine oder andere Mal förmlich geschrien hatte, um Agnes irgendetwas mitzuteilen. Außerdem war mir jetzt auch klar, warum die Alte beim Sprechen so komisch krächzte. Sie hörte vermutlich ihre eigene Stimme nicht richtig.

Ich kicherte. »Und ich hab sie für total daneben gehalten.«

»Nun, sie *ist* total daneben, so oder so. Sonst würde sie ja nicht ständig die Juwelen mit sich rumschleppen. Aber das ist ihr gutes Recht. Die Versicherung kann es nicht verbieten. Nicht, solange sie ihre Prämien bezahlt.«

Fabio erzählte, dass Agnes der Ermittlungsfirma mit Zustimmung der Versicherung den Auftrag bereits vor Antritt der Reise erteilt hatte und dass dabei auch besprochen worden sei, dass jemand aus ihrem engeren Umfeld für den versuchten Diebstahl infrage käme. Niemand der von ihr Verdächtigten wusste von dieser besonderen Vorsichtsmaßnahme, auch Gabriel nicht.

»Sie traut nicht mal ihrem eigenen Großneffen über den Weg«, sagte Fabio. »Und ich auch nicht, nebenbei bemerkt. Nicht, nachdem ich seine Vorgeschichte kenne. Agnes hält ihn ziemlich kurz und mit dem Orgelspiel lässt sich wohl schwerlich was verdienen. Jedenfalls nicht mit seiner Technik.«

»Und dann ist ja noch die Geschichte mit seiner geldgierigen Exfreundin«, sagte ich.

»Du weißt davon?«

»Ich hab so meine Quellen«, bemerkte ich geheimnisvoll. Ich malte mit ausgestrecktem Zeigefinger Kringel auf Fabios Arm, worauf er meine Hand einfing und meine Fingerspitzen küsste, jede einzelne. Ein sanftes Prickeln stieg meine Arme hoch, es war ein tolles, kribbeliges Gefühl, sodass es eine Weile dauerte, bis ich mich auf meine nächste Frage konzentrieren konnte. »Aber wenn Gabriel vorhätte, Agnes die Juwelen zu klauen – wieso hat er mich dann als Reiseführerin engagiert? Er kommt doch gar nicht an den Schmuck ran, wenn sie den ganzen Tag weg ist!«

»Er hat ein Auge auf deine Freundin geworfen und wollte gern mit ihr allein sein.«

»Hm. Das beruht wohl auf Gegenseitigkeit. Aber wann will er dann die Juwelen stehlen – vorausgesetzt, er hätte es vor? Ich meine, wenn Agnes nicht da ist und er außerdem den ganzen Tag über mit Val abhängt … Wie soll das gehen?«

Fabio zuckte die Achseln. »Was weiß ich. Kann sein, dass er es überhaupt nicht hier im Urlaub tun will. Ich bin ja ständig in ihrer Nähe. Sogar morgens bei dieser dämlichen Frühgymnastik.«

»Was ist mit den Nächten? Könnte sich da nicht jemand in ihr Zimmer schleichen?«

»Das ist mit modernster Technik ausgestattet. Ich hab mich selbst drum gekümmert. An der Tür sind Bewegungssensoren angebracht, die nur von innen ausgeschaltet werden können. Falls jemand versucht, von außen die Tür aufzumachen, ist der Alarm so laut, dass Tote davon wach werden. Außer mir und Agnes weiß niemand davon. Ich hab es so eingerichtet, dass es kein Mensch mitbekommen hat. Ich könnte ja sonst nachts hier kein Auge zumachen. Oder ich müsste bei Agnes im Zimmer pennen. Aber ich bin nicht gerade scharf drauf, vierundzwanzig Stunden am Tag den Aufpasser zu spielen.«

»Kann ich verstehen.« Ich gähnte schläfrig. In Fabios Nähe fühlte ich mich einfach wohl – und sicher. Was war ich froh, dass er nun doch kein Gauner war. Ich hätte vor Glück laut jubeln können! Stattdessen legte ich meine Hand in seinen Nacken und spielte mit seinen Haaren. Er umschlang mich mit beiden Armen und wir küssten uns, bis ich an akuter Atemnot litt. Aber wer musste schon Luft holen.

Mir fiel ein, dass ich noch mit ihm über das Schlafmittel reden musste, das irgendwer mir vorgestern eingeflößt hatte, doch dann beschloss ich, es zu verschieben, bis dieser Kuss zu Ende war. Manche Dinge hatten Zeit, andere nicht …

Doch geschah etwas, womit wir beide nicht gerechnet hatten: Der Alarm ging los!

Ob es tatsächlich laut genug war, um Tote aufzuwecken, war schwer zu sagen. Jedenfalls war es laut genug, um Fabio sofort aufspringen zu lassen. Er war so schnell aus dem Bett, dass ich es gar nicht richtig mitbekam.

Während er schon in der Tür stand, lag ich immer noch reglos vor Schreck da. Seine Reflexe waren eindeutig besser als meine.

Der Alarm gellte weiter durch das nächtliche Haus. Ich rappelte mich hastig hoch und stand ebenfalls auf.

»Meine Güte, das ist ja wirklich wahnsinnig laut!«, stieß ich hervor. Fabio rannte schon mit nacktem Oberkörper auf den Gang hinaus und ich folgte ihm auf dem Fuße. Rechts und links gingen weitere Türen auf und verschlafen steckten die Bewohner des Hauses ihre Köpfe heraus.

Die Tür zu Agnes' Zimmer am Ende des langen Flurs war sperrangelweit offen. Agnes selbst stand im Türrahmen, das graue Haar wie Eisenwolle nach allen Seiten abstehend. Ein viel zu weites Flanellnachthemd, mit ähnlich unsäglichem Blumendekor bedruckt wie ihre Tageskleider, schlotterte um ihren mageren Körper. Sie hatte ihr Gebiss abgelegt, trug aber dafür noch alle ihre Juwelen. Außerdem hatte sie ihr Hörgerät eingesetzt, jedenfalls schloss ich das aus ihren nächsten Worten, die zwar wegen des fehlenden Gebisses ziemlich nuschelig klangen, aber längst nicht so krächzend und undeutlich wie sonst.

»Irgendwas stimmt in diesem Haus nicht. Es treiben sich Leute rum, die hier nichts verloren haben. Ich bestehe darauf, dass sich sofort jemand darum kümmert!«

Sie warf Fabio einen bohrenden Blick zu, dann unterzog sie mich näherer Betrachtung. Der Ausdruck in ihren Augen verhieß nichts Gutes. Ich trat unauffällig einen Schritt zur Seite und versuchte, mich hinter Fabios breitem Kreuz zu verstecken. Offensichtlich hatte er seinen Job vernachlässigt. Ein Glück, dass trotzdem nichts passiert war. Agnes war wohlauf und sie hatte all ihre Juwelen noch umhängen.

Sie schnaubte ein letztes Mal verächtlich in die Runde, dann pulte sie ihr Hörgerät aus dem linken Ohr und stapfte zurück in ihr Schlafzimmer. Fabio folgte ihr eilig. Ich schaute mich auf dem Gang um. Die anderen waren mittlerweile alle aus ihren Zimmern gekommen und äugten teils verschreckt, teils verschlafen in die Runde. Gabriel und Valerie standen nebeneinander und musterten mich konsterniert. »Was war denn los?«, wollte Valerie wissen. Sie sah aus, als hätte sie tief und fest geschlafen. Ebenso wie Gabriel. Er trug einen geschmackvoll gestreiften Seidenpyjama und machte einen ziemlich verwirrten Eindruck. Henri, der in schlabbrigem Feinripphemd nebst stilistisch dazu passender Unterhose völlig die gewohnte Eleganz vermissen ließ, wirkte dagegen sehr aufgebracht.

»Isch 'abe gleisch gesagt, dass das nischt in Ordnung ist, irgendwelsche Fremden 'ier aufzunehmen.« Seine vorwurfsvollen Worte richteten sich an Bibi, die soeben vollständig angezogen aus ihrem Zimmer kam. Sie war nicht allein. Jemand war bei ihr, ein großer, breiter Typ mit kahl rasiertem Schädel und noch breiterem Grinsen. In seinem Tanktop und den engen Jeans sah er aus wie ein viel gefragter Türsteher oder ein besonders umtriebiger Zuhälter.

Bibi hatte sich an seine Seite geschmiegt, als hätte sie jemand dorthin geklebt. Ihr Glitzer-Make-up war etwas verschmiert, doch abgesehen davon sah sie gut aus. Keine Spur von blauen Flecken oder gebrochenen Knochen.

Sie lächelte lieblich. »Darf ich vorstellen? Das issst mein Freund Kevin. Er ist heute noch ganzzz spät angekommen.« Sie wandte sich an mich und ihr Lächeln wurde, wenn möglich, noch strahlender. »*Dein* Freund ist übrigens auch noch ganzzz spät angekommen, Kevin und er kamen praktisch gleichzeitig. Ich hab ihm einfach das letzte freie Zimmer gegeben.« Sie deutete auf eine Tür vorn bei der Treppe, die sich in diesem Moment öffnete. Und dann erschien ein Überraschungsgast, bei dessen Anblick ich vor Schreck nur aufschreien konnte.

»Guten Abend, Jennifer«, sagte Leo.

17. Kapitel

Der Rest der Nacht verlief bei Weitem nicht so erfreulich wie ihr Anfang. Irgendwie gelang es mir, mich vor Leo in Sicherheit zu bringen, bevor es zum Eklat kommen konnte. Ich verschwand einfach in meinem Zimmer und verriegelte die Tür.

Wie nicht anders zu erwarten, begann Leo sofort mit seinen Überredungsversuchen. »Mach die Tür auf! Ich muss dich sprechen, Jenny!«

»Jetzt nicht! Ich bin müde! Hast du mal auf die Uhr geguckt? Es ist gleich zwei!«

Anscheinend hatte ich das richtige Argument gefunden, nach einem kurzen Schweigen meinte er: »Na gut. Dann eben morgen.«

Zwei Minuten später klopfte es abermals.

»Jetzt nicht!«, rief ich wütend.

»Lass mich rein«, sagte Valerie.

Ich machte ihr die Tür auf. »Was ist los?«

»Ich will lieber hier schlafen.«

»Okay. Komm rein.« Wenn sie bei mir war, wäre ich wenigstens in Sicherheit, falls Leo noch mal auftauchte. Ich fürchtete mich jetzt schon vor dem nächsten Morgen.

Seufzend legte ich mich ins Bett und zog die Decke bis zum Kinn hoch. Das Laken roch noch nach Fabio.

Hoffentlich würde ich wenigstens von ihm träumen! Besorgt fragte ich mich, wie Leo rausgekriegt hatte, wo ich war. Meine Eltern hatten es ihm bestimmt nicht verraten.

Es klopfte leise an der Tür. »Jenny?«, rief Fabio leise.

»Hier ist schon besetzt«, sagte Valerie laut.

Anschließend schlüpfte sie wortlos ins Bett.

Stille, dann Fabio: »Okay. Gute Nacht, die Damen.« Und dann, zärtlich: »Schlaf schön, Jenny.«

»Warte«, rief ich.

»Was ist?«, kam es gedämpft zurück.

»War es ein Fehlalarm?«

»Ich weiß noch nicht. Das sag ich dir morgen.«

»Na gut. Schlaf schön!«

Valerie machte einen niedergeschlagenen Eindruck.

Ihr Anblick lenkte mich von meinen eigenen Problemen ab. »Was war denn mit dir und Gabriel? Lief wohl nicht so toll, oder?«

Sie zog ihr Astrologiebuch unterm Kopfkissen hervor und fing an zu blättern. »Ich verstehe es nicht«, sagte sie verzweifelt.

»Was denn?«

»Wie mir das entgehen konnte!«

»Was denn?«, wiederholte ich.

Sie gab keine Antwort, sondern suchte weiter nach astrologischen Weisheiten.

»Val, was war denn los?«

»Das willst du nicht wirklich wissen.«

»Doch«, protestierte ich.

Sie blickte mit empörter Miene auf. »Er wollte, dass ich mich als Krankenschwester verkleide.«

»Er wollte ... *was?*«

»Ich bin sofort aufs Sofa umgezogen.« Sie legte das Buch weg. »Von so dämlichen Rollenspielen stand nichts in dem I-Ging. Ich glaube, ich geb's auf und suche mir ein anderes Hobby. Vielleicht kaufe ich mir Inliner. Oder lerne stricken. Gute Nacht.« Sie knipste die Wandlampe über ihrem Bett aus und drehte sich zur Seite, weg von mir.

Ich war zwar mittlerweile ebenfalls ziemlich müde, doch an Schlafen war natürlich jetzt kein Denken mehr.

»Willst du gar nicht wissen, wie es mit Fabio war?«

»Nein«, sagte sie schlecht gelaunt. »Denn ich weiß genau, dass ich mich dann noch mehr über Gabriel ärgere.«

»Das Beste hab ich dir ja noch gar nicht erzählt«, sagte ich eifrig.

»Behalt es für dich.«

»Nein, nein. Es ist wichtig! Er ist überhaupt kein Dieb!«

Rasch setzte ich sie über all die umwerfenden Neuigkeiten in Kenntnis, doch nicht einmal das schien sie aus ihrer Trübsal reißen zu können. Sie hörte gar nicht richtig hin.

»Vielleicht bin ich ja einfach nur zu konservativ«, meinte sie frustriert. »Wie kann ich etwas ablehnen, das ich gar nicht aus eigener Anschauung kenne? Womöglich muss ich es ja nur mal ausprobieren. Was meinst du?«

»Was denn genau?«, fragte ich vorsichtig.

Doch sie seufzte nur. Und ich hatte genug eigene Probleme.

»Wenn ich nur wüsste, wie ich mir Leo morgen vom Hals halten soll«, sagte ich bedrückt.

»Uns wird schon was einfallen.« Sie gähnte. »Warum überlässt du es nicht einfach Fabio? Wenn er Detektiv ist, kann er bestimmt Karate oder so was.«

Daran hatte ich noch gar nicht gedacht. Wenn Leo erst rauskriegte, dass ich auf einmal wirklich einen Neuen hatte, würde er ausrasten!

Das konnte ja heiter werden! Plötzlich wünschte ich mir mehr als alles auf der Welt, dass dieser merkwürdige Urlaub schon zu Ende wäre.

Am nächsten Morgen wurde ich wie immer von Bibis ohrenbetäubender Aerobicmusik geweckt. Schlaftrunken kämpfte ich mich aus dem Bett, drückte die Fensterläden auf und lugte nach unten auf die Terrasse. Bibi hopste im Licht der eben aufgegangenen Sonne hin und her und brüllte dabei Agnes ihre Anweisungen zu. Agnes verrenkte sich vorschriftsmäßig und war dabei erstaunlich beweglich. Ich fragte mich wieder einmal, wie ein Mensch in ihrem Alter so unglaublich fit sein konnte. Aber es war anscheinend alles eine Frage der

Übung. Wahrscheinlich hatte sie zeitlebens dafür gesorgt, nicht außer Form zu kommen.

Valerie schlief noch. In der Nacht war ich ein paar Mal hochgeschreckt, weil sie im Traum geredet hatte, lauter wirres Zeug, von dem ich kein Wort verstanden hatte. Ich beschloss, sie in Ruhe ausschlafen zu lassen, obwohl mir der Gedanke, allein zum Frühstück runterzumüssen, ziemlich auf den Magen schlug. Ich würde dort zwangsläufig Leo über den Weg laufen und sein Blick gestern Nacht hatte keinen Zweifel daran gelassen, dass er nicht lockerlassen wollte. Fragte sich nur, wie er reagieren würde, wenn Fabio reinkam und mir einen Kuss gab.

Ich überlegte, ob ich mich vielleicht doch noch ein bisschen hinlegen sollte, aber dafür war der Krach von draußen zu laut. Außerdem wollte ich unbedingt Fabio wiedersehen. Sicher war er schon auf.

Gähnend tappte ich ins Bad – und prallte mit einem Aufschrei zurück. Ein Kerl entstieg soeben der Dusche. Er trug nichts außer einer Tätowierung auf der Brust und war tropfnass. Ich erkannte erst auf den zweiten Blick, dass es Kevin war.

»Hi«, sagte er griesgrämig. »Das geht ja hier zu wie im Taubenschlag.«

Ich räusperte mich, schon im Rückzug begriffen.

»Guten Morgen. Und, ähm, bitte entschuldige die Störung. Man kann übrigens die Tür auch abschließen.«

»Ich hasse es, eingeschlossen zu sein.«

Okay. Die Gründe dafür lagen auf der Hand. Kevins Teint wirkte ziemlich bleich, so als wäre er lange nicht mehr in die Sonne gekommen. Und hatte Bibi nicht was von Kevins regelmäßigen Knastaufenthalten erzählt?

Rasch trat ich zurück auf den Gang. »Ich muss dringend arbeiten«, behauptete ich, bevor ich ihm die Tür vor der Nase zuwarf.

Musste die Dusche eben warten. Ich ging zurück in mein und Valeries Schlafzimmer und zog mich an.

Unten waren die beiden Hausmädchen gerade damit beschäftigt, das Frühstücksbüfett herzurichten. Ich versuchte, eine Unterhaltung in Gang zu bringen, doch die beiden sprachen kaum so viel Deutsch wie ich Italienisch. Immerhin erfuhr ich, dass die eine Gina und die andere Renata hieß. Ich schenkte mir heißen Kaffee ein und ging mit meiner Tasse in den Garten, um nach Fabio Ausschau zu halten.

Ich sah ihn drüben bei der Zypresse stehen.

»Fabio, hallo!« Ich hob die Hand und winkte ihm. Er blickte auf, doch als er mich sah, winkte er nicht zurück, sondern drehte sich mit grimmiger Miene auf dem Absatz um und verschwand zwischen den Büschen.

»Er ist ziemlich unfreundlich, oder?«, fragte Leo. Er saß im Schatten der Markise und hatte ein angeberisch dickes Wirtschaftsfachblatt vor sich liegen. »Als ich ihm gesagt habe, wie ich heiße und wer ich bin, hat er sich sofort in den Garten verzogen.«

Alarmiert trat ich einen Schritt näher. »Was hast du ihm denn gesagt, wer du bist?«

»Die Wahrheit natürlich.«

Ich stöhnte entsetzt. »Welche Wahrheit? Deine oder meine?«

Leo stand auf. Wie immer sah er aus wie aus dem Ei gepellt. Sogar seine Shorts und sein Polohemd stammten vom Edeldesigner. »Du hast mich noch gar nicht richtig begrüßt, Liebling.«

Ich hob abwehrend die Hand. »Leo, bitte, das hatten wir doch schon alles!«

»Du bist im Stress und hattest noch keine Gelegenheit, vernünftig über die ganze Sache nachzudenken.«

»Ich bin zum Arbeiten hier und hatte vorher schon ausreichend Gelegenheit, über alles nachzudenken.« Ich wich zurück, als er auf mich zukam. »Versuch das nicht, Leo. Bitte, kannst du denn nicht einfach einsehen, dass zwischen uns Schluss ist?«

»Nein«, sagte er schlicht.

Schweigend drehte ich mich um und ließ ihn stehen, um Fabio zu suchen. Weit weg konnte er nicht sein.

Agnes und Bibi beendeten gerade ihre Frühgymnastik und gingen zurück ins Haus. Im selben Moment tauchte auch Fabio aus dem Garten auf und machte Anstalten, ebenfalls hineinzugehen, ohne mich auch nur eines Blickes zu würdigen. Ich stellte mich ihm in den Weg.

»Fabio, lass mich das erklären.«

»Nicht nötig, dein Freund hat sich mir bereits vorgestellt.« Sein italienischer Akzent war diesmal so deutlich wie nie zuvor. Anscheinend schlug dieses Erbe immer durch, wenn er aufgeregt war.

»Wir sind überhaupt nicht mehr zusammen. Ich hab mich schon vor Monaten von ihm getrennt, doch er will es einfach nicht einsehen!«

Fabio krauste verächtlich die Stirn. »Denkst du echt, dass ich dir das glaube?«

»Frag ihn doch selber!«, rief ich verzweifelt.

Leo war aufgestanden und kam interessiert näher.

»Sag es ihm«, forderte ich ihn erbost auf.

»Was denn, Schatz?«

»Dass es aus mit uns ist!«

»Warum sollte ich das tun?«, wollte er erstaunt wissen.

Er legte die Hand auf meine Schulter und lächelte Fabio wohlwollend an. »Ich hab gehört, dass Sie hier der Schwimmmeister sind. Geben Sie Jenny auch Unterricht?«

»Nein«, knirschte ich, »das tut er nicht.«

»Schade. Du hättest es nötig.« Zu Fabio meinte er: »Von allen Frauen, die ich kenne, ist sie die einzige, die nicht richtig schwimmen kann.«

»Dafür kann sie andere Dinge sehr gut«, erklärte Fabio lapidar, während er an uns vorbei ins Haus ging.

Leo ließ mich abrupt los. »Sekunde mal.« Er starrte Fabio hinterher. »Welche Dinge?«, rief er. Dann wandte er sich misstrauisch zu mir um. »Von welchen Dingen redet der Kerl?«

»Frag ihn doch«, sagte ich boshaft.

Ich ließ ihn stehen und folgte Fabio ins Haus. Er war im Arbeitszimmer verschwunden, um dort zu telefonieren. Ich hörte seine Stimme – er sprach mal wieder italienisch, als würde er es darauf anlegen, dass ich auch ja nichts verstand. Ungeduldig wartete ich, dass er aufhörte, damit ich unsere abgebrochene Unterhaltung fortsetzen konnte. Doch Leo, der mir gefolgt war, machte mir einen Strich durch die Rechnung.

»Hast du was mit diesem Kerl?«, wollte er mit bebender Stimme wissen.

Ich presste die Fingerspitzen an die Schläfen, absolut davon überzeugt, dass ich hier im falschen Film war.

»Himmel, fühl ich mich mies«, sagte ich mit hohler Stimme, eigentlich mehr zu mir selbst. Und völlig wahrheitsgemäß. Dieser Tag hatte denkbar schlecht angefangen, und wie es aussah, ging er noch schlechter weiter. Doch es hatte keinen Sinn, die entscheidende Information zurückzuhalten. Mir wäre es lieber gewesen, Valerie dabeizuhaben, doch manche Dinge im Leben musste man eben auf sich nehmen, wie sie kamen.

»Willst du die Wahrheit hören?«, fragte ich Leo.

Er ließ mich gar nicht zu Wort kommen. Sein Gesicht hatte eine bedenklich rote Färbung angenommen.

»Du hast was mit dem Kerl!«, schrie er außer sich. »Kaum lässt man dich mal alleine in Urlaub fahren, treibst du es mit dem Erstbesten, der dir vor die Füße läuft!«

Die Tür des Arbeitszimmers ging auf und Fabio erschien. Ärgerlich baute er sich vor uns auf. »Könnten die Herrschaften ihre Streitigkeiten vielleicht draußen austragen?«

»Ich denk nicht dran!« Leo machte Anstalten, wie ein gereizter Bulle auf Fabio loszugehen. »Du Sackgesicht!« Er ballte die Fäuste und hielt sie Fabio unter die Nase. »Hast du meine Freundin geküsst? Los, gib es zu!«

»Nein, das hat er nicht!«, rief ich, nicht minder wütend.

Fabio starrte mich an, verletzt und zornig. Doch ich war noch nicht fertig.

»Das hat er nicht«, wiederholte ich, »weil ich nämlich nicht mehr deine Freundin bin. Schon seit mehr als zwei Monaten nicht mehr. Wann wirst du das endlich einsehen?«

Leo gab einen unartikulierten Wutschrei von sich.

»Also habt ihr es getan!« Er holte zu einem Boxhieb aus.

Fabio trat elegant einen Schritt zur Seite und Leos Faust krachte gegen den Türrahmen, wo eben noch Fabios Gesicht gewesen war.

Während Leo mit schmerzverzerrter Miene seine lädierte Hand massierte, kam Kevin die Treppe runter. Er ließ mit leutseligem Grinsen seine Fingerknöchel knacken. »Gibt's hier 'ne kleine Meinungsverschiedenheit? Braucht jemand meine Hilfe?«

Fabio warf ihm einen undurchdringlichen Blick zu,

dann sagte er in beherrschtem Tonfall zu mir: »Wir fahren übrigens um zehn.«

»Wohin?«, wollte Leo sofort wissen. Er straffte sich. »Jennifer fährt nirgendwohin ohne mein Wissen.«

Fabio zuckte die Achseln. »Du kannst es ruhig wissen. Wir fahren nach Venedig.«

»He, da wollte ich auch immer schon mal hin«, sagte Kevin.

»Außerdem muss ich noch wegen letzter Nacht mit dir sprechen«, erklärte Fabio.

»Oh ja, ich auch«, sagte ich erleichtert. Endlich schien er ein wenig aufzutauen. Er konnte doch unmöglich ernsthaft annehmen, dass ich noch mit Leo zusammen war! Nicht, nachdem wir uns so oft geküsst hatten! Wenn es nach mir ging, konnten wir gar nicht schnell genug anfangen, uns speziell über *dieses* Thema noch genauer zu unterhalten.

Leo schob sich zwischen uns. »Das könnt ihr gleich hier an Ort und Stelle bereden«, teilte er mir und Fabio vorsorglich mit.

Mir platzte der Kragen. »Leo, jetzt mach aber mal 'nen Punkt!«

»Nein, nein, kein Problem«, sagte Fabio. »Geht ganz schnell.«

Ich starrte ihn entgeistert an. »Wie bitte?«

Er zuckte die Achseln. »Ist in ein oder zwei Sätzen gesagt. Du hast mich gestern Nacht was gefragt. Hier ist die Antwort: Es war keiner.«

»Es war keiner«, wiederholte ich dümmlich.

Fabio nickte. »Ganz im Gegenteil.« Er räusperte sich und den letzten Satz gab er in fabelhaft artikulierter Princeton-Manier von sich, ohne den Hauch eines italienischen Akzents. »Deshalb möchte ich dich heute auch besonders um deine geschätzte Aufmerksamkeit bitten.« Mit diesen Worten verschwand er wieder im Arbeitszimmer und machte die Tür hinter sich zu.

Ich kniff die Augen zusammen und starrte auf die geschlossene Tür, während ich fieberhaft nachdachte, was er mir mit dieser ominösen Auskunft hatte sagen wollen.

»Was zum Teufel hat der Kerl damit gemeint?«, fragte Kevin.

»Keine Ahnung«, sagte Leo.

»Ich hasse Typen, die einen mit Sachen zulabern, die man nicht richtig versteht.« Kevin war immer noch mit seinen Fingerübungen beschäftigt, es knackte, als würde jemand bündelweise rohe Spaghetti durchbrechen. Sein kahler Schädel glänzte wie eine Billardkugel. Anscheinend hatte er ihn frisch rasiert. Dafür hatte er den Bart im Gesicht stehen lassen, was ihm das Aussehen eines rohen Schlägers verlieh. Okay, irgendwie war er ja auch einer. Warum sollte er sich nicht typgerecht stylen?

Anscheinend hatten Kevin und Leo sich schon gestern Nacht miteinander bekannt gemacht, denn sonst hätte Leo garantiert wissen wollen, wer um alles in der Welt dieser Kerl schon wieder war.

Ich hatte inzwischen herausgefunden, was Fabio gemeint hatte. *Es war keiner …* Kein Fehlalarm natürlich. Als er gestern Nacht noch einmal an meine Tür geklopft hatte, hatte ich ihn gefragt, ob es ein Fehlalarm gewesen sei, und er hatte geantwortet, dass er es noch nicht wisse, es mir aber morgen sagen wolle. Also heute. Was er gerade eben getan hatte.

Mit anderen Worten: Jemand hatte tatsächlich versucht, in Agnes' Zimmer einzudringen!

Und mit *ganz im Gegenteil* hatte er gemeint, dass es dieser Jemand, wer immer es auch gewesen war, auf Agnes' Schmuck abgesehen hatte und nur durch das Gellen der Sirene in die Flucht geschlagen worden war!

Mit meiner *geschätzten Aufmerksamkeit* meinte er natürlich: Vier Augen sahen mehr als zwei. Mit anderen Worten, ich sollte ein bisschen auf Agnes achten, wohl vorzugsweise dann, wenn Fabio gerade mal keine Zeit hatte, so wie jetzt. Wahrscheinlich telefonierte er im Moment mit seiner Schwester wegen der zusätzlichen Komplikationen, die letzte Nacht in Gestalt von Leo und Kevin aufgetaucht waren. Vielleicht wollte er Erkundigungen über sie einziehen lassen.

»Ich werde noch ein bisschen Zeitung lesen«, verkündete Leo. Zu meiner Erleichterung schien ihm für vorläufig die Lust auf weitere Auseinandersetzungen vergangen zu sein. »Setzt du dich zu mir auf die Terrasse, bis das Frühstück fertig ist?«

Ich schüttelte den Kopf. »Geht nicht. Ich muss an meinem Artikel arbeiten.«

»Ich geh mit dir raus«, erklärte Kevin und die beiden verzogen sich nach draußen.

Ich ging nach oben, um mich zu vergewissern, dass Agnes keine Gefahr drohte, von wem auch immer. Ich setzte mich in meinem Zimmer aufs Bett und tat so, als ob ich ein paar Notizen in meinen Laptop eintippte, doch in Wahrheit sperrte ich die Ohren auf und lugte durch die halb offene Tür auf den Gang hinaus.

Valerie war inzwischen ebenfalls aufgestanden und ins Badezimmer gegangen. Ich hörte das Geräusch der Dusche und kurz darauf kam sie wieder, in ein Handtuch gehüllt und maßlos aufgebracht. »Dieser Kerl hat überall seine abrasierten Haare liegen lassen! Bäh!« Sie setzte sich aufs Bett und frottierte sich die Füße trocken. »Ich versteh überhaupt nicht, wieso Bibi ihn reingelassen hat! Sie hatte doch solche Angst vor dem Kerl!«

»Das dachte ich auch. Sieht aus, als hätte sie ihre Meinung wieder geändert.«

»Aber so was von! Hast du letzte Nacht gesehen, wie sie sich an ihn gehängt hat?«

»Anscheinend ist sie ziemlich unentschlossen, was Kevin angeht.« Ich klappte meinen Laptop zu und setzte mich neben sie. »Apropos unentschlossen. Bevor du dich auf diese Rollenspiel-Sache einlässt, guckst du dich noch ein bisschen um, ja? Es gibt noch mehr nette Typen auf der Welt!«

Valerie reckte das Kinn. »Ich bin so gut wie entschlossen. Vielleicht ist es an der Zeit, einmal meine Grenzen zu überschreiten. Wer weiß, womöglich gefällt es mir sogar!«

»Bevor du an so was denkst, musst du aber noch eins wissen.« Ich holte tief Luft. »Es kann gut sein, dass Gabriel sich verstellt.«

»Was meinst du damit?«

Ich klärte sie über Fabios Verdacht auf, doch Valerie widersprach mir sofort vehement.

»Das ist Quatsch! Gabriel ist gar nicht der Typ für so was! Er erbt doch eines Tages sowieso alles!«

»Ja, aber wann?«, gab ich zu bedenken. »Agnes ist fit wie ein Turnschuh. Die könnte locker hundert werden. Oder sogar noch mehr. Guck sie dir doch an!«

Aber das wollte Valerie nicht gelten lassen. Sie schüttelte entschieden den Kopf. »Du vergisst, dass Gabriel gestern Nacht mit *mir* zusammen war.«

»Auch als die Sirene losging?«

Sie wurde rot, woraus ich schloss, dass sie zu der Zeit bereits ihr Lager auf dem Sofa aufgeschlagen hatte. Theoretisch hätte Gabriel es also durchaus gewesen sein können.

Valerie erriet meine Gedanken. Trotzig hob sie den Kopf. »Theoretisch könnte es *jeder* gewesen sein!«

»Fabio nicht und ich auch nicht. Und du auch nicht, dafür würde ich meine Hand ins Feuer legen.«

Sie schnaubte. »Natürlich war ich's nicht! Bleiben aber

immer noch Bibi und Henri. Und warum nicht dieser widerliche Kevin? So wie der aussieht, würde er nicht lange fackeln, wenn es irgendwo was zu holen gibt. Hast du vergessen, was Bibi uns alles über ihn erzählt hat?«

Das hatte ich keineswegs vergessen, genauso wenig wie die Tatsache, dass Bibi damals, zum Zeitpunkt des ersten Überfalls, schon für Agnes gearbeitet hatte und sogar zu ihrem Geburtstag eingeladen gewesen war.

»Und denk nur an Henri«, rief mir Valerie in Erinnerung. »Der ist doch ständig pleite, weil er jeden Cent auf die Spielbank trägt! Sogar hier kann er das Zocken nicht lassen!«

»Ich widerspreche dir ja gar nicht«, erklärte ich friedfertig, doch Valerie war noch nicht fertig.

»Sogar Leo könnte es gewesen sein!«, rief sie triumphierend.

Ich lachte. »Du liebe Zeit, das ist nicht dein Ernst.«

»Aber sicher doch.«

»Du bist verrückt. Leo ein Juwelendieb?«

»Woher willst du das eigentlich so genau wissen?«, trumpfte Valerie auf. »Hast du irgendwann mal seine Kontoauszüge gesehen? Vielleicht braucht er dringend Geld!«

»Das ist lächerlich. Seine Eltern sind reich, sogar noch mehr als meine. Außerdem ist er erst letzte Nacht hier angekommen, er kennt Agnes ja nicht mal.«

»Er könnte sich über sie vorher schlau gemacht haben.

Ich bin sogar *sicher*, dass er das getan hat!« Valerie warf das Handtuch beiseite und stand auf, um sich für den heutigen Ausflug anzuziehen. Mit funkelnden Augen griff sie nach einem frischen Top, während sie mir ihr bisher schlagkräftigstes Argument um die Ohren haute. »Immerhin wusste er ganz genau, wo er dich finden konnte! Das allein ist in meinen Augen schon sehr verdächtig!«

Damit hatte sie einen wunden Punkt berührt. »Ich werde nachher Mama anrufen und sie fragen, ob sie Leo irgendwas davon gesagt hat, dass wir jetzt hier wohnen.«

»Tu das unbedingt«, empfahl Valerie mir, während sie das Top überstreifte und dann in ihre Shorts schlüpfte.

Seufzend suchte ich ebenfalls frische Sachen aus meinem Rucksack heraus und klemmte mir ein Handtuch unter den Arm, um endlich duschen zu gehen.

18. Kapitel

Auf dem Gang begegnete ich Henri, der auf dem Weg zur Treppe war und einen ziemlich erschöpften Eindruck machte. Anscheinend hatte er nicht viel Schlaf bekommen. Er hatte tiefe Ringe unter den Augen und ein unschöner weißer Stoppelbart zierte sein Kinn. Er trug einen fadenscheinigen seidenen Morgenmantel, der ebenso wie die Unterwäsche von letzter Nacht schon bessere Tage gesehen hatte.

»*Bonjour,* Jenny«, sagte er mit hohler Stimme.

»Guten Morgen, Henri.«

Ich wollte an ihm vorbeigehen, doch er zupfte mich am Ärmel und nötigte mich so, stehen zu bleiben.

»Tut mir leid, wenn isch disch stör – aber isch wollt disch schon die ganz' Zeit etwas sagen.«

»Ja?«

Er beugte sich verschwörerisch näher. Ich prallte zurück. Puh. Er war gerade erst aufgestanden und hatte sich noch nicht die Zähne geputzt.

Doch er ließ sich nicht beirren. »Isch muss disch warnen. 'ier im 'aus es gibt Personen, die sind nischt das, wofür sie sisch ausgeben.« Er schaute sich nach allen Seiten um. »Isch mach mir groß' Sorgen um die arme Agnes! Sie ist in groß' Gefahr! Isch glaube, dass jemand sie vergiften und berauben will!«

Offenbar wusste der alte Knabe mehr, als es vorher den Anschein gehabt hatte.

»Was willst du damit sagen?«, fragte ich. Plötzlich störte mich nicht mal mehr sein Mundgeruch. Ob Agnes' Magenverstimmung gar kein Zufall gewesen war?

Doch in diesem Augenblick kam Bibi aus ihrem (und jetzt auch Kevins) Zimmer. Mit fröhlichem Lächeln tänzelte sie auf uns zu, frisch geduscht und umgezogen. Sie trug wieder ihr übliches Outfit, bestehend aus engem Röckchen und noch engerem Top. Ihr langes brünettes Haar hatte sie zu neckischen Zöpfchen gebunden. Sie sah damit keinen Tag älter aus als sechzehn.

»Isch muss gehen«, murmelte Henri. Und schon war er im Badezimmer verschwunden.

»Hi«, sagte Bibi fröhlich. »Gut geschlafen?«

Ich maß sie mit ärgerlichen Blicken. »Ich glaube, du musst mir was erklären.«

»Oh-oh«, machte sie zerknirscht. »Ich hab's schon gehört. Valerie hat mir erzählt, dass Leo gar nicht mehr mit dir zusammen ist. Das wusste ich nicht, als ich ihn ins Haus gelassen habe. Sorry.« Dann, von einem Moment auf den anderen, vergaß sie ihr schlechtes Gewissen und strahlte mich an. »Aber ich finde es so romantisch, dass er die Finger nicht von dir lassen kann! Genau wie Kevin bei mir!«

»Du hast gesagt, dass du Angst vor Kevin hast!«, sagte ich vorwurfsvoll.

Sie machte eine Schnute. »Hab ich ja auch.« Dann

grinste sie unvermittelt. »Aber das macht das Ganze auch wieder irgendwie spannend, oder nicht?«

Ich verstand es überhaupt nicht, aber vielleicht war es ja so ähnlich wie Valeries Geschichte mit Gabriel. Als Bibi summend die Treppe runterhüpfte, schaute ich ihr nachdenklich hinterher. Unter der Dusche dachte ich dann darüber nach, dass sich manche Frauen offenbar hauptsächlich von solchen Typen angetörnt fühlten, die ihnen nicht ganz geheuer waren. Bei selbstkritischer Betrachtungsweise musste ich sogar einräumen, dass es bei mir und Fabio anfänglich nicht viel anders gelaufen war. Schließlich war ich felsenfest davon überzeugt gewesen, dass er ein Juwelendieb war, und das hatte mich kein bisschen davon abgehalten, ihn toll zu finden.

Als ich im Bad fertig war, rief ich vom Handy aus meine Mutter in Frankfurt an und fragte sie, ob sie Leo verraten hätte, dass Valerie und ich uns bei der Baronin einquartiert hatten.

»Du lieber Himmel, nein!«, rief Mama perplex aus. »Ich wusste es ja selber bis jetzt gar nicht! Wieso wohnst du im Kastell? Ist was mit unserem Haus passiert?«

»Nein, nein, es ist alles in Ordnung, aber das ist eine längere Geschichte.«

»Ich will sie sofort hören, Jennifer!«, befahl Mama streng.

»Agnes hat uns eingeladen.«

»Die Baronin?« Es klang ungläubig. »Das musst du mir genauer erklären!«

»Ich hab jetzt keine Zeit, wir fahren gleich nach Venedig. Ich erzähl dir alles, wenn ich wieder zu Hause bin. Grüß Papa von mir! Tschüss!«

Mit schlechtem Gewissen und mulmigem Gefühl trennte ich die Verbindung. Woher hatte Leo gewusst, wo ich war? Ob er bei der Zeitungsredaktion angerufen hatte? Doch dort hatte ich nur gesagt, dass ich im Ferienhaus meiner Eltern wohnen würde. Die Adresse kannten sie da nicht. Irgendwas war hier sehr merkwürdig.

Zu meinem großen Schrecken hatten sämtliche Bewohner des Hauses entschieden, die Venedigtour mitzumachen. Alle wollten mitfahren, sogar Kevin und Leo. Auch Henri erklärte beim Frühstück kategorisch, dass er schon immer *die Königin der Adria* hatte sehen wollen. Nach drei Tassen Kaffee war er wieder ganz der alte Charmeur. Er grinste bis zu den Weisheitszähnen und verteilte nach allen Seiten Komplimente, sogar an Agnes, obwohl die kein einziges Wort verstand. Valerie hatte sich neben Gabriel gesetzt. Sie versorgte ihn ständig mit frischen Zutaten vom Büfett und er ließ sich ihre Fürsorglichkeit mit glücklichem Lächeln gefallen. Ich versuchte mir vorzustellen, wie Valerie als Krankenschwester verkleidet um ihn herumtänzelte, und konnte mir nur mit Mühe ein hysterisches Kichern verkneifen.

Bibi und Kevin hatten sich mit ihren Tellern nach draußen auf die Terrasse gesetzt. Wenn ich den Hals langmachte, konnte ich sie sehen. Zwischen Croissants und Rührei knutschten sie so rum, dass es einem den Appetit verderben konnte. Wie lange das wohl gut gehen würde mit den beiden? Vermutlich bis zum nächsten Streit.

Fabio hüllte sich in Schweigen. Er mied meine Blicke und machte auch sonst einen äußerst zugeknöpften Eindruck, vor allem, seit er vorhin beim Betreten des Speisezimmers gesehen hatte, dass Leo auf seinem Stammplatz saß.

Ich war selbst ziemlich wütend deswegen, doch ich wollte nicht unnötig Wind machen, das war es nicht wert. Stattdessen würde ich ein ernstes Wort mit Leo reden, und zwar schnellstmöglich. Leider fehlte mir im Moment die Kraft für eine große Auseinandersetzung, ich würde dafür erst ein bisschen Energie tanken und dann eine passende Gelegenheit abwarten müssen.

Gleich nach dem Frühstück brachen wir auf. Leo bestand darauf, dass ich bei ihm im Cabrio mitfuhr, aber ich weigerte mich strikt und erklärte, dass Agnes mich fürs Mitfahren bezahlte. Er fügte sich nur widerwillig und stieg in seinen teuren, schnittigen Zweisitzer. Henri drängte sich ihm unverzüglich als Mitfahrer auf, was Leo mit entnervter Miene akzeptierte. Valerie, Gabriel und Bibi vertrauten sich Kevins Fahrkünsten an. Blieben Agnes, Fabio und ich in der üblichen Besetzung für den Plettenberg'schen Daimler.

Während der Fahrt überlegte ich besorgt, ob Fabio

wohl seine Zusage, in Venedig den Stadtführer zu spielen, einhalten würde. Einen besonders kooperativen Eindruck machte er nicht auf mich. Nervös nestelte ich meinen Reiseführer heraus und fing an zu lesen. Im Zweifel würden die anderen von mir erwarten, dass ich mich auskannte, also sollte ich mich wenigstens mit dem wichtigsten Basiswissen vertraut machen.

Ich hatte schon einiges über Venedig gelesen, mich aber nicht gründlich genug vorbereitet, um aus dem Stegreif eine Einführungsrede halten zu können. Vom Rest ganz zu schweigen. Wenn ich die Stadtführung übernehmen musste, war ich aufgeschmissen. Ich war zweimal mit meinen Eltern in Venedig gewesen, doch ich konnte mich an kaum mehr erinnern als an die zahllosen Kanäle, die schwankenden Gondeln und die Heerscharen von Tauben auf dem Markusplatz. Fieberhaft blätterte ich in meinem Reiseführer und verinnerlichte alles, was ich sonst noch über Venedig finden konnte. Es war erschreckend viel und das meiste vergaß ich wieder, kaum dass ich es gelesen hatte.

Möglicherweise hatte aber mein plötzlich auftretendes Gedächtnisproblem auch mit den kühlen Blicken zu tun, die mich ab und zu aus dem Innenspiegel heraus trafen. Ich spielte kurz mit dem Gedanken, Fabio jetzt endlich die ganze leidige Geschichte mit Leo zu erklären, doch etwas hielt mich davon ab. Vielleicht lag es an der wachen, munteren Art, mit der Agnes ihre Umgebung beäugte. Sie schaute sogar ab und zu nach hinten.

Beim dritten Mal klappte ich den Reiseführer zu. Es war zu spät. Jetzt würde ich mir sowieso nichts mehr merken können. Was auch immer mir bevorstand – ich musste es einfach auf mich zukommen lassen.

Doch ich hatte mir umsonst Sorgen gemacht. Fabio brachte mich nicht in Verlegenheit. Allem Anschein nach kannte er sich bestens in Venedig aus. Zielstrebig steuerte er einen Parkplatz in der Nähe des Bahnhofs von Mestre an, gefolgt von den anderen Fahrzeugen unseres kleinen Konvois. Nachdem wir die Wagen abgestellt hatten, nahmen wir die Bahn nach Venedig. Vom dortigen Hauptbahnhof führte Fabio uns zur nächsten Bootsanlegestelle an den Canal Grande. Bevor wir dort ein *Vaporetto* – ein Linienboot – bestiegen, engagierte er zu meiner unendlichen Erleichterung einen Deutsch sprechenden Fremdenführer. Ich hätte ihn küssen können!

Meine Blicke fielen ihm anscheinend auf, denn er drehte sich zu mir um und betrachtete mich mit umwölkter Miene. Tapfer lächelte ich ihn an und versuchte, mir dabei einzureden, dass seine miese Laune nicht das Geringste mit mir zu tun hatte. Doch dann wechselte Fabios Blick von mir zu Leo, der sich dreist an meine Seite gedrängt hatte, und mein Mut sank. Fabios schlechte Stimmung hatte *doch* mit mir zu tun. Oder besser, mit meinem Exfreund, der sich einbildete, dass ich immer noch mit ihm zusammenziehen wollte, und der genau das zu allem Überfluss auch noch jedem erzählte, der nicht schnell genug weglief. Inzwischen wussten alle über unsere glückliche, gemeinsame Zukunft Bescheid.

Ich hätte am liebsten über den ganzen Canal Grande hinweggebrüllt, dass Leo und ich zum Teufel noch mal kein Paar waren, nicht mal dann, wenn er der letzte Mann auf Erden wäre, doch vorläufig begnügte ich mich damit, so weit wie möglich von ihm abzurücken, als er sich neben mich setzte. Aber ich schwor mir, noch heute reinen Tisch zu machen. Ich würde ihn schon zur Vernunft bringen, und wenn ich ihm dafür wieder mit der Polizei drohen musste!

Der Fremdenführer erzählte mit fröhlicher Stimme und in leidlichem Deutsch von den Schönheiten des rechts und links vor uns ausgebreiteten Stadtpanoramas. Ich versuchte, mich auf seinen Vortrag zu konzentrieren, und siehe da, mein Ärger verrauchte binnen Sekunden.

Der Anblick, der sich uns darbot, war tatsächlich zauberhaft. Grandios und zugleich pittoresk ragten die Gebäude mit ihren filigranen Fensterbögen und schlanken Säulen rechts und links vom Kanal auf, Palazzi und Kirchen aus einer längst vergangenen goldenen Epoche.

Bei San Zaccaria stiegen wir aus und setzten unsere Besichtigungstour zu Fuß fort.

Auf dem Markusplatz bestaunten wir den gewaltigen Dogenpalast, den hohen Glockenturm und die fast tausend Jahre alte Basilika mit ihren zahlreichen Türmchen und Kuppeln, die dem Bauwerk ein märchenhaftes Flair wie aus Tausendundeiner Nacht verliehen.

Unser Führer dirigierte uns kreuz und quer durch die Stadt, durch verschachtelte Gässchen und über kleine Brücken, die abseits der größeren, belebten Plätze ein romantisches Gewirr bildeten, überall durchzogen von gluckernden, schmalen Kanälen.

Ab und zu blieben wir vor traumhaften kleinen Läden stehen. Einmal entdeckte ich im Schaufenster eines winzigen Schmuckgeschäfts wunderschöne Aquamarin-Ohrstecker. Valerie behauptete, die Steine wären wie für mich gemacht, und prompt gingen wir in den Laden, damit ich sie anprobieren konnte.

Fabio, der in der Tür stehen geblieben war, begutachtete mich beifällig. »Sie passen gut zu deinen Augen.«

»Auf jeden Fall sind Aquamarine schöner als Agnes' Riesenklunker«, stimmte ich zu. Das erinnerte ihn prompt an seine Aufsichtspflichten und rasch eilte er wieder nach draußen, um Agnes im Auge behalten zu können.

Ich fragte den Verkäufer, was die Ohrstecker kosteten, und als ich den Preis hörte, lösten sich meine Kaufabsichten sofort in Luft auf. Valerie meinte, ich hätte mit dem Typ verhandeln müssen, die Italiener würden immer um den Preis feilschen, aber dafür blieb keine Zeit. Die anderen waren schon weiter gegangen, wir mussten uns beeilen, um aufzuschließen.

Nach einer Weile legten wir eine Kaffeepause ein und später, als es auf den Abend zuging, fuhren wir zurück nach Mestre, um unser Übernachtungsgepäck zu holen.

Gabriel hatte für uns alle Zimmer in einem ziemlich edlen Mehrsterne-Schuppen unweit der Piazza San Marco gebucht. Bis auf die Baronin waren wir alle in Doppelzimmern untergebracht, doch auch so war es extrem teuer. Geld spielte für Agnes anscheinend nicht die geringste Rolle. Sie schleppte nicht nur einen erfolglosen Großneffen mit durch, sondern hielt sich auch einen Tanzlehrer, eine Fitnesstrainerin, eine – völlig unfähige – Reiseführerin und last, but not least einen Juwelenaufpasser, der sich als Schwimmlehrer tarnte. Sie musste wirklich hervorragend bei Kasse sein. Fragte sich nur, warum sie für sich persönlich kaum etwas ausgab. Abgesehen von ihren Juwelen trug sie nur Dinge, die entweder vom Wühltisch stammten oder aus längst vergangenen Modeepochen.

Ihr Großneffe Gabriel dagegen war immer wie aus dem Ei gepellt. Er zog sich mindestens zweimal täglich um und an seiner Garderobe war alles nur vom Feinsten.

Zum Abendessen, das wir im Hotel einnahmen, war er wieder in seinem üblichen Stil herausgeputzt, eine Mischung aus Arztlook und Großer Gatsby. Ich erinnerte mich, dass er schon als Junge immer weiße Hosen und weiße Schuhe getragen hatte.

Ich selbst hatte nichts Besonderes für diesen Abend anzuziehen, nachdem mein schönes Seidenkleid dem Kaffeeflecken-Tod anheimgefallen war. Das zweitbeste Stück meiner Reisegarderobe waren ein kurzer Rock und ein Spaghetti-Top, beides aus dünner cremeweißer Baumwolle, die ganz nett mit meinem Haar harmonierte. Ich hatte dazu passende Riemchenpumps aus hellem Wildleder eingepackt, tolle Schuhe, die ihr Geld wirklich wert waren, weil sie den täuschenden Eindruck vermittelten, dass ich Beine wie Bar Refaeli hätte.

Valerie trug ein ultrakurzes Kleidchen aus goldfarbenem Knitterstoff. Um den Hals hatte sie an einem Lederbändchen einen großen, rund geschliffenen Bernstein hängen. Mit einem Glitzern in den Augen hatte sie mir erklärt, dass Bernstein völlig unabhängig vom Sternzeichen den jeweiligen Träger kreativ und flexibel mache.

Sie hatte mit mir zusammen ein Doppelzimmer bezogen, wobei wir beide uns die Option offenhielten, eventuell noch im Laufe des Abends umzuziehen, und zwar in Form eines netten kleinen Überkreuztauschs. Gabriel und Fabio hatten nämlich ebenfalls ein Doppelzimmer zusammen, eine Belegung, die wohl nicht ganz zufällig war, wenn man Gabriels verschämtes Grinsen bei der Schlüsselverteilung richtig deuten durfte. Bibi und Kevin bekamen ebenfalls ein Doppelzimmer zugewiesen. Leo dagegen beklagte sich bitter darüber, dass er mit Henri zusammen Quartier beziehen musste, aber Bibi wies ihn zu Recht darauf hin, dass er sich ja im Grunde selbst zu diesem Ausflug eingeladen hatte und deshalb keine Ansprüche stellen konnte – schließlich hätte er sich jederzeit auf eigene Kosten ein Einzelzimmer nehmen können. Danach hielt er dann den Mund.

Beim Abendessen richtete ich es so ein, dass ich vor Leo im Restaurant des Hotels ankam. Ich wollte unbedingt neben Fabio sitzen und diesmal hatte ich Glück. Er war schon da, als ich kam. Zusammen mit Agnes und Henri saß er an einem Vierertisch, doch der Platz zu seiner Rechten war frei. Ich lächelte ihn an, setzte mich neben ihn und klappte meine Serviette auseinander, bevor ich zu der edel aussehenden Speisekarte griff. Ich hatte das Gefühl, meine Hände mit irgendetwas beschäftigen zu müssen, um meine Beklommenheit zu überspielen. Fabios Gesichtsausdruck hatte eher frostig als fröhlich auf mich gewirkt. Anscheinend war er immer noch sauer auf mich, weil er Leos Behauptungen glaubte. Es war höchste Zeit, ihm zu erklären, dass Leo sich eine eigene kleine Welt zusammengesponnen hatte, die nicht der Realität entsprach.

Das Restaurant wirkte ziemlich plüschig. Die Stühle waren mit purpurrotem Samtvelours bespannt und hatten vergoldete Beine. Von der Decke hingen schwere Kristalllüster.

Der Ober nahm die Getränkebestellung auf. Fabio bekam Gelegenheit, nicht nur seine Fähigkeiten als Weinkenner, sondern auch sein wunderbar klingendes Italienisch an den Mann zu bringen. Verstohlen, aber hingerissen betrachtete ich ihn von der Seite. Ich hätte gerne seine Hand gehalten, verkniff es mir aber, zum einen, weil er nicht in der Stimmung dafür zu sein schien, zum anderen, weil wir nicht allein waren.

Agnes und Henri machten einen zufriedenen, entspannten Eindruck. Stumm und einträchtig saßen sie uns gegenüber. Sogar in ihrem Schweigen wirkten die beiden wie ein gut eingespieltes Team, vermutlich eine Folge vieler gemeinsamer Tanz- und Zockstunden.

Valerie, Gabriel, Bibi und Kevin trafen kurz nach mir ein und belegten den Vierertisch neben uns. Leo, der knapp eine Minute später ebenfalls den Speisesaal betrat, musste sich an einen Einzeltisch setzen. Was mir nur recht war, mir aber zornglühende Blicke von ihm eintrug. Ich achtete nicht weiter darauf, sondern legte mir stattdessen eine absolut unmissverständliche Abfuhr zurecht, die Leo auf der Stelle zur Abreise veranlassen würde.

Während am Nebentisch laut gelacht und gescherzt wurde, verlief das Essen an unserem Tisch weitgehend schweigend. Agnes redete sowieso nicht, Fabio blieb trotz meiner Versuche, ein Gespräch in Gang zu bringen, ebenfalls stumm wie ein Fisch und Henri, der sonst immer für nette Komplimente oder Anekdoten gut war, griente die ganze Zeit bloß still in sich hinein. Nur einmal verkündete er kurz seine und Agnes' Absicht, nach dem Essen noch einen kleinen Spaziergang durch die nächtliche Stadt zu unternehmen.

»Es muss ein wundervolles Erlebnis sein, bei Nacht dursch diese 'errliche Stadt zu wandern!«, meinte er.

»Ich habe nichts dagegen«, erklärte Fabio knapp, »aber ich möchte auf jeden Fall mitgehen.«

»Vielleicht könnte ich auch mitgehen«, sagte ich hoffnungsvoll.

»Dies ist ein freies Land.«

Diese Worte kamen mir bekannt vor. Die restliche Mahlzeit über schwiegen wir uns wieder an.

Dafür rief Leo ständig mit gedämpfter Stimme Beschwerden zu uns herüber: Der Wein habe nicht die richtige Temperatur, die Suppe sei versalzen, das Fleisch zäh, das Gemüse verkocht. Ich fand alles genau richtig, doch Leo hätte vermutlich alles und jedes miesgemacht, nur um wahrgenommen zu werden. Ich war erleichtert, als er vor dem Dessert das Handtuch bzw. die Serviette warf und sich auf sein Zimmer oder sonst wohin verzog.

Als ich nach dem Espresso rasch nach oben in mein und Valeries Zimmer ging, um mir für den Spaziergang andere Schuhe anzuziehen, wurde ich von Leo gestellt. Ich rannte förmlich in ihn hinein, als ich um die letzte Ecke des Gangs bog, der zu unserem Zimmer führte.

»Ich hab auf dich gewartet, Jenny.«

19. Kapitel

Ich wollte um ihn herumgehen. »Ich hab keine Zeit, ich will noch mit Agnes spazieren gehen.«

»Du bist doch heute schon genug rumgelaufen.«

»Leo, ich sage dir hier und jetzt zum letzten Mal, dass zwischen uns nichts mehr läuft. Und zwar *nie* mehr.«

Doch damit hatte ich ihn erst recht herausgefordert. Anscheinend fühlte er sich zum Weltmeister berufen, und zwar in der Disziplin *»Wie kriege ich meine Ex zurück«* – sofern es eine solche gab.

»Aber ich weiß, dass wir beide zusammengehören.«

»Leo.« Ich schaute ihm geradewegs in die Augen, so wie ich es mir vorgenommen hatte. »Ich bin in einen anderen verliebt.«

Er klappte schockiert den Mund auf, doch er bekam nicht den erwarteten Tobsuchtsanfall. Seine Schultern sanken nach vorn und er schien ein Stück kleiner zu werden.

»Das ist dein Ernst, oder?«, fragte er in kläglichem Tonfall.

»Mein absoluter, unwiderruflicher, totaler, heiliger Ernst«, antwortete ich wahrheitsgemäß.

Leo seufzte. »Das ist hart.«

»Es tut mir leid, aber ich habe dir schon vorher gesagt, dass es zu Ende ist. Mehrmals.«

»Ich weiß. Aber ich habe nicht aufgehört zu hoffen.«

Er sah so leidend aus, dass ich befürchtete, er würde womöglich gleich anfangen zu weinen, doch zum Glück tat er es nicht. Stattdessen richtete er sich wieder ein wenig auf und blickte mich bittend an. »Wirst du unsere gemeinsame Zeit in guter Erinnerung behalten?«

»Auf jeden Fall«, log ich.

Er lächelte erleichtert. »Das freut mich. Du ahnst gar nicht, wie sehr mich das freut! Stimmt doch, ich habe dir sehr viel bedeutet, oder?!«

»Sehr viel«, bestätigte ich ihm, wobei ich mich fragte, ob ich vom Lügen wohl ein rotes Gesicht bekam. Mhm, ja, mit Sicherheit. Es fühlte sich so warm an ...

Doch Leo achtete gar nicht darauf. Plötzlich schaute er sehr niedergeschlagen drein.

»Weißt du, im Moment geht es mir echt mies.«

»Da kommst du ganz schnell drüber weg«, tröstete ich ihn. Ob die anderen wohl auf mich warten würden? Hoffentlich gingen sie nicht ohne mich los. Ich brannte darauf, endlich mit Fabio reden zu können!

»Ich glaube nicht«, sagte Leo. »Jedenfalls nicht ohne fremde Hilfe.«

»Das ist eine sehr gute Idee. Eine Therapie hat noch keinem geschadet.«

Er starrte mich an. »Wir reden aneinander vorbei. Es ist nichts Psychisches.«

»Oh, du liebe Zeit«, meinte ich erschrocken. »Du bist doch nicht krank?«

»Ich bin pleite«, sagte er schlicht.

Verdattert starrte ich ihn an. »Wieso das denn?«

»Ich hab halt ein bisschen zu viel ausgegeben.«

»Aber deine Eltern …«

»Ich weiß, die sind mindestens so reich wie deine. Aber sie geben mir leider nichts mehr. Sie finden, ich sollte lernen, mit dem auszukommen, was andere auch kriegen. Was ein Witz ist, wenn du mich fragst. Ich meine, schon ein einziges Paar Timberlands … Und das Cabrio erst – die Raten brechen mir das Genick!«

Ich versuchte, mir meinen Schrecken nicht anmerken zu lassen. »Ich dachte, das Cabrio haben deine Eltern dir zum Abi gekauft.«

Er schüttelte den Kopf. »Bloß geleast. Gehört alles der Bank.«

»Dann gibst du den Wagen am besten zurück.«

»Ja, sicher, das mache ich bestimmt.« Er lächelte hoffnungsvoll. »Ich hatte gehofft, wir beide könnten das irgendwie gemeinsam regeln.«

»Was meinst du mit *gemeinsam regeln?* Willst du mich etwa anpumpen? *Deshalb* bist du hergekommen?«

»Ja«, gab er zu.

Okay, Valerie hatte mit ihrem Verdacht ins Schwarze getroffen. Doch ich weigerte mich, das Schlimmste von ihm anzunehmen. Leo würde niemals so tief sinken, eine alte Frau zu beklauen. Auf keinen Fall war er derjenige gewesen, der sich letzte Nacht in Agnes' Schlafzimmer hatte schleichen wollen. Oder etwa doch?

»Sag mal«, begann ich beiläufig, »woher wusstest du eigentlich, dass ich im Kastell wohne?«

Er wischte meine Frage mit einer ungeduldigen Handbewegung beiseite. »Darum geht's doch jetzt gar nicht. Jenny, meine ganze Existenz steht auf dem Spiel. Wie soll ich mein Studium durchziehen, wenn schon die eine Hälfte meiner monatlichen Kohle für Klamotten draufgeht und die andere für das Cabrio?«

»Ehrlich, Leo – das ist nicht mein Problem, sondern deins.«

Er suchte mit seinen Blicken den Fußboden ab, als könnte er da die Lösung für seine Probleme finden. Dann schaute er hoch. »Du hast doch jede Menge Geld«, sagte er hoffnungsvoll.

»Das ist nicht wahr«, unterbrach ich ihn ärgerlich. »Keine Ahnung, wie du daraufkommst. Es ist eine Tatsache, dass ich von meinen Eltern auch nicht mehr kriege als Valerie. Okay, ich habe noch das Geld vom Praktikum. Aber alles zusammen ist garantiert immer noch weniger als das, was du hast.«

»Du hast doch mal gesagt, du hättest ein Sparbuch.«

»Ja, da sind ganze tausend Euro drauf, davon wollte ich mir Möbel kaufen, wenn ich von zu Hause ausziehe.«

Leo sah mich triumphierend an. »Siehst du, die brauchst du doch jetzt nicht, denn du willst ja nicht mit mir zusammenziehen!« Eilig setzte er hinzu: »Du müsstest es mir ja nicht schenken. Es wäre nur geborgt. Damit ich diese blöde Umstellung von viel auf wenig besser managen kann. Ich könnte es an der Börse anlegen. Dann kriegst du es sogar mit Zinsen zurück.«

»Vergiss es einfach, Leo.« Ich war stinksauer. Wie hatte ich je auf diesen Typen reinfallen können? Wütend drehte ich mich um und ließ ihn stehen.

»Jenny!«, rief er mir jammervoll nach. »Ich liebe dich doch! Und ich habe wirklich ein paar todsichere Anlagetipps für die Börse! Zum Beispiel Optionsscheine. Damit kann man ein Vermögen machen!«

Darauf reagierte ich nicht mehr. Irgendwann musste einfach Schluss sein.

Als ich nach unten in die Lobby kam, war ich immer noch wütend und dann erreichte mein Zorn nie gekannte Ausmaße, als ich feststellte, dass die anderen nicht auf mich gewartet hatten.

Doch dann sah ich durch die Glastür Agnes in ihrem grell geblümten Kleid auf dem Platz vor der Lobby stehen und mein Ärger verrauchte. Eilig ging ich nach draußen, wo Fabio die Brauen hochzog, als er mich sah. »Willst du etwa mit diesen Schuhen spazieren gehen?«

Ich schaute auf meine Füße. Mist. Ich war nicht dazu gekommen, mir andere Schuhe anzuziehen. Leo hatte mich mit seinem Kreditantrag völlig durcheinandergebracht. Doch lieber würde ich mir beide Absätze abbrechen und ein halbes Dutzend Blasen laufen, als jetzt noch einmal nach oben zu gehen und ihm erneut zu begegnen.

»Ich kann prima in denen laufen, die sind viel bequemer, als sie aussehen«, behauptete ich lässig. Wie zum Beweis marschierte ich locker los. Als Fabio aufschloss, machte ich betont weite Schritte, auch wenn mir die Riemchen an den Zehen drückten und ich mit den dünnen Absätzen fast bei jedem Schritt im Kopfsteinpflaster, das hier überall gelegt war, stecken blieb. Schließlich übernahm Fabio die Führung und leitete uns durch das verschachtelte Gassengewirr. Henri und Agnes folgten uns.

Jetzt war der Zeitpunkt gekommen.

»Ich muss mit dir reden.«

»Meinetwegen«, sagte Fabio nach kurzem Zögern.

»Ich war mit Leo zusammen und eine Zeit lang wollte ich sogar wirklich mit ihm zusammenziehen, das gebe ich zu. Aber das war einmal. Es ist seit mehr als zwei Monaten aus zwischen ihm und mir.«

Fabio wirkte nicht überzeugt. »Wenn es wirklich definitiv vorbei ist mit euch – wieso ist er dann hier?«

»Wegen Geld.« Ich erzählte ihm den unschönen Rest der Geschichte, während wir über die Brücken und durch enge, hohe Gassen spazierten, vorbei an schwarzen Winkeln und Nischen, in denen die Vergangenheit zu hängen schien wie ein staubiger Schleier. Als ich geendet hatte, gingen wir wortlos weiter. Es waren noch immer etliche Touristen unterwegs, angelockt von dem eigentümlichen Flair der nächtlichen Stadt und der traumhaften historischen Kulisse. Das Licht der Laternen spiegelte sich im Wasser der Kanäle.

Agnes und Henri blieben immer ein Stück hinter uns, zum Glück außer Hörweite.

Irgendwann bog Fabio ab, in das Dunkel einer winzigen, menschenleeren Gasse. Dort blieb er direkt an der Ecke stehen und sah mich an. »Bin ich froh«, sagte er leise. Das war alles, was ich an Aufforderung brauchte. Mit einem lauten Seufzer der Erleichterung kam ich in seine Arme und küsste ihn, bis mir die Lippen wehtaten und mein Herz zu zerspringen drohte.

Dann machte ich mich eilig los, weil jeden Moment Agnes und Henri auftauchen mussten. Doch es erschien nur Henri, der über die Maßen besorgt dreinschaute.

»Wo ist Agnes?«, fragte er, wobei er den Namen wie immer auf die französische Art aussprach, sodass es wie *Annjess* klang. »Ist sie nischt bei eusch beide?«

»Nein«, sagte Fabio. Wir tauschten alarmierte Blicke.

»Gerade eben war sie noch da«, jammerte Henri.

»Was heißt das?«, fragte Fabio barsch.

Henri zuckte hilflos die Achseln. »Wir standen auf eine Brück' und schauten ins Wasser! Dann gingen wir weiter. Und als isch misch das nächste Mal zu ihr umdrehte, war sie verschwunden.«

In diesem Moment ertönte ein lauter, krächzender Schrei, der uns erstarren ließ. Er stammte zweifellos von Agnes. Wir rannten sofort los, in die Richtung, aus der er gekommen war. Ich brach mir prompt einen Absatz ab und knickte schmerzhaft mit dem Fuß um. Doch es blieb keine Zeit, deswegen stehen zu bleiben. Halb hoppelnd, halb hinkend lief ich weiter und erreichte zusammen mit Fabio und Henri binnen weniger Sekunden eine menschenleere Sackgasse. Dort entfuhr mir ein Laut der Erleichterung, als Agnes uns vom anderen Ende aus entgegengewankt kam. Sie hinkte fast so stark wie ich und hielt sich den Kopf.

Ich sah sofort, dass ihre Juwelen weg waren.

Bis auf einen einzigen Ring hatte man ihr alles geraubt, das Collier, die beiden Armbänder und die beiden Ringe von ihrer rechten Hand. Der unbekannte Täter hatte auch versucht, ihr denjenigen zu entwenden, den sie an der linken Hand trug, doch er hatte ihn nicht abgekriegt, wie Agnes bei der Polizei zu Protokoll gab. Zum Glück war sie selbst nicht zu Schaden gekommen. Ihr Hinken vorhin war darauf zurückzuführen, dass sie einen Schuh verloren hatte, der sich dann aber zum Glück noch wiederfand. Nur der Schmuck war weg, auf Nimmerwiedersehen verschwunden.

Ich war, ebenso wie Henri und Fabio, der als Übersetzer fungierte, als Zeugin mit auf die Wache gekommen. Agnes hatte aus gegebenem Anlass ihr Hörgerät angelegt, das sie in ihrer Handtasche hatte. Mit schriller Stimme schilderte sie dem diensthabenden *Commissario,* was passiert war.

Der Hergang des Geschehens war folgender: Agnes hatte sich gebückt, weil ihr die Handtasche runtergefallen war, und als sie wieder hochgeschaut hatte, war

Henri nirgends mehr zu sehen gewesen. Er war offenbar bereits um die nächste Ecke gebogen, ohne zu bemerken, dass Agnes nicht mehr neben ihm war. Dann war alles blitzschnell gegangen. Jemand hatte Agnes von hinten gepackt und sie in einen dunklen Torbogen gezerrt, ihr den Mund zugehalten und mit der anderen Hand gewaltsam den Schmuck vom Körper gerissen.

Fabio übersetzte alles, was sie sagte. Er war bleich und angespannt, und wenn man genau hinschaute, konnte man sehen, wie seine Hände zitterten. Ich hätte am liebsten vor dem *Commissario,* Agnes und Henri fest seine Hand gedrückt, weil ich ahnte, wie ihm jetzt zumute sein musste. Er hatte nicht nur die Prämie und damit den Fortbestand seines Unternehmens verspielt, sondern hatte auch in seiner Eigenschaft als Beschützer versagt.

Dann wurde mir plötzlich eiskalt, denn ich begriff, dass alles nur meine Schuld war! Fabio konnte überhaupt nichts dafür. Schließlich war ich diejenige, die mit dem Küssen angefangen hatte.

Ich hätte mich am liebsten auf der Stelle in Luft aufgelöst. Stattdessen fing ich an zu heulen und konnte nicht mehr damit aufhören.

Ein *Carabiniere* brachte mir einen Stuhl und eine Packung Papiertaschentücher. Offenbar nahm er an, dass ich unter Schock stand.

Fabio unterbrach seine Übersetzung und kam zu mir. »Was ist los?«, flüsterte er besorgt.

Das gab mir den Rest. Er kümmerte sich um mich!

Und das, nachdem ich ihm gerade sein Leben vermasselt hatte! Laut aufschluchzend fischte ich nach einem Papiertaschentuch.

»Wir bringen das schon wieder in Ordnung«, sagte er leise. Dann drückte er mir einen Kuss auf die Stirn und ging zurück zum Schreibtisch des *Commissario,* wo er mit der Übersetzung fortfuhr.

Als Agnes ihre wortkarge Schilderung beendet hatte, wollte Fabio weitere Einzelheiten von ihr wissen.

»Wie hat der Mann ausgesehen?«

»Keine Ahnung«, meinte Agnes in kratzigem Tonfall. »Ich hab den Kerl ja überhaupt nicht gesehen. Es war zu dunkel und außerdem hat er sich von hinten angeschlichen.«

Es war noch immer ungewohnt für mich, ihre Stimme zu hören. Wenn sie redete, kam sie mir plötzlich wie ein ganz anderer Mensch vor. Allerdings war schwer zu sagen, ob sie mir mit oder ohne Stimme sympathischer war. Wohl eher in keiner der beiden Versionen. Sie war und blieb eine alte Schrulle, wie man es auch drehte und wendete. Je mehr Fabio fragte, desto unwirscher wurde sie, und einmal, als er wissen wollte, ob der Täter vielleicht irgendwie auffällig gerochen hätte, fuhr sie ihn richtig barsch an.

»Alle Männer riechen auffällig«, beschied sie ihn böse. Sie spießte Fabio mit ihren Blicken förmlich auf und schoss mit ihrer nächsten Bemerkung eine gemeine Breitseite auf ihn ab. »Und die meisten sind außerdem völlig unfähig.« Dann zupfte sie ihr Hörgerät aus dem Ohr und schob es in ihre Handtasche. »Ich will ins Bett«, sagte sie zu Henri, der geduldig im Hintergrund wartete.

Fabio erledigte die restlichen Formalitäten der Anzeige, was schon allein wegen der Versicherung unumgänglich war, dann marschierten wir alle wie die begossenen Pudel zurück zum Hotel.

Nachdem die ganze Aufregung sich ein wenig gelegt hatte, wollte ich nur noch in mein Bett, doch Valerie bestand darauf, die Nacht mit Gabriel zu verbringen. Die beiden hatten ebenfalls noch einen langen Spaziergang unternommen, aber davon waren sie offenbar eher wach als müde geworden.

»Muss das wirklich unbedingt heute sein?«, fragte ich erschöpft.

»Ja«, sagte sie kategorisch. »Und was den Schmuck angeht, solltest du dich nicht so anstellen. Sieh es doch mal positiv! Jetzt ist endlich Schluss mit diesen nervtötenden Verdächtigungen! Die Klunker sind weg, aber es war niemand von uns, das ist doch auch was wert, oder? Und außerdem bezahlt doch sowieso alles die Versicherung. Agnes geht es wieder gut, das ist die Hauptsache. Wenn du mich fragst, macht es ihr nur halb so viel aus, wie ihr alle glaubt. Schließlich hat sie noch nicht mal geheult, oder?«

Damit hatte sie recht. Agnes hatte sich überraschend schnell von dem Trauma des Überfalls erholt. Sie hatte im Grunde so gewirkt wie immer, als sie vorhin auf ihr Zimmer gegangen war. Henri machte ebenfalls einen gefassten Eindruck. Auch Bibi und Kevin, die sich nach dem Essen ebenfalls zu einem Stadtbummel aufgemacht hatten und kurz nach uns in der Lobby eintrafen, schienen nicht allzu betroffen zu sein. Kevin ließ gelangweilt seine Finger knacken und Bibi quittierte meine Schilderung des Überfalls mit einem kurzen Achselzucken und einem langen Gähnen, bevor sie knutschend mit Kevin auf einen Absacker in der Hotelbar verschwand.

Eine Minute später war auch Leo auf der Bildfläche erschienen. Er hatte sich irgendwo in der Stadt einen Rausch angetrunken, und als er hörte, was passiert war, bedachte er uns mit traurigen Blicken. »Die Welt iss m-manchmal sooo schlecht«, nuschelte er, dann rülpste er und wankte zum Aufzug, wo er wahllos sämtliche Knöpfe drückte.

Valerie schien dem ganzen Vorfall ebenfalls weit weniger Bedeutung beizumessen als ihm in meinen Augen zukam. Was sie und Gabriel betraf, war sie nicht von ihrem Vorhaben abzubringen. Sie hatte nochmals ihr Horoskop befragt und vertrat nun beharrlich die Überzeugung, dass ihre Geschicke noch nie unter einem so günstigen Stern gestanden hätten wie in dieser Nacht.

»Es muss heute sein oder nie.« Sie deutete auf eine Einkaufstüte, die dem Aufdruck zufolge aus einem Laden für medizinische Berufskleidung stammte. »Ich spüre, dass ich dicht vor einer unbekannten Grenze stehe, die ich überschreiten muss!«

Es war nicht zu übersehen, wie ernst es ihr war, und so räumte ich notgedrungen meine Sachen zusammen und ging zu Fabio, um ihn zu fragen, ob er sich trotz des erlittenen Schocks mit mir als Logiergast anfreunden könne. Er war zu meiner Überraschung nicht so geknickt, wie ich es erwartet hatte. Anstelle einer Antwort küsste er mich und damit war für den Moment alles gesagt.

20. Kapitel

Am nächsten Vormittag fuhren wir alle nach dem Frühstück wieder zurück nach Pesaro. Die Rückfahrt verlief in ähnlicher Stille wie die Hinfahrt. Diesmal lag es nicht daran, dass Fabio nicht mit mir hätte reden wollen, sondern daran, dass Henri bei uns im Wagen mitfuhr. Ich hatte den Eindruck, dass der Vorfall von letzter Nacht Agnes und ihren Tanzlehrer einander nähergebracht hatte. Zwischen ihnen schien ein unausgesprochenes Einvernehmen zu herrschen.

Bei mir und Fabio war es ähnlich, allerdings mit dem Unterschied, dass wir unseren Gefühlen häufiger durch intensive Blicke Ausdruck verliehen. Ich schwebte wie auf Wolken und hätte ihn die ganze Zeit immer nur anschauen können.

Nach unserer überraschenden Ankunft im Kastell bereitete Maria in aller Eile einen Brunch zu, doch mir war nicht nach Essen zumute. Obwohl ich vor lauter Verliebtheit kaum noch an was anderes denken konnte als an Fabio, hing mir die Sache mit Agnes ziemlich nach. Mir ging einfach nicht aus dem Kopf, dass Fabio deswegen jetzt ruiniert war. Und nicht nur er, sondern auch seine Schwester und sein künftiger Schwager.

Als ich ihn am späten Nachmittag im Arbeitszimmer darauf ansprach, reagierte er überraschend gelassen. »Ich weiß, dass du dir die Schuld gibst, Süße, aber keine Sorge. Es wird sich schon eine Lösung finden.«

Ich schluckte und druckste herum. »Ich wollte dir nur sagen, dass ich vielleicht versuchen könnte, dir zu helfen. Finanziell, meine ich.«

Erstaunt hob er auf seine unnachahmlich lässige Art eine Augenbraue. »Wie darf ich das denn verstehen?«

»Mein Vater hat ziemlich viel Geld«, platzte ich heraus. »Und er würde mir was davon geben. Ich hab vorhin mit ihm telefoniert und ihm davon erzählt, was passiert ist. Er hat sofort gesagt, ein zinsloses Darlehen wäre kein Thema, egal ob es dreißig- oder fünfzigtausend Euro sind. Ich erbe eines Tages sowieso alles und es liegt eh nur auf der Bank rum.«

»Das hast du wirklich für mich gemacht?« Fabio war gerührt. Er legte einen Finger unter mein Kinn und küsste mich auf die Nasenspitze.

Mir sank das Herz, weil ich die Zeit des Abschieds nahen fühlte. »Ich darf nachher nicht vergessen, dir meine Adresse in Frankfurt zu geben. Erinnere mich daran, wenn du fährst.«

»Ich fahre doch gar nicht. Jedenfalls nicht heute.«

Verblüfft hob ich den Kopf. »Aber ich dachte …«

»Dass ich verschwinde, nur weil die Juwelen geklaut wurden?« Er schüttelte den Kopf. »Ich dachte auch erst, dass Agnes mich am liebsten gleich loswerden möchte, aber Gabriel meinte, er fände es nett, wenn ich noch bis übermorgen hierbleiben würde.«

»Und du hast *Ja* gesagt?« Freude und Aufregung stiegen in Form eines Glucksens in mir hoch.

Er nickte. »Ich möchte die beiden letzten Tage mit dir noch genießen. Jetzt hab ich ja jede Menge Zeit, weil ich nicht mehr auf Agnes aufpassen muss. Ich wäre verrückt, wenn ich das nicht ausnutzen würde.«

»Das ist toll«, sagte ich atemlos. Ich fühlte, wie meine Wangen glühten. »*Du* bist toll!«

»Und du bist wunderschön.«

Ich schwebte wie auf Wolken, doch als ich seine nächsten Worte hörte, war mein Glück vollkommen.

»Hab ich dir schon gesagt, dass ich total verliebt in dich bin?«

Ein wenig bange fragte ich mich, ob er dasselbe auch schon zu anderen Frauen gesagt hatte, doch als er mich dann in seine Arme zog und sanft küsste, zerstoben meine Bedenken wie Pusteblumen im Wind.

Von der Tür her kam ein Räuspern und wir fuhren auseinander. Leo stand im Türrahmen und bedachte uns mit undeutbaren Blicken, denen nicht anzusehen war, wie viel von unserer Unterhaltung er mitbekommen hatte.

»Ich wollte euch nur sagen, dass sich meine Pläne geändert haben«, erklärte er. »Eigentlich wollte ich ja heute schon fahren, aber mit meinem Vergaser stimmt was nicht. Die Reparatur dauert mindestens bis übermorgen. Ich hab schon mit Gabriel gesprochen, es geht klar, dass ich noch so lange hierbleiben kann.«

Na toll. Übermorgen war Mittwoch. Da war Agnes' Urlaub hier sowieso zu Ende und alle anderen würden ebenfalls abreisen. Hoffentlich hatte er nicht vor, wegen seines Geldbedarfs weitere Überzeugungsarbeit zu leisten!

Im Laufe des frühen Abends sah ich ihn dann mit Kevin zusammen im hinteren Teil des Gartens stehen, wo die beiden die Köpfe zusammensteckten. Ich hatte irgendwie ein ungutes Gefühl dabei.

Agnes war unterdessen ganz ohne Ausfallerscheinungen zu ihrem gewohnten Tagesablauf übergegangen. Am Nachmittag hatte sie bei Fabio das übliche Schwimmtraining gehabt und war anschließend mit Gabriel zu ihrem täglichen Strandspaziergang aufgebrochen. Ich verfolgte das Ganze mit gemischten Gefühlen und überlegte, dass der Raub der Juwelen immerhin ein Gutes hatte: Fabio hatte noch zwei Tage Urlaub. Die hatte er bestimmt bitter nötig, nach allem, was passiert war.

Henri saß bis zum Abend auf der Terrasse und übte Kartentricks, wobei er einen zufriedenen Eindruck machte. Er hatte sich irgendwo einen Strohhut gekauft und sah damit aus wie George Clooney im Sommerurlaub.

Bibi hüpfte trällernd durchs Haus und erklärte, dass sie am nächsten Tag unbedingt noch eine ausgedehnte Shopping-Tour in Rimini machen wolle, sie hätte da beim letzten Mal ein Paar Schuhe gesehen, die sie auf jeden Fall noch mitnehmen müsse.

Kurz und gut: Das Leben ging weiter, als wäre nichts geschehen.

Auch ich war mittlerweile ziemlich versöhnt mit meiner Reise, der Adria und dem Leben an sich. Unterm Strich war dieser Urlaub wohl doch nicht so schlecht gelaufen. Agnes schien den Verlust ihres Schmucks nicht allzu schwerzunehmen und auch die anderen wirkten, als seien sie durchaus guter Dinge.

Warum sollte ich mir also weiterhin Gedanken machen? Wieso nicht einfach die letzten sonnigen Tage in dieser wunderbaren Gegend genießen? Vielleicht könnte ich mit Fabio noch nach Ravenna oder Ancona fahren, die beiden Städte fehlten noch in meiner Reisereportage. Oder wir könnten eine romantische Wanderung in den Sibillinischen Bergen zum Lago di Pilato unternehmen, Hand in Hand …

So oder so, morgen und übermorgen würde ich im Laufe von ein paar Stunden den Rest meines Artikels fertig schreiben und alles per E-Mail an Hildegard schicken und während der übrigen Zeit würde ich es mir mit Fabio gut gehen lassen. Bei diesem Gedanken fühlte ich mich auf einmal rundum glücklich.

Doch dann hatte ich vor dem Dinner eine längere Unterhaltung mit Valerie, bei der sich mein mühsam zurückgewonnener Seelenfrieden auf einen Schlag wieder verflüchtigte.

Während wir uns gemeinsam für das Abendessen umzogen, meinte ich beiläufig: »Ich muss dir übrigens noch danken.«

»Wofür?«

»Na, dafür, dass Fabio noch hierbleiben kann, obwohl sein Job im Prinzip zu Ende ist. Du hattest doch da deine Hand im Spiel, oder?«

Valerie zuckte lächelnd die Achseln, während sie nacheinander mehrere Outfits aufs Bett warf. »Dafür musst du dich nicht bedanken«, meinte sie. »Es war nicht schwer. Gabriel will auf keinen Fall, dass ich heute schon fahre, aber ich habe ihm gesagt, dass ich natürlich nicht mehr bleibe, wenn du wegwillst. Und da konnte er sich an allen zehn Fingern abzählen, dass du nur dann bleiben würdest, wenn auch Fabio hier ist. Außerdem ist ihm absolut klar, dass das Ganze ja nicht Fabios Schuld war.«

»Stimmt, es war *meine* Schuld«, sagte ich düster.

Sie schaute ärgerlich auf. »Diesen Blödsinn will ich nicht hören! Es wäre so oder so passiert! Wenn du mich fragst, ist der wahre Dieb nicht weit!«

Entgeistert ließ ich die Bluse sinken, die ich gerade hatte anziehen wollen. *»Was* sagst du da?«

»Ich hab heute noch mal über alles nachgedacht.« Valerie schaute grimmig drein. »Ist es dir nicht komisch vorgekommen, wie gut sich Kevin und Leo auf einmal vertragen? Und Bibi sieht aus, als hätte sie im Lotto gewonnen.«

»Moment mal, du willst doch nicht etwa behaupten …«

»Doch«, unterbrach sie mich. Dann zählte sie die erdrückenden Beweise an den Fingern auf. »Sie waren gestern Abend alle drei zur selben Zeit spazieren wie ihr. Bevor ich mit Gabriel losging, habe ich zufällig aus dem Fenster geschaut und dabei gesehen, wie sie euch gefolgt sind. Sie sind auch zur selben Zeit zurückgekommen. Keinen hat es besonders interessiert, was passiert war.«

»Das war Zufall«, meinte ich, doch es klang nicht sehr überzeugend. »Außerdem war Leo betrunken.«

»Wahrscheinlich hat er irgendwo noch schnell einen Alibi-Grappa runtergekippt.«

»Für mich hört sich das nicht sehr wahrscheinlich an«, erklärte ich. Doch ich war verunsichert. Grübelnd betrachtete ich meine im Schoß verschränkten Hände. An dem, was Valerie da sagte, war was dran. Wenn ich alle Fakten gekannt hätte, wäre ich vermutlich sogar von allein daraufgekommen. Es war sicher nicht allzu schwierig, im Gewirr der Gassen von Venedig unauffällig jemandem zu folgen und einen geeigneten Moment für einen Überfall abzupassen. Möglicherweise hatten sie sogar ursprünglich ein Ablenkungsmanöver geplant, mit dem sie Fabio, Henri und mich von Agnes hätten weglocken können. Und dann war ihnen der Zufall in Form einer runtergefallenen Handtasche zu Hilfe gekommen …

»Wenn du das tatsächlich glaubst – wieso hast du dann noch nichts unternommen?«, wollte ich wissen.

»Wozu? Ich hab dir doch schon gesagt, dass ich froh bin, weil dieser ganze verkrampfte Mist wegen der Juwelen endlich aufgehört hat. Die Versicherung bezahlt den Schaden, Agnes ist wieder genauso drauf wie immer – weswegen soll ich mir da graue Haare wachsen lassen? Und du glaubst doch nicht ernsthaft, dass man den dreien was beweisen kann. Die würden sich alle gegenseitig decken.«

»Nehmen wir mal an, es stimmt, was du sagst – ich meine, dass Kevin, Leo und Bibi Agnes überfallen und den Schmuck geraubt haben … Wieso sind sie dann noch hier?«

»Keine Ahnung. Vielleicht, weil es auffallen würde, wenn sie sofort abhauen. Bibi hat schließlich ihren Job hier und Kevin ist offiziell mit ihr verlobt und extra ihretwegen hergekommen.«

»Und Leo?«

»Sein Auto ist kaputt«, meinte Valerie lapidar.

Hm. Vielleicht war es ja wirklich kaputt.

»Es könnte aber auch nur einer der drei gewesen sein«, wandte ich ein. »Zum Beispiel Kevin.«

»Unwahrscheinlich«, erklärte Valerie. »Er war ja die ganze Zeit mit Bibi zusammen. Wenn es einer alleine war, dann höchstens Leo.«

Peng. Das saß.

»Aber das glaube ich nicht«, fuhr Valerie fort. »Denn es

gab ja einen Grund dafür, warum er sich mit Kevin hinter den Zypressen versteckt hat. Die beiden haben da alles gemeinsam ausgeheckt. Und Bibi hat dafür gesorgt, dass alles klappt. Glaub mir, die waren es alle drei. Und jetzt ziehen sie hier eine Schau ab, damit im Nachhinein nicht doch noch ein Verdacht auf sie fällt.«

Ich musste zugeben, dass sie als Geheimagentin eine weit bessere Figur machte als ich. Doch bevor ich alles genauer durchdenken konnte, wartete sie gleich mit der nächsten Tätervariante auf, die so ungeheuerlich war, dass es mir den Atem verschlug.

»Es könnte theoretisch natürlich auch Fabio mit drinstecken. Als Drahtzieher, meine ich.«

»Was?!«, schrie ich empört.

Sie hob die Hand. »Reg dich ab. Ich kombiniere ja bloß. Findest du nicht, dass er heute schon den ganzen Tag absolut relaxed ist? Und das, obwohl ihm doch gerade dreißigtausend Euro durch die Lappen gegangen sind und die Firma seiner Schwester deswegen Pleite machen muss?«

»Ich hab ihm gesagt, dass ich ihm was leihe!«, trumpfte ich auf.

»Wann? Letzte Nacht schon?«

»Nein«, gab ich zögernd zu. »Erst heute Nachmittag.«

»Aha.«

Sie sagte nur dieses eine Wort, doch es reichte aus, um meine Wut zum Kochen zu bringen. »Du wagst es ernsthaft, ihn zu verdächtigen?«

»Ich wage gar nichts, ich habe nur Tatsachen aufgezählt und meine Meinung geäußert. So wie bei Leo, bei dem ich ja auch schon gedacht hatte, dass er womöglich pleite ist. Du hast mir gestern Abend selbst erzählt, dass er dich anpumpen wollte. Also hab ich absolut richtig gelegen.«

»Du musst nicht darauf herumreiten.«

»Tu ich ja nicht. Jedenfalls nicht mehr als nötig. Ich sage dir nur, was ich denke. Welche Schlüsse du daraus ziehst, überlasse ich ganz dir.«

»Ich kann dir sagen, welche Schlüsse ich daraus ziehe«, bemerkte ich sarkastisch. »Du solltest deine Weisheiten besser weiterhin aus dem I-Ging oder diesem dämlichen Astrobuch holen, das reicht an Blödsinn vollkommen! Und überhaupt – woher willst du denn wissen, ob nicht dein toller Gabriel der Drahtzieher ist? Er hat überhaupt kein eigenes Geld, hast du das schon vergessen? Vielleicht hat er ja sein Schmarotzerleben gründlich satt und braucht ein bisschen Startkapital?«

Damit hatte ich es mir fürs Erste bei ihr verscherzt, wie unschwer an ihren zusammengepressten Lippen und den zornfunkelnden Augen zu erkennen war. Mit brüsken Bewegungen raffte sie ihre Klamotten an sich und verschwand im Bad.

Beim Abendessen warf sie mir ab und zu einen bitterbösen Blick zu und beschränkte sich ansonsten darauf, mich zu ignorieren.

Während alle anderen angeregt miteinander plauderten, wurde meine innere Unruhe allmählich unerträglich. Ich wagte kaum noch aufzublicken. Wenn Valerie recht hatte – zumindest so weit sich ihr Verdacht gegen Kevin, Leo und Bibi richtete –, saß ich hier mit lauter Verbrechern am Tisch!

»Ist dir nicht gut?«, fragte Fabio besorgt. Er saß neben mir und stupste mit seinem Knie gegen mein Bein. Unter anderen Umständen hätte ich das Kribbeln genießen können, doch an diesem Abend kam ich mir wieder einmal vor wie im falschen Film. Er hätte den Titel *Allein unter Gangstern* tragen können.

»Ich hab Kopfschmerzen«, murmelte ich. Das war nicht einmal gelogen. Nach der Vorspeise – Gina und Renata hatten etwas Leckeres mit Meeresfrüchten aufgetragen, doch ich hatte kaum etwas davon heruntergebracht – stand ich auf und entschuldigte mich.

»Ich geh rasch nach oben und hol mir Aspirin.«

Fabio erhob sich halb. »Soll ich mitkommen?«

»Nein, ich bin gleich wieder da.« Auf dem Weg nach oben fasste ich dann einen spontanen Entschluss, der mir im Laufe des Abends noch viel Ärger eintragen sollte.

Ich fing mit Bibis Zimmer an, aus dem einfachen Grund, weil ich damit gleich zwei Hauptverdächtige checken konnte. In aller Eile durchwühlte ich die Klamotten der beiden, untersuchte den Inhalt des Kleiderschranks sowie der Kommode und schaute sogar unter der Matratze nach, doch von den Juwelen war nichts zu finden.

Blieb natürlich noch die Möglichkeit, dass sie die Beute in Kevins Wagen versteckt hatten, doch darum würde ich mich später kümmern müssen. Als Nächstes nahm ich mir Leos Zimmer vor. Zwischen all seinen Designerklamotten (klar, dass er nicht mit dem Geld auskam!) befand sich nichts von bedeutendem Wert, jedenfalls nichts, was nicht ihm gehörte. So viel zu Valeries Verdächtigungen. Ich war schon wieder auf dem Weg nach unten, als meine Füße auf dem oberen Treppenabsatz wie von allein innehielten und mich zurück zu Fabios Zimmer trugen. Ich wollte es nicht tun, ganz bestimmt nicht, aber anscheinend steckte irgendwo tief in mir drin eine misstrauische Hexe, die plötzlich das Kommando über meinen Körper an sich gerissen hatte.

Kaum hatte ich mich über die Kommode gebeugt, um den Inhalt der ersten Schublade zu inspizieren, als Fabios Stimme an der Tür sagte: »Kann ich dir helfen?«

Wie von einer heißen Nadel gepikst sprang ich zurück. »Ich habe nicht … Ich meine, ich wollte nicht …« Mit flammenden Wangen suchte ich nach einer passenden Entschuldigung. »Nicht, dass du glaubst, ich würde dich verdächtigen, aber …«

Die Worte erstarben mir auf den Lippen. Es gab keine Entschuldigung für das, was ich getan hatte, und wir wussten es beide. Natürlich hatte ich ihn nicht ernsthaft in Verdacht gehabt, aber völlig frei von Zweifeln war ich ebenso wenig gewesen, sonst hätte ich das hier sicher nicht getan. Ich hatte ihm nicht restlos vertraut, daran gab es nichts zu rütteln. Wenn ich meine Aktion hätte rückgängig machen können – ich hätte sonst was dafür gegeben. Doch dafür war es jetzt zu spät.

Fabio sah aus, als hätte ihn jemand geschlagen. Reglos stand er da und starrte mich an. Nach endlosen Sekunden schmerzerfüllten Schweigens tat ich schließlich das Einzige, das mir in dieser verkorksten Situation einfiel: Ich rannte mit gesenktem Blick an ihm vorbei in mein Zimmer und schloss mich ein.

Ich heulte und fluchte eine Weile vor mich hin und irgendwann übermannte mich die Müdigkeit. Letzte Nacht hatte ich kaum geschlafen, sodass mein Körper jetzt sein Recht forderte. Ich schlief tief und traumlos, doch mitten in der Nacht wachte ich mit einem diffusen Gefühl der Bedrohung auf. Orientierungslos starrte ich in die Dunkelheit. Valerie war nicht da. Vermutlich war sie bei Gabriel. Offensichtlich hatte sie gar nicht erst den Versuch unternommen, sich mit mir zu versöhnen.

Ich hatte plötzlich den beklemmenden Eindruck, etwas sehr Wichtiges übersehen zu haben. Etwas, das mit dem Raub zu tun hatte. Außerdem hatte ich heftigen Durst. Ich stand auf, um mir in der Küche etwas zu trinken zu holen. Auf der Treppe glaubte ich, eine geisterhaft leise Musik zu hören, feine, dünne, weit entfernte Walzerklänge, doch schon im nächsten Moment war es wieder still. Anscheinend hatten meine Ohren mir einen Streich gespielt. Vor dem Einschlafen hatte Agnes noch ihre übliche Tanzstunde gehabt und hinterher hatte Gabriel wieder eine Runde an der Orgel zum Besten gegeben. Mir klingelten immer noch die Ohren davon, obwohl ich mir die Decke über den Kopf gezogen hatte.

Wieder erfasste mich dieses eigentümlich bedrohliche Gefühl, und als ich mit einem Glas Mineralwasser aus der Küche kam, war auch wieder die leise Musik zu hören.

Diesmal war ich ganz sicher, dass ich mich nicht getäuscht hatte. Ich ging auf Zehenspitzen zum Salon und öffnete vorsichtig die Tür. Das, was ich im nächsten Moment zu Gesicht bekam, ließ mich erstarren.

Irgendwo aus einer Ecke des Raums ertönten kaum hörbar die Klänge eines Walzers. Im Licht einer einzigen Kerze schien sich das matt glänzende Parkett des leeren Zimmers bis ins Unendliche zu erstrecken und über die Tanzfläche bewegten sich in vollkommenem Gleichmaß zwei Gestalten, die ich erst beim zweiten Hinsehen als Agnes und Henri erkannte. Selbstvergessen walzten sie durch den Raum, immer im Takt der Musik, die Köpfe hingebungsvoll zueinandergeneigt.

Dann flackerte die Kerze im Luftzug der offenen Tür und das Licht brach sich bläulich in den zahlreichen funkelnden Brillanten an Agnes' Hals.

Ich ächzte erschrocken, und obwohl ich sofort einen Schritt zurückwich, bemerkten die beiden mich. Sie fuhren zu mir herum und jetzt war kein Zweifel mehr möglich: Agnes trug ihre gesamten Juwelen! Und jetzt war mir auch wieder eingefallen, was ich gestern Nacht übersehen hatte!

»Los, schnapp sie dir, sie ist alleine«, befahl Agnes.

Ich traute meinen Ohren nicht. Hatte sie das wirklich gesagt? Doch bevor Henri auch nur einen Schritt in meine Richtung tun konnte, ging das Licht an und Fabio sagte hinter mir: »Das würde ich lieber lassen.«

Henri hob mit theatralischer Gestik die Hände. »Isch 'abe ihr gesagt, dass diese Tanz mitten in der Nacht eine verrückte Idee ist!« Vorwurfsvoll sagte er zu Agnes: »Und warum musstest du unbedingt diese Betrug mit die Juwelen versuchen, *hein?*«

»Halt die Klappe«, sagte Agnes wütend. Zu mir und Fabio sagte sie: »Es war *seine* Idee.« Dann wandte sie sich an mich. »Jenny Costello, du warst schon damals ein unmögliches Kind!«

Sprach sie, pulte ihr Hörgerät aus dem Ohr und ließ es in der Tasche ihres Morgenmantels verschwinden, der ebenso wie ihre übrige Garderobe von anno dazumal stammte. Anschließend stapfte sie mit Riesenschritten an uns vorbei die Treppe hoch.

Ich war platt. Sie hatte mich erkannt! Diese alte Schreckschraube hatte es wahrhaftig faustdick hinter den Ohren!

Henri folgte ihr händeringend, wobei er uns verzweifelte Blicke zuwarf. »Ihr dürft der Alten kein Wort glauben!«, forderte er uns auf. Er hatte plötzlich so rein gar nichts mehr von einem netten väterlichen Filmkavalier an sich. Vielleicht lag das aber auch daran, dass sein französischer Akzent auf einmal wie weggeblasen war. »Es war allein ihre Idee!«, zischte er uns zu, bevor er ebenfalls nach oben verschwand.

21. Kapitel

Ich schaute ihm mit offenem Mund hinterher, dann wandte ich mich zu Fabio um. »He, die gehen einfach ins Bett! Willst du denn nichts unternehmen?«

Er zuckte die Achseln. »Wozu? Der Fall ist aufgeklärt. Ich werde die Versicherung informieren und die können dann alle nötigen Schritte einleiten.«

»Und was wird passieren?«

»Der Versicherungsvertrag wird gekündigt und vermutlich wird man Agnes und Henri wegen versuchten Betruges anzeigen. Sie werden sich gegenseitig die Schuld in die Schuhe schieben und dann wird man irgendwann das Verfahren einstellen, weil beide nicht mehr ganz dicht sind. Henri ist spielsüchtig und Agnes ziemlich verrückt.«

»Hm«, machte ich nachdenklich. Er mochte recht haben, aber meiner Meinung nach hatten die beiden alles recht geschickt eingefädelt. Agnes hatte ausgestreut, wie sehr sie an dem Schmuck hing und dass es ihr aus sentimentalen Gründen unmöglich sei, ihn abzulegen. Dann hatten sie und Henri einen von der Versicherung autorisierten Aufpasser akzeptiert, um von vornherein mögliche Streitigkeiten wegen des Schadensfalles auszuschließen. Erst, als sie gemerkt hatten, dass der Überfall sich schlecht vortäuschen ließ, weil Agnes einfach nie lange genug unbeobachtet blieb, hatten sie in Venedig kurzfristig umdisponiert und bei der nächstbesten Gelegenheit den Raub inszeniert. Wahrscheinlich war ihnen einfach die Zeit davongelaufen, schließlich neigte sich der Urlaub dem Ende zu. Die Geschichte mit dem Schlafmittel vor ein paar Tagen war allem Anschein nach ein missglückter Versuch gewesen, Agnes – mit ihrer Einwilligung – als das Opfer eines K.-o.-Tropfen-Anschlags hinzustellen, das dann am nächsten Tag betäubt und ohne Schmuck hätte aufgefunden werden können. Die Dosis in meinem Sherry war vermutlich für sie bestimmt gewesen; wahrscheinlich hatte Henri aus Versehen das falsche Glas präpariert. Dann hatte er seinen Fehler bemerkt und ihr ebenfalls eine Dröhnung verpasst, die sie dann jedoch erbrochen hatte. In der Nacht, als die Sirene losgegangen war, hatten sie dann offensichtlich abermals einen Versuch gestartet, der jedoch ebenfalls scheiterte, vielleicht, weil Leo und Kevin im unpassenden Moment aufgetaucht waren.

Auch der angebliche Überfall an Agnes' Geburtstag war schiefgegangen. Wahrscheinlich hatte sie es damals einfach nicht hingekriegt, den Schmuck rechtzeitig abzunehmen, bevor Gabriel sie »retten« kam.

Insgesamt gesehen war ich echt zufrieden mit meiner Kombinationsgabe. Als Agentin musste ich sicher noch viel lernen, aber meine Fähigkeiten waren ausbaufähig.

»Wie bist du eigentlich daraufgekommen, dass sie alles nur inszeniert hat?«, wollte Fabio von mir wissen.

Ich wollte nicht zugeben, dass ich es gerade eben erst rausgekriegt hatte, praktisch nur eine Sekunde, bevor ich es mit eigenen Augen gesehen hatte, deshalb meinte ich lässig: »Die Sackgasse. Wir waren sofort da und Agnes befand sich ganz am anderen Ende. Es kam uns niemand entgegen außer ihr, also konnte sie es nur selbst getan haben. Sie hat einfach den Schmuck abgenommen und in ihre Handtasche gesteckt. Der Rest war dann reine Show. Und wie hast du es rausgefunden?«

»Gar nicht. Ich hatte die ganze Zeit Henri in Verdacht. Ich hab ihn von unserem Büro überprüfen lassen. Er stammt nicht aus Paris, sondern aus Gelsenkirchen. Und er ist wegen Trickbetrügereien vorbestraft. Aber weil er zum Zeitpunkt des Überfalls bei uns war, konnte er es nicht gewesen sein. Sehr geschickt von dem Kerl, das muss man ihm lassen. Trotzdem wusste ich, dass da irgendwas faul war. Das hat mir meine Nase gesagt, deshalb hab ich auch die Gelegenheit genutzt, die zwei Tage noch hierzubleiben.«

»Und warum bist du gerade runtergekommen?«

»Ich konnte nicht schlafen und bin aufgestanden, dann hab ich hier unten was gehört.« Er musterte mich kühl. »Danke für deine erfolgreiche Mitarbeit in dieser Sache. Gute Nacht.« Er wandte sich ab und ging zur Treppe.

Betroffen sah ich ihm nach. Okay, die Sache mit meiner Schnüffelei in seinem Zimmer, die hatte ich für den Moment völlig verdrängt.

Ich folgte ihm nach oben und suchte dabei krampfhaft

nach Formulierungen, mit denen ich das Geschehene erklären und entschuldigen konnte, doch es fielen mir keine ein. Mutlos schleppte ich mich zurück in mein Bett und versuchte zu schlafen, doch ich bekam kein Auge mehr zu. Ruhelos wälzte ich mich von einer Seite auf die andere und verfluchte den Tag, an dem ich entschieden hatte, Geheimagentin werden zu wollen. Bis sechs Uhr hielt ich es aus, dann stand ich auf, um zu Fabio zu gehen. Mir waren endlich die Worte eingefallen, die ich ihm sagen wollte.

Die Tür zu seinem Zimmer stand offen, doch Fabio war nicht da. Seine gesamten Sachen waren weg, ebenso wie sein Koffer. Er war abgereist.

Der restliche Tag war genauso katastrophal. Als ich zum Frühstück nach unten kam, war ich nicht die Erste, wie ich gehofft hatte. Am Büfett stand Bibi, die sich mit leidender Miene Kaffee einschenkte.

»Morgen«, murmelte ich.

Anstelle einer Antwort fing sie an zu heulen. Ich brauchte gar nicht erst zu fragen, was passiert sah. Ihr leidender Gesichtsausdruck sprach Bände.

»Kevin?«, fragte ich. Es klang weniger mitfühlend, als es vielleicht angebracht gewesen wäre, doch Bibi bemerkte es gar nicht.

Sie nickte schluchzend. »Gestern war ich noch so glücklich, weil er total nett zu mir war! Aber heute war er so gemein! Er hat sich aufgeregt, nur weil diese blöde alte Kuh mich entlassen hat! Dabei hab ich gar nichts gemacht! Außerdem ist die ganze Aktion schiefgelaufen! Alles ist im Keller!«

Ich blickte sie verständnislos an. »Im Keller?«

»Leo hat von dem Geld an irgendeiner ausländischen Börse online welche von diesen Optidingern gekauft und die sind jetzt im Keller.«

Ich ahnte Übles. »Von welchem Geld?«

»Na, von dem, was Kevin … Was er gekl… Na ja, er hatte halt noch was.«

Also hatte Kevin sich nach seiner Haftentlassung gleich wieder mit Feuereifer in seinen »Beruf« gestürzt. Vermutlich hatte er eine Bank aufgesucht und dort mit den üblichen Methoden seine Finanzen aufgefrischt. Und war prompt auf Leo und seine todsicheren Anlagestrategien reingefallen. Das also war der Grund gewesen, warum die beiden sich gestern so konspirativ in den Ecken herumgedrückt hatten!

Als hätten meine Gedanken ihn herbeigezaubert, kam in diesem Moment Leo persönlich herein. Sein linkes Auge war zugeschwollen und schillerte in allen Farben. Als Anlageberater hatte er sich bei Kevin offenbar nicht besonders beliebt gemacht.

Leo murmelte einen unverständlichen Gruß und nahm sich Kaffee. Er trank nur ein paar Schlucke, dann verzog er das Gesicht und stellte seine Tasse weg. »Okay, ich fahr dann«, sagte er zu Bibi, »ich will weg sein, bevor er runterkommt. Bist du dann so gut …?«

»Sicher«, sagte Bibi. Sie fischte den Autoschlüssel ihres kleinen Wagens aus ihrem Handtäschchen und reichte ihn Leo. »Papiere liegen im Handschuhfach. Vergiss nicht, den Wagen in Frankfurt an der Stelle zu parken, die wir ausgemacht haben.«

»Geht klar«, versicherte Leo eilig. »Schlüssel und Papiere vom Cabrio hab ich Kevin ja schon gegeben. Also, Wiedersehen dann.«

Er schlich mit gesenktem Kopf zur Tür und war im nächsten Moment verschwunden.

»Was war das denn gerade?«, wollte ich verdattert wissen.

»Na, irgendwie musste Kevin ja einen Ausgleich für die ganze Kohle haben«, verteidigte Bibi ihren Liebsten. »Und Leo kann froh sein, dass ich ihm für die Rückfahrt meinen Wagen borge.«

Ich fragte mich, was Kevin unternehmen würde, wenn er erst rauskriegte, dass das Cabrio gar nicht Leo gehörte, sondern der Leasingbank. Doch das war ja nicht mein Problem, ich hatte genug eigene Sorgen.

Ich ging wieder nach oben, um meine Sachen zu packen. Dort traf ich auf Valerie, die auf dem Bett saß und ebenfalls heulte. Anscheinend war heute der Tag der tausend Tränen. Sie hielt eines ihrer stärksten Amulette umklammert – den Ankh-Anhänger. Doch in diesem speziellen Fall schien kein Hexenzauber zu helfen.

»Was ist los?«, fragte ich, diesmal mit echter Anteilnahme.

»Er ist weg«, sagte sie. »Sie sind vorhin gefahren, alle drei! Ganz plötzlich!«

»Wer?«

»Gabriel, Agnes und Henri.«

Da ich seit dem Morgengrauen auf war, mussten sie zu der Zeit aufgebrochen sein, als ich unter der Dusche gestanden hatte. »Hat Gabriel was gesagt?«

»Dass er mir irgendwann alles erklären wird.«

Das konnte ich genauso gut tun. Als ich mit meiner Erzählung fertig war, blickte Valerie mich mit ungläubigem Schniefen an. »Ich fasse es nicht.«

»Da sind wir ja schon zwei. Was ist, kommst du mit?«

»Wohin?«

»Nach Hause.«

Ich überließ Valerie das Steuer und schrieb während der Fahrt meinen Artikel fertig. Der Teil über Venedig gelang mir überraschend gut, beim Beschreiben der verwinkelten Gässchen und lauschigen Brücken kam sogar fast eine Art Spannung auf, beinahe wie aus einem Roman über Commissario Brunetti. Den Rest schrieb ich schamlos aus meinen Reiseführern und von Wikipedia ab. Gelegentlich fragte ich Valerie nach einem Synonym. Sie gab ihr Bestes, was ich ihr hoch anrechnete, denn sie war mindestens genauso niedergeschlagen wie ich. An der italienischen Grenze sagte sie, dass sie es mir gegönnt hätte, wenn ich an der Adria meine große Liebe gefunden hätte, so wie vor vielen Jahren meine Oma

Anna ihren Fabio. Ich erwiderte – jetzt ebenfalls heulend –, dass ich es mir selber auch gegönnt hätte. Valerie meinte dazu, dass die Sterne einfach anders entschieden hätten.

Ansonsten verlief die Heimfahrt ohne weitere Zwischenfälle und wir trafen mitten in der Nacht in Frankfurt ein. Unser Adria-Urlaub war zu Ende und damit auch ein Abenteuer, das ausreichte, um einen ganzen Roman zu füllen.

Genau daran musste ich denken, als ich am darauffolgenden Montag wieder an meinem Schreibtisch in der Redaktion von *Meine Gesundheit* saß und der Adria-Reportage den letzten Schliff verpasste. Zu meiner grenzenlosen Verblüffung fanden alle meinen Artikel toll.

Hildegard war vom Inhalt begeistert, vor allem vom Venedig-Teil. »Du schreibst so unglaublich authentisch, es ist fast wie in den Krimis über diesen Commissario, wie heißt er gleich? Vielleicht solltest du ja mal einen Roman schreiben.«

Ich merkte mir die Idee vor. Sie klang nicht schlecht. Es gab schließlich noch andere Dinge im Leben als Treppenlifte, Stützstrümpfe und Blasentee.

Ich lächelte meine Chefin dankbar an und machte ihr ein Kompliment über ihr schickes neues Trachtenkostüm.

Luisa schaute im Laufe des Vormittags ebenfalls herein und bedankte sich für meine SMS. Dann rückte sie kleinlaut mit einem Geständnis heraus. »Ich fürchte, ich hab da Mist gebaut. Als du an der Adria warst, hat Leo hier angerufen. Na ja, er hat gesagt, ihr hättet euch wieder versöhnt, aber er könne dich telefonisch im Moment nicht erreichen, ob ich wisse, wo genau du gerade bist.« Sie senkte zerknirscht den Kopf. »Da hab ich's ihm halt gesagt, es stand ja in deiner SMS, dass du bei der Baronin wohnst. Ich hab dabei gar nicht nachgedacht. Tut mir leid. Mit ist erst nachher der Verdacht gekommen, dass das mit der Versöhnung vielleicht geflunkert war.«

Damit war auch dieser Punkt geklärt, obwohl mir das jetzt nicht mehr viel nützte.

Hans-Georg mäkelte wie üblich mit spitzer Zunge an meinen Formulierungen herum, doch sogar er zeigte sich sehr angetan von gewissen Stellen, die ihn an einen Krimi erinnerten, den er mal gelesen hatte.

Abends besuchte ich Valerie, die mir mit glückseligem Strahlen die Tür öffnete. Während Melli wie üblich auf Katzenart um meine Beine strich, damit ich sie zur Begrüßung kraulte, erfuhr ich den neuesten Stand der Dinge. An diesem Abend war endlich der heiß ersehnte Anruf von Gabriel gekommen.

»Agnes wird entmündigt!«, verkündete Valerie fröhlich, während sie eine Flasche Rosso Piceno entkorkte und sich davon einschenkte. Ich selber hielt mich lieber an Wasser.

»Und das lässt sie sich gefallen?« Ich schnupperte das Aroma des Weins und musste mich beherrschen, nicht sofort wieder loszuflennen, weil ich dabei prompt an unseren Ausflug in die Weinberge denken musste.

»Sie hat ja keine Wahl. Entweder lässt sie sich für verrückt erklären oder sie wandert in den Knast. Die Versicherung hat sofort ein Strafverfahren einleiten lassen. Was bleibt ihr also übrig?«

Durch ein gerichtliches Eilverfahren würde die gesamte Verfügungsgewalt über Agnes' Vermögen, einschließlich der Juwelen und Immobilien, auf Gabriel übergeleitet werden, den das Gericht als nächsten Verwandten zum Pfleger bestellen würde. Vielleicht war es wirklich in Agnes' Sinne. Ich fand, dass sie sowieso nicht in der Lage war, mit Geld umzugehen. Auf der einen Seite konnte sie, ohne mit der Wimper zu zucken, eine ganze Schar von Angestellten mit in den Urlaub nehmen, auf der anderen war sie zu geizig, sich mal ein neues Kleid zu kaufen. Damit stand allerdings noch nicht fest, ob Gabriel es besser machen würde.

Doch Valerie machte sich darüber keine Sorgen, im Gegenteil. »Das heißt, er bestimmt dann über die gesamte Kohle«, frohlockte sie. »Er hat mich eingeladen! In seine Villa, in Hamburg! Was sagst du dazu? Ich bin *sooo* happy! Und weißt du was? Es macht mir sogar richtig Spaß, mich als Krankenschwester zu verkleiden.« Sie legte die flache Hand auf ihre Magengrube und ließ mit einem Seufzer die Luft aus ihrem Chakra entweichen. »Vielleicht ist er mir ja genau deswegen vom Schicksal bestimmt worden! Die Sterne lügen nie!«

Sie strich sich verträumt das Haar aus der Stirn. Es schien mir etwas röter zu sein als sonst und ihre Augen kamen mir auch grüner vor. Aber das konnte natürlich nur eine Täuschung sein.

Den Rest der Woche verbrachte ich im Zustand tiefster Depression. Nicht einmal das Essen mit meinen Eltern konnte mich aufheitern. Ich hatte ihnen unter zahlreichen Tränen alles erzählt und wie immer umsorgten sie mich unendlich liebe- und verständnisvoll. Als ich am Samstag mit ihnen zu Abend aß, tat Mama mir noch einen von ihren hausgemachten Schweizer Rösti auf und fragte mich, ob ich nicht Lust hätte, morgen Nachmittag vor ihrer Schicht mit ihr auf dem Main-Tower Kaffee zu trinken. Papa tastete überall nach seiner Brille und erklärte mir dabei, dass er zum ersten Mal seit langer Zeit wieder daran denke, ein neues Lied zu komponieren. Es sollte meinen Namen tragen.

Ich liebte die beiden so sehr, dass es wehtat. Warum musste das Leben nur so kompliziert sein? Warum hatte ich mir den wunderbarsten Typen aller Zeiten durch meine maßlose Neugier verscherzt?

Bevor ich an diesem Abend zu Bett ging, fütterte ich Fridolin mit einer Erdnuss. Ich stellte ihm dieselbe Frage, die ich mir im Laufe der letzten Tage unzählige Male selbst gestellt hatte.

»Wie kann ich ihn zurückgewinnen?«

Fridolin knabberte an der Nuss und blinzelte mit seinen dunklen Knopfäuglein dankbar durch die Stäbe seines Käfigs zu mir hoch. Anscheinend fiel ihm auch keine Antwort ein, genauso wenig wie mir.

Tags darauf hatte ich wenig Lust, das Haus zu verlassen. Am liebsten hätte ich mich im Bett verkrochen, das ganze Wochenende lang.

Doch ich hatte es Mama versprochen, also machte ich mich widerwillig auf den Weg und fuhr zum Main-Tower. In der Besucherlobby nahm ich den Expresslift in die 53. Etage und traf zur vereinbarten Zeit in dem Restaurant hoch oben in der Spitze des Wolkenkratzers ein.

Ich schaute mich an den Tischen um, doch Mama war nirgends zu sehen. Sie hatte gesagt, sie wolle noch bei sich im Restaurant vorbeischauen und dann direkt herkommen. Normalerweise war sie die Pünktlichkeit in Person, also würde sie bestimmt jeden Moment eintreffen. Trübselig setzte ich mich an einen Tisch und schaute aus dem riesigen Panoramafenster neben mir. Die Aussicht über die Frankfurter Skyline war an diesem Nachmittag genauso bedrückend wie alles andere in meinem Leben. Tief und grau hing der Himmel über der Stadt, deren Umrisse sich ringsum in Regen und Nebel verloren.

»Ist der Platz hier noch frei?« Fabio stand neben meinem Tisch. Sein Gesicht war ernst und so unglaublich schön, dass es mir die Tränen in die Augen trieb. Einen verrückten Moment lang glaubte ich, dass ich mir nur einbildete, ihn zu sehen, weil ich mich die ganze Zeit über so schmerzhaft nach ihm gesehnt hatte. Doch dann bemerkte ich den kleinen Kratzer an seinem Kinn, wo er sich heute beim Rasieren geschnitten haben musste. Eine Fata Morgana hatte keine Kratzer am Kinn.

Ich konnte nichts sagen. Stumm starrte ich ihn an, und während er sich neben mich setzte, überlegte ich, welcher ungeheuerliche Zufall ihn wohl ausgerechnet an den einzigen Ort in dieser riesigen Stadt verschlagen hatte, an dem auch ich mich aufhielt. Und das auch noch zur selben Zeit! Das Schicksal musste es *doch* gut mit mir meinen!

Erst nach ein paar Sekunden begriff ich, dass nicht das Schicksal, sondern Mama ihre Hand im Spiel gehabt hatte. Doch das war mir in diesem Moment völlig egal. Er war hier, das war die Hauptsache. Aber er machte keine Anstalten, mich zu umarmen oder zu küssen.

»Du bist noch böse auf mich«, flüsterte ich geknickt.

Er schaute mich unverwandt an. Schatten lagen um seine blauen Augen und von seiner Nase zogen sich feine Kerben bis zu den Mundwinkeln, Fältchen, die mir vorher noch nicht an ihm aufgefallen waren.

»Du hast mir nicht vertraut«, sagte er.

Verzweifelt ballte ich die Hände zu Fäusten. »Gott, es tut mir so wahnsinnig leid! Wenn du wüsstest, wie sehr!«

»Deine Mutter hat es mir erzählt. Ich frage mich, warum du es nicht selbst tun konntest.«

»Ich hab's versucht«, sagte ich lahm. »Die ganze Nacht hab ich mir überlegt, was ich dir sagen wollte. Um sechs Uhr wusste ich es dann auf einmal ganz genau. Es war mir plötzlich eingefallen. Ich bin aufgestanden und zu dir ins Zimmer gegangen, weil ich es dir unbedingt sofort erzählen wollte. Aber da warst du schon weg.« Ich ließ den Kopf hängen. »Und danach ... Ich hab mich einfach nicht getraut, dich anzurufen. Ich dachte, wenn du mich nicht sprechen willst, bringt es mich um. Deshalb hab ich überlegt, noch ein bisschen zu warten.«

»Worauf?«

»Dass du dich abregst?«, meinte ich hoffnungsvoll.

Ein flüchtiges Grinsen huschte über sein Gesicht. »Du verrücktes Huhn.«

Ich war entzückt. Er hatte mir vergeben! Mit Tränen in den Augen sah ich ihn an. Jetzt würde alles wieder gut werden, das wusste ich ganz einfach!

Mit dem Fingernagel zog ich Rillen in das makellos saubere Tischtuch. Auf einmal hatte ich das dringende Bedürfnis, mein scheußliches Verhalten im Nachhinein doch noch zu rechtfertigen. »Schau, es war so. Valerie meinte, dass du so merkwürdig entspannt warst nach dem Überfall. Obwohl du doch auf einen Schlag so viel Geld verloren hattest. Und eure Firma ...«

»Der Firma geht es ausgezeichnet«, unterbrach er mich. »Ich hatte nämlich zufällig an demselben Abend zu Hause angerufen und erfahren, dass wir einen großen neuen Auftrag an Land gezogen hatten. Eine längerfristige Sache, die alle unsere geschäftlichen Probleme löst.«

Damit war wohl auch die letzte Unklarheit beseitigt. Bis auf eine. Fabio brachte die Sprache wieder auf das Thema zurück, das wir vorhin verlassen hatten.

»Was hast du mir denn an dem Morgen unbedingt erzählen wollen?«

Ich zuckte zusammen. »Hm?«

Er nahm meine Hand. Die Berührung ging mir durch und durch. »Stell dich jetzt nur nicht dämlich an, du weißt genau, was ich meine.«

Ich war beleidigt. »Tu ich ja gar nicht!«

»Dann sag es mir. Oder traust du dich nicht?«

Ich dachte kurz nach. Konnte ich es wagen? Ich hatte das noch nie zu jemandem gesagt. Würde ich damit durchkommen, vielleicht für den Rest meines Lebens? Ja, entschied ich dann. Schließlich war er mir von einem alten chinesischen Weisheitsbuch vorhergesagt worden. Außerdem hatten ihn mir die Sterne geschickt, und die logen niemals.

»Ich will mit dir zusammen sein«, sagte ich schlicht.

Er starrte mich an, als hätte er mich noch nie gesehen, und einen fürchterlichen Augenblick lang glaubte ich, er würde womöglich einfach aufstehen und gehen. Doch das tat er nicht. Stattdessen zog er ein schmales Kästchen aus der Jackentasche.

Mein Herz setzte für einen Schlag aus. Wollte mich etwa gleich der nächste Kerl vor den Altar schleppen?!

»Ich hab da was, das wollte ich schon die ganze Zeit loswerden.« Er öffnete die kleine Schachtel, und als hätte er ein geheimes Abkommen mit dem Himmel, teilten sich in diesem Augenblick die Wolken und ließen ein paar Sonnenstrahlen durch. Einer davon fing sich funkelnd in den Aquamarin-Ohrsteckern, die auf dunkelblauem Samt in dem Kästchen ruhten.

Oh Gott, dachte ich, restlos erschüttert. Jetzt war es doch noch eingetroffen, genau wie in der Weissagung!

Juwelen trägt der Mann vom Turm …

»Sind die für mich?«, hauchte ich.

Er grinste. »Sitzt hier am Tisch noch jemand, dem sie auch nur annähernd so gut stehen wie dir? Übrigens, die Sache mit dem Zusammensein – dasselbe wollte ich gerade eben zufällig auch zu dir sagen.«

Ich wollte ihm erklären, dass es keine Zufälle gab im Leben, sondern dass alles von den Sternen bestimmt war, doch dazu kam ich nicht, denn in diesem Moment zog er mich in seine Arme und küsste mich.

Die Wolken über dem Turm brachen nun vollends auf und ließen strahlende Helligkeit in die Stadt fluten und ich dachte an die Worte eines italienischen Dichters aus dem sechzehnten Jahrhundert, über den etwas in meinem Reiseführer gestanden hatte.

Das Glück kommt nicht ungerufen, man muss ihm entgegengehen. Genau das hatten wir beide heute getan, Fabio und ich. Und irgendwo, hoch oben hinter der Sonne versteckt, blinzelten mir Millionen von Sternen zu.

Nachwort

Ein Hinweis für alle Adria-Kenner unter meinen Lesern, die in der Nähe von Pesaro vergeblich nach dem näher beschriebenen *Bagno* und dem Kastell der Baronin suchen: Diese Schauplätze sind frei erfunden!

Die Autorin,
im Juli 2013

Eva Völler

Sommerküsse schmecken besser

978-3-401-50660-9

Lena kann ihr Glück nicht fassen: Eine Großtante hat ihr ein Anwesen in Florida vererbt! Kaum in Miami angekommen, entpuppt sich das Traumhaus allerdings als Bruchbude im Sumpf. Noch verwirrender ist der gefährlich gut aussehende Typ, der Lena zu verfolgen scheint.

Schluss mit der Jungsdiät

978-3-401-50625-8

Keine Jungs, keine Probleme! Friederike ist sich sicher: Verlieben lohnt sich nicht, es ist einfach nie der Richtige. Während ihre Freundinnen sie ständig verkuppeln wollen, hat sie zu Hause andere Sorgen. Wer hat da noch Zeit für die Liebe? Doch dann flattern auf einmal diese verräterischen Schmetterlinge in ihrem Bauch herum.

Wenn Mädchen die Sonne sind, sind Jungs das Eis

978-3-401-50626-5

Jule hat eine Reise in die Karibik gewonnen. Der Traumurlaub kommt wie gerufen – nur hat ihr Freund keine Lust auf den Trip. Jule beschließt ihren Aufenthalt auf Jamaika zu genießen – und zwar ohne Jungs! Allerdings hat sie dabei nicht mit dem unverschämt gut aussehenden David gerechnet.

Arena

Jeder Band:
Arena-Taschenbuch
www.arena-verlag.de

Valerie Thomas • Stacy Kramer

Stupid Crazy Love Story

Kylie könnte sich ohrfeigen! Wie blöd muss man eigentlich sein, sich erst den Laptop klauen zu lassen und dann auf den Lastwagen der Diebe zu springen? Zu allem Überfluss hat sie nun auch noch Max am Hals, den arrogantesten und (leider) auch süßesten Jungen ihrer Schule, der sich aus irgendeinem Grund nicht abschütteln lässt. Wenn das mal nicht der schlimmste letzte Schultag aller Zeiten wird!

Elizabeth Eulberg

Wie wir einen Sommer (vergeblich) versuchten, uns nicht zu verlieben

Seit dem Reinfall mit Nate hat Penny den Jungs abgeschworen. ALLEN Jungs. Sie gründet den Lonely Hearts Club – einen Club, in dem Mädchen keine Jungs daten. Mädchen keine Jungs küssen. In dem Jungs verboten sind. Vorteil: Nie wieder ein gebrochenes Herz. Nie wieder die besten Freundinnen vernachlässigen wegen eines Jungen. Nachteil: Ryan. In den Penny sich gerade verliebt hat. Oder?

Arena

Auch als E-Book erhältlich

296 Seiten
Klappenbroschur
ISBN 978-3-401-50325-7
www.arena-verlag.de